ヘイ・ジュード
東京バンドワゴン

小路幸也

集英社文庫

目次

登場人物相関図

大山《おおやま》かずみ
昔、戦災孤児となり堀田家に暮らしていた。引退した女医。

家族同然

藤島直也《ふじしまなおや》
若くハンサムなIT企業〈FJ〉の社長。無類の古書好き。

常連客①

三鷹《みたか》
藤島の学友、元ビジネスパートナーで、IT企業〈S&E〉の社長。

愛《あい》（0）

永坂杏里《ながさかあんり》
藤島・三鷹の大学の同窓生。藤島の元秘書で、〈S&E〉の取締役。

堀田《ほった》家〈東京《とうきょう》バンドワゴン〉

（サチ）
良妻賢母で堀田家を支えてきたが、9年前、76歳で他界。

（秋実《あきみ》）
太陽のような中心的存在だったが、12年前に他界。

藍子《あいこ》（42）
画家。おっとりした美人。

マードック
日本大好きイギリス人画家。

花陽《かよ》（18）
医者を目指す高校3年生。

玉三郎《たまさぶろう》・ノラ・ポコ・ベンジャミン
堀田家の猫たち。

アキ・サチ
堀田家の犬たち。

高校の後輩

小料理居酒屋〈はる〉

真奈美《まなみ》
美人のおかみさん。

コウ
板前。無口だが、腕は一流。

真幸《まさゆき》（2）

行きつけの店

茅野《かやの》
古書好きの元敏腕刑事。

常連客②

木島《きじま》
記者でライター。我南人のファン。

水上兵衛《みずかみひょうえ》
研人の後輩。

春野《はるの》のぞみ
水上の写真モデル。

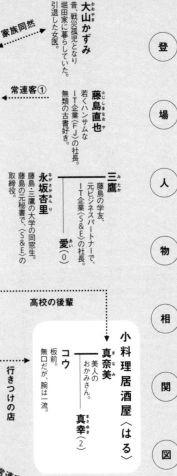

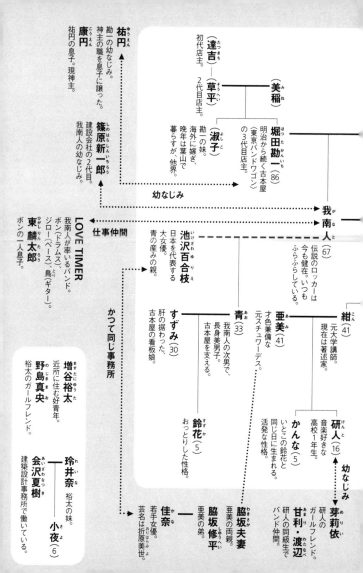

(美稲《みね》)

(達吉《たつきち》)—(草平《そうへい》)
初代店主。　2代目店主。

堀田勘一《ほったかんいち》(86)
明治から続く古本屋〈東京バンドワゴン〉の3代目店主。

(淑子《よしこ》)
勘一の妹。海外に嫁ぎ、晩年は葉山で暮らすが、他界。

我南人《がなと》(67)
伝説のロッカー。今も健在。いつもふらふらしている。

紺《こん》(41)
元大学講師。現在は著述家。

亜美《あみ》(41)
才色兼備な元スチュワーデス。

研人《けんと》(16)
音楽好きな高校1年生。

かんな(5)
いとこの鈴花と同じ日に生まれる。活発な性格。

青《あお》(33)
我南人の次男で、長身美男子。古本屋を支える。

すずみ(30)
肝の据わった、古本屋の看板娘。

鈴花《すずか》(5)
おっとりした性格。

池沢百合枝《いけざわゆりえ》
日本を代表する大女優。青の産みの親。

幼なじみ

芽莉依《めりい》
研人のガールフレンド。

甘利《あまり》・渡辺《わたなべ》
研人の同級生でバンド仲間。

脇坂夫妻《わきさか》
亜美の両親。

脇坂修平《わきさかしゅうへい》
亜美の弟。

佳奈《かな》
若手女優。芸名は折原美世《おりはらみよ》。

かつて同じ事務所

幼なじみ

祐円《ゆうえん》
勘一の幼なじみ。神主の職を息子に譲った。

康円《こうえん》
祐円の息子。現神主。

篠原新一郎《しのはらしんいちろう》
建設会社の2代目。我南人の幼なじみ。

仕事仲間

LOVE TIMER
我南人が率いるバンド。ボン(ドラムス)、ジロー(ベース)、鳥《とり》(ギター)。

東麟太郎《ひがしりんたろう》
ボンの一人息子。

増谷裕太《ますたにゆうた》
近所に住む好青年。

野島真央《のじままお》
裕太のガールフレンド。

玲井奈《れいな》
裕太の妹。

会沢夏樹《あいざわなつき》
建築設計事務所で働いている。

小夜《さよ》(6)

ブックデザイン　鈴木成一デザイン室

ヘイ・ジュード

東京バンドワゴン

やはり野に置けれんげ草、などという言葉がありますね。れんげ草が美しいのは野に咲いているからこそであって、手折《たお》って部屋に飾ったところで本当の美しさは見えてこない、という意味でしょうか。元々は遊女を身請けしようとした友人を諫《いさ》めた句だと物の本にはありましたが、それだけではなく、どんなことにも通じるものではないでしょうか。

花は山に、人は里に。魚は水に、鳥は空に。

それぞれに似つかわしく、そしてふさわしく暮らしていける場所というものがあるのでしょう。人はそれぞれの人生を歩んでいくうちに、本当に自分らしく暮らしていけるところを見つけるものではないでしょうか。もちろんそれは住む場所という意味だけではなく、傍らに並んで生きていく人もまた然《しか》りですよね。

わたしが住み続けたこの辺りはお寺が周りにやたらとたくさんあり、いまだに戦前そして戦後の古い建物や風情が残り続けています。

苔生《こけむ》した石段にはひとりふたりと通り過ぎる人影が、古びた板塀には庭から伸びる古木の枝が似合うでしょう。店の軒先を越えて置かれた売り物の棚の賑《にぎ》やかさが、町の空気を彩ります。朝に行ってきますという元気な声が響き、昼下がりに立ち話の花が咲き、夕餉《ゆうげ》の支度の匂いが向こう三軒両隣に流れます。

車も人通りも賑やかな表通りは新しいものがどんどん移り変わっていき活気に溢《あふ》れていますが、裏側の二人で並んで歩くのがちょうどという静かな路地にもまた、町を愛する人々の暮らしの気色《けしき》が溢れていますよね。

そういう下町の、今にも朽ち果てそうな築八十年近くにもなる日本家屋で、古本屋を営んでいるのが我が堀田《ほった》家です。

わたしの義理の祖父である堀田達吉《たつきち》が明治十八年という大昔に、この場所にあった桜の木の風情に惚《ほ》れ込み、土地を買い家屋や蔵を建てて創業したと聞いています。

〈東京《とうきょう》バンドワゴン〉というのが屋号なんですよ。

古本屋にしてはかなり奇妙な名前なのではないかとお思いになるでしょう。わたしも初めてその屋号を聞いたときにはまた随分と珍妙な、と思いましたが、実はかの坪内《つぼうち》逍遥《しょうよう》先生に名付け親になっていただいたそうです。

この時代になっても初めて来られたお客様が、お店の名前はどんな由来で？　と尋ねられることも多いですから、さすが坪内先生、時代を超える感覚もお持ちだったということなのでしょう。

瓦屋根の庇《ひさし》に今も鎮座まします黒塗り金文字の看板は、長い年月、風雨に晒《さら》されすっかり色褪《いろあ》せています。一枚板で非常に重いものですから落下しては大変です。留め金などは数年置きに点検修繕するのですが、その際に看板も塗り直そうという話はいつも出るものの、結局古いものは古いままにしておくのがいい、というところに落ち着きます。

明治の世から、大正、昭和と時代が変わってもこの店構えを崩すことなく続けてこれて、平成になってからは古本屋の隣でカフェも始めました。家族の女性たちの名前を元にした〈かふぇ　あさん〉という名前がありますが、同じところで呼び名が二つあっても紛らわしいのではないかと、普段はどちらも〈東京バンドワゴン〉で通しています。カフェの入口には小さな立て看板に〈東京バンドワゴン／かふぇ　あさん〉と手書きで書いてありますよ。


あぁ、ごめんなさい、またやってしまいました。

ご挨拶も済まさないうちから、こうして長々とお話ししてしまうのがすっかり癖になってしまいましたね。

どなたの目にも留まらずふわふわ漂うこの姿になってから長く過ぎてしまっていますから、お行儀も随分と悪くなっていますね。

お初にお目に掛かる方もいらっしゃいますでしょうか。長年お付き合いいただいている常連さんは、相変わらずだねと苦笑いされているでしょうか。

皆さん大変失礼いたしました。

わたしは堀田サチと申します。

この堀田家に嫁いできましたのは一九四五年、昭和二十年の終戦の年でした。わたし自身思いもよらない大きな騒動に巻き込まれて、堀田の義父を始めとして数多くの人に助けられ、そうして皆さんに祝福されてお嫁入りしました件は、以前にも長々とお話しさせていただきましたよね。

あれからもう七十年近くの年月が流れています。家族と、そしてたくさんの縁ある方たちと毎日楽しく賑やかに、そして幸せに過ごしてきました。


賑やかと言えば、どうも他所様《よそさま》のところに比べると、賑やかを通り越して騒がしい出来事が図らずも続く堀田家です。その話をこうしてお聞かせするようになってからも随分と経《た》ちますよね。

十年一昔と言いますが、相も変わらず騒動もそして人の出入りも多い我が家です。悲喜交々《こもごも》なのが人生ですが、騒ぎの多い分だけ笑い声もたくさん響くような気がします。

改めて、家族を順にご紹介させていただきますね。

どっしりとした日本家屋であるにもかかわらず、堀田家の正面には入口が三つありまして、初めての方を少し戸惑わせてしまいます。普通なら正面玄関であるはずの真ん中の扉は、実はあまり使われることはありませんので、まずは向かって左側のガラス戸から中へどうぞ。

金文字で〈東京バンドワゴン〉と書かれているそこが、創業当時から変わらない古本屋の入口になっています。この金文字は実は十年に一度ぐらいでしょうか、薄れてきたなと思えば書き直していますよ。

そこを開けますと、からん、と土鈴が音を立て、創業時からある特別製の本棚がずらりと並んでいるのがまず眼《め》に入ります。本棚の間をそのまま奥へ進んでいただくと、三畳分の畳が敷かれた帳場で、文机《ふづくえ》に頬杖《ほおづえ》して不機嫌そうな顔で煙草《たばこ》を吹かしていますのが、わたしの夫であり〈東京バンドワゴン〉三代目店主の堀田勘一《かんいち》です。

ごま塩頭で地の顔が仏頂面でそして大柄。見た目にはまさしく強面《こわもて》ですが、そこは客商売。愛想は決して悪くはありませんから怖がらずに何でも訊《き》いてください。古本のことであればあらゆることに嬉々《きき》として答えます。特に、お子さんや女性には優しいですよ。

先日の誕生日で八十六歳になりましたが、四人いる曽孫《ひまご》が結婚するまでは、もしくは一人前になるまでは絶対に死なねぇぞ、と常日頃言っています。その言葉通りに毎日快食快眠で、本当にこのまま百歳を越えても頭も身体《からだ》もしっかりしているのではないかと思えてきます。孫に言われて始めた健康のためのウォーキングも、一日五キロ六キロと歩いて平気で戻ってきますし、健康診断でもお医者様に八十代の身体じゃありませんねと驚かれていますよ。

勘一の後ろ、帳場の壁に書かれた墨文字が気になりますよね。

〈**文化文明に関する些事《さじ》諸問題なら、如何《いか》なる事でも万事解決**〉

これは、我が堀田家の家訓なのです。

創業者である堀田達吉の息子、つまりわたしの義父であります堀田草平《そうへい》は、大正から昭和に移り行く世に善《よ》き民衆の羅針盤に成らんと、志も高く新聞社を興そうとしましたが、生憎《あいにく》と様々な事情がそれを許さず道半ばとなりました。一時はそのまま隠遁《いんとん》することも考えたそうですが、家業である古本屋もまた善き人々が求める智《ち》の羅針盤に成り得ると思い直し、お店を継ぎました。

「世の森羅万象は書物の中にある」というのが義父の持論だったことから、これを家訓にと書き留めたそうです。

書にも通じていた義父ですから実に見栄えが良くあまりに目立ってしまい、ご近所さんや噂《うわさ》を聞いた方々からたくさんの諸問題が持ち込まれ、一時はまるで探偵のように万事解決のために東京中を走り回っていたとか。

その辺りのお話も義父は自ら書物に残していますから、いつか皆様にお聞かせできる機会があるかもしれません。

実は義父が遺した我が家の家訓は他にもたくさんありまして、壁に貼られた古いポスターや、カレンダーを捲《めく》りますとそこここに現れます。

曰《いわ》く。

〈本は収まるところに収まる〉

〈煙草の火は一時でも目を離すべからず〉

〈食事は家族揃《そろ》って賑やかに行うべし〉

〈人を立てて戸は開けて万事朗らかに行うべし〉等々。

トイレの壁には**〈急がず騒がず手洗励行〉**、台所の壁には**〈掌《てのひら》に愛を〉**。そして二階の壁には**〈女の笑顔は菩薩《ぼさつ》である〉**という具合です。

家訓などはその言葉さえ使われなくなって久しい昨今ですが、我が家の皆は老いも若きもできるだけそれを守って、日々を暮らしていこうとしているのですよ。

帳場の脇にある書棚の前で、持ち込まれた古本の整理をしているのは、孫の青《あお》のお嫁さんのすずみさんです。古本に囲まれて暮らすのが夢だったという、今どき奇特なお嬢さんで、我が家に初めてやってきたのはもう何年前になりますか。今は妻として一児の母親として、そして古本屋の看板娘として、なくてはならない存在です。もう三十路《みそじ》なのですが、いつまでも可愛《かわい》らしい笑顔で家の中を明るくしてくれています。

どうぞどうぞご遠慮なく家の奥へ。

帳場の横を通り抜けて上がってくださいな。そこからが居間になります。

通り道に寝転がっている邪魔な男なんか跨《また》いじゃってくれて構いません。それはわたしと勘一の一人息子、我南人《がなと》といいます。

そうですね、一応は有名人みたいでロックミュージシャンというものをやっています。もう六十半ばもすぎ高齢者と呼ばれる年齢なのに、相変わらずご覧の通りの金髪で長髪、破れたジーンズなどを穿《は》いています。

音楽好きの方々の間では、〈伝説のロッカー〉とか〈ゴッド・オブ・ロック〉などと呼ばれてもいるようでして、今もお店には我南人目当てのお客さんがたくさん来てくれます。家にいれば顔を出してサインをしたりお相手もしているので、営業的には非常に助かっていますよ。

以前はツアーだレコーディングだなんだと常にどこかに出かけていましたけれど、最近はこうやって家でのんびりして孫の相手に余念がありません。自分の子供である藍子《あいこ》や紺《こん》や青を小さい頃にかまってやれなかったのを埋め合わせているのかもしれませんね。

居間の座卓で、たくさんの資料や本を脇に置いてノートパソコンのキーボードを叩《たた》いているのは、その我南人の長男でわたしの孫の紺です。

以前は大学講師の傍ら古本屋の番頭役を担っていたのですが、今はライターとして、そして小説家としても本を幾冊か出し、好評を得て連載も抱えているようです。それならば、と、思うでしょう？　自分の部屋があるのだからそこでゆっくり執筆に専念すればいいものを、静かだとかえって落ち着かないようで、いつもこうして居間で仕事をしています。

良くも悪くも個性豊かな堀田家の男たちの中では顔も性格も地味すぎて、いるのかいないのかわからないとはよく言われますが、何が起ころうとも冷静沈着で知恵も勘も働き、どたばたしたときには本当に頼りになる存在なんですよ。

その向かい側でハサミを手にして作業しているのは、紺の弟である青です。我南人の次男ですが、実は青だけ母親が違います。今は店に出す古本に貼る〈東京バンドワゴン〉の屋号入りの値札を手作りしている最中です。パソコンで作成し印刷したものをこうして一枚一枚切り取って貼っています。旅行添乗員をしていた頃もありましたが、今は執筆に忙しい紺に代わって、こうして古本屋を妻のすずみさんと一緒に支えてくれています。

はい、そうですね。この青、妻帯者で子供もいるとはいえ、女優であるお母様譲りのこの美貌ですからね。請われて俳優をやったこともありますし、カフェに出れば年代に関係なくご婦人方の熱い視線を受けます。実際青のファンだという方も多く常連さんになってくれているのですよ。

そうそう、カフェの方もどうぞご覧になってください。

コーヒーでもいかがですか。もちろん紅茶やジュース、スムージーといったものもありますからお好きなものをどうぞ。

カフェの壁にはご覧の通り、版画や日本画、水彩画に油絵とたくさん並べられ、ちょっとしたギャラリーになっていて、実は販売もしています。

あれは、カウンターで仲睦《なかむつ》まじく働いている、孫で我南人の長女の藍子と、その夫となったマードックさんが制作したものです。主に版画と日本画がマードックさんの作品で、水彩画と油絵は藍子のものです。

藍子は見た目通りの優しくおっとりとした性格なのに、芸術家肌と言いますか、その胸の内には熱いものを秘めているのでしょう。大学在学中に、教授であるすずみさんのお父さんと恋に落ち、一人娘の花陽《かよ》を授かりまして、父親が誰であるかは誰にも言わずに、いわゆるシングルマザーとして生きてきました。ですから、すずみさんと花陽は異母姉妹になるわけです。

そうやっていろいろとありましたが、その藍子と結婚したのがイギリス人で日本画家のマードック・グレアム・スミス・モンゴメリーさんです。

日本の芸術と古いものに心奪われ、日本にやってきてずっと我が家のご近所さんとして過ごし、藍子を一途《いちず》に思ってくれたお人です。マードックさんもまた見た目は柔らかく人懐こいお人柄で、お休みにはこうしてお店を手伝ってくれますが、アーティストとして母国でも日本でもその実力を認められ、普段は美術系の大学で講師をやっています。

藍子とマードックさんは、結婚してからは我が家の隣の〈藤島《ふじしま》ハウス〉というアパートで暮らしていますが、ほぼ我が家で過ごしていますからそれまでと生活に変わりはありません。

真っ赤な可愛らしいエプロン姿でお客様にコーヒーをお出ししているのが、紺のお嫁さんの亜美《あみ》さんです。元は国際線のスチュワーデスという輝かしい経歴の持ち主で、才色兼備という言葉がこれほど似合う女性もいません。あまりにも整った顔は怒らせると震えるほど美しいと近所でも評判で、わざと怒らせてみようとするお客様もいるぐらいですよ。

我が家の家計を支える柱のひとつであるこのカフェを造ったのは、実は亜美さんです。その昔に訪れた我が家存亡の危機に敢然と立ち向かい、スチュワーデス時代に培ったセンスと人脈を生かし、煤《すす》けた物置だった場所を素敵なカフェへと変貌させたのです。どうしてこんなにも魅力的な女性が、地味で大人しい紺に惚れて一緒になってくれたのか、今もって堀田家最大の謎と言われているのですよ。

あぁ、どたばたと騒がしくてすみません。

二階からギターケースを背負って下りてきて、カフェに駆け込んでいった髪がくるくるの男の子は、紺と亜美さんの長男で高校生の研人《けんと》です。

祖父である我南人譲りなのでしょうかね。幼い頃から音楽が大好きでギターを抱えて歌を唄《うた》い出し、今は自分たちのバンドを作って、高校生ながらミュージシャンとしても世に出ているのですよ。身内の欲目を抜きにしてその才能は皆さんに認められて、ヒット曲を生み出してもいます。だからといって学校の勉強がまるで芳しくないのは困ったものでして、親である亜美さんも成績表を見る度に頭を抱えています。でも、好きなことに夢中になれるというのは良いことですよね。幼い頃から明るく快活で、誰とでも仲良くなれるいい子なんですよ。

ちょうど今、塾から帰ってきましたね。カウンターに陣取った研人の隣に座った髪の長い眼鏡の女の子は、藍子の娘の花陽です。

医者になるという人生の目標を決めて猛勉強を続け、いよいよ医大受験の本番を迎えようとしています。昨年から眼鏡を掛け始めたのですが、これがとてもよく似合うと評判なんです。この花陽と研人はいとこ同士。ですが、生まれたときからずっと同じ家で一緒に育ってきましたから本人たちも姉と弟みたいに思っています。

そして、お話ししたように花陽とすずみさんは異母姉妹であり、義理の姪《めい》と叔母でもあるという複雑な関係です。もちろんお互いに思いはあったものの、今は本当に仲良く毎日を過ごしています。

家の台所からカフェに何やら果物を持ってきた和服姿の女性は、わたしと勘一にとっては妹同然の大山《おおやま》かずみちゃんです。

空襲で家族と死に別れて戦災孤児となり、縁があった堀田家の一員となりました。わたしよりも堀田家の一員になったのは早かったのですよ。そしてお医者さんだったお父様の遺志を継ぎ、苦労を重ねて女医となり長年地域診療に貢献してきましたが、七十を越え引退して我が家に戻ってきてくれました。忙しい藍子や亜美さん、すずみさんに代わって子供たちの面倒や家事一切を取り仕切ってくれています。花陽がお医者様を志したのも、かずみちゃんの影響ですよね。

賑やかな声が裏玄関の方から聞こえてきました。

近くの公園で遊んで帰ってきて、カフェにただいま！　と顔を出してきたおしゃまな女の子二人とその後ろの和装のご婦人がお一人。

そのお顔を見れば紹介する必要もないでしょうね。青の産みの母親であり、年を重ねてなお美しさに磨きが掛かる、日本を代表する女優の池沢百合枝《いけざわゆりえ》さんです。このところは女優業はお休みして、近所の小料理居酒屋〈はる〉さんのお手伝いをしています。

そして二人の女の子は、わたしの曾孫で紺と亜美さんの長女かんなちゃんと、青とすずみさんの一人娘である鈴花《すずか》ちゃんです。偶然にも同じ日に生まれて次の誕生日で六歳になるいとこ同士ですね。この二人こそ文字通り生まれたときからずっと一緒ですから、間違いなく姉妹だと思っているでしょう。もうすぐ小学生ですから、そうなると自分たちがいとこ同士であることを理解できますかね。はい、そうですね。池沢さんが鈴花ちゃんのおばあちゃんになりますよ。

生まれたときには本当に双子の姉妹のようにそっくりでしたが、やはり成長するにつれてその性格にも顔にも個性が出て来ました。いつも元気ではきはきしていて、大きな瞳がくりんとしているのがかんなちゃん。おっとりしていてはにかみ屋さんで、すぐにかんなちゃんの後ろにくっついてしまいますが、目元は涼しく少し大人っぽい表情が似合うのが鈴花ちゃんです。

いつものことながら、こうして家族を紹介するだけでも長々と話してしまいます。一人だけ母親の違う青や、すずみさんと花陽のような複雑な関係もありますから本当に混乱してしまいますよね。

それでも、皆が同じ屋根の下で暮らす家族なのです。

そうそう、家族と言えば忘れていました。我が家の一員である犬と猫たちは、猫の玉《たま》三郎《さぶろう》にノラにポコにベンジャミン、そして犬のアキとサチです。玉三郎とノラというのは、我が家の猫に代々付けられていく名前でして、ついこの間も代替わりしています。ですから、その二匹はまだ一歳ほどの若い猫なので、いちばん元気に家の中を跳び回っていますよ。

最後に、わたし堀田サチは、七十六歳で皆さんの世を去りました。

幸せな縁に結ばれて、昭和二十年の終戦の年にこの堀田家に嫁いできたのですが、それからおよそ六十年という長い年月を本当に楽しく笑顔で過ごさせてもらいました。幸せで満ち足りた人生だったと何の心残りもなく、家族に、そしてたくさんの皆さんに感謝しながら生の終わりを迎えたのです。

ですが、どうしたことなのかはまったくわかりません。今もこうしてこの姿で、我が家に留《とど》まっています。

思い残すことなど本当になかったのですが、孫や曽孫の成長をもう少し楽しみなさいという、どなたかの粋な計らいなのだろうと思うことにしています。

いずれは、父母や義父母である草平さんや美稲《みね》さん、我南人のお嫁さんの秋実《あきみ》さん、遠い昔にこの家で共に過ごしたジョーさんやマリアさん、十郎《じゅうろう》さんたちとまた出会うときが来るのでしょう。その日が来るまではせいぜいお土産話を増やすために楽しませてもらいます、と、こうして家族の皆を見守っております。

他の家族の皆には内緒にしているのですが、幼い頃から人一倍勘の鋭かった孫の紺は、わたしが今も家にいることがわかりまして、ほんのひとときなのですが仏壇の前などで話だけはできるのです。血筋なのでしょうね、紺の息子の研人も、話はできないのですが、わたしを見ることだけはできます。

そして、研人の妹のかんなちゃんにもその何かが受け継がれたようで、なんとわたしが見える上にお話も自由にできるようなのです。まだ幼稚園児ですから言葉足らずなのですけど、この先大きくなって普通にお話しできることになったらと、今から楽しみでしょうがありません。

いつもご挨拶が長くなってごめんなさい。

こうして、まだしばらくは堀田家の、そして〈東京バンドワゴン〉の行く先を見つめていきたいと思います。

よろしければ、どうぞご一緒に。

冬　人と出会わばあかよろし

一

暦の上ではもう春になるのが二月。

立春という文字を眼にすると、厳しい寒さの冬も終わり、柔らかくなった風に乗って新緑の便りが届くような気がして心浮き立つのですが、でも、気がするだけですよね。便りが届くにはまだ遠く、寒いですよね。

二月はまだ冬最中《さなか》。気温だって一年の中でいちばん冷え込むことが多いのが、二月の頭ぐらいのような気もします。立春という言葉に気を許してそろそろ厚いコートを脱いでみようか、などとうっかり思ってやってしまうと、きん、と冷え込んだ空気にたちまち熱を奪われ風邪を引きかねません。

それでも、気配は感じますよね。

年の瀬や初春にせわしく騒ぎ浮かれた様子もすっかり落ち着き、新年を迎えて新たな気持ちで始まった学校や職場もいつもの日常の風景に戻った頃。

人生の別れや出逢《であ》いという新たな節目を迎える三月四月の春手前の、どの月よりも少し短い二月如月《きさらぎ》はどこか腰が落ち着かない様子もあり、寒明《かんあけ》という季語の通り冬を抜けたほのかな明るさに少しく頬緩む月でもあります。

冬の間はストーブの前や炬燵《こたつ》の脇で寝転がっている我が家の猫たち、玉三郎にノラにポコにベンジャミンですが、この時期になると陽《ひ》の当たるときには縁側にいることが多くなるような気がします。やはり猫たちも、そろそろ冬が終わり陽の光が心地よくなることをわかっているのでしょうか。

この季節、不思議と犬のサチとアキは縁側にいることはあまりありませんね。その代わりに、この二匹は季節構わずに何故《なぜ》か階段の踊り場に仲良く寝ころんでいることが多いです。その理由はさっぱりわかりませんが、やはり皆の部屋が二階にあるからなんでしょうかね。

昨年から我が家に増えたものに加湿器があります。もともと蔵の中や店には古書の乾燥を防ぐために置いてありましたが、花陽の受験を控えて風邪など引いては大変だと、花陽の部屋はもちろん、皆がいちばん時を過ごす居間や他の部屋にも新たに置いたのですが、これがとても具合がよろしいと評判でした。

我が家は何せ大所帯ですし小さな子供もいますから、洗濯物も毎日のようにたくさん家の中のあちこちに干されています。冬の乾燥する時期にはそれが丁度良い空気の湿りになっているとは思ってはいたのですが、やはり文明の利器は違いますね。加湿器を置いた途端に皆が鼻やら喉やらの調子が良いとか、夜も口が渇いて起きることもなく、よく眠れると言い合っていました。

蒸気が出るタイプの加湿器もあるのですが、その蒸気の様子がどうも気になるようで、まだ若い玉三郎とノラが遊びたくてしょっちゅう狙っているのですよね。蒸気に向かって飛びかかっていったり、風が巻き上げた自分の毛に向かって猫パンチをしたり。

かんなちゃんや鈴花ちゃんもそれをおもしろがって一日一回は加湿器の周りで猫たちと大騒ぎしています。

我が家のアイドルの二人も、春になれば幼稚園の年長さん。日増しに口も達者にそして行動は女の子になっていって、もう赤ちゃん扱いもできなくなっていきますね。

そして花咲く春を誓ってずっと頑張ってきた花陽は、今月ついに医大入試の本番を迎えます。

もちろん本人が意識していないはずはありませんが、変に気負わずいつも通り変わらずに毎日を過ごすようにしているようです。

けれども周りの気遣いがそれはもう、いつもとは全然違います。

勘一などは風呂上がりで暑いからとシャツ一枚で歩き回るということもしなくなりました。とりもなおさず、自分が風邪など引いて花陽にうつしてしまっては大変だからです。もちろん我南人や紺や青もそうですよ。

客商売ですから人と接することは避けられませんが、外に出るときにはマスクをしたり、夜更かしをしないで早寝早起きを心がけたり、常に自分の体調にも気を配っています。

毎日の献立を考える、母親である藍子やかずみちゃんを始めとする女性陣も、なるべく気づかれないように、身体が温まったりする、たとえば生姜《しょうが》とかネギとかそういうものをメニューに組み込んでいますよね。研人でさえ、外から帰ってくるとまずは玄関前で入念に身体の埃《ほこり》を払い、洗面所に直行してうがいに手首までの手洗いを日々励行しています。そのまま習慣にしてもらえばいいですよね。

そんなふうに家族一丸となって花陽の後押しをしている毎日だったのですが、つい先日のことです。

藤島さんのお父様である書家の〈藤三《ふじみつ》〉こと藤島三吉《さんきち》さんが、入院先の病院で息を引き取られました。長男である藤島さんや後添《のちぞ》えの弥生《やよい》さん、その他多くの縁者の皆さんに見守られながらの最期だったそうです。

藤島さんは、随分前から覚悟も準備もしていましたからね。落ち着いた様子で我が家にも電話をくれました。葬儀の手筈《てはず》も予《あらかじ》め整えられていて、さすが現代を代表する書家であった藤三さんらしく、非常にたくさんの方々が葬儀会場に見えていました。

言葉にできないほどの厚意を我が家に寄せてくれる藤島さんの、そのお父様です。我が家にお越しいただいて、勘一と蔵の中で膝突き合わせ話をし、互いの人生を語り合い打ち解け合ったこともありましたよね。葬儀の日はお店を閉めて、堀田家の皆で参列させていただきました。

勘一に我南人に紺に青、そして藍子と亜美さんにすずみさんに研人。かんなちゃんと鈴花ちゃんも理解しているのかどうかわかりませんが、絶対にふじしまんに会いに行くと言い張ったので連れて行きました。

花陽ももちろん参列すると言ったのですが、藤島さんからそれは遠慮してくださいと直接頼まれました。

もうすぐにでも入試という大事な時期に、当の受験生を人混みの中にわざわざ来させるわけにはいかない、とのことでした。気持ちは充分に受け取っているので、留守番をしていてくださいと。

確かにそれはそうだと皆が言い、花陽も納得して、かずみちゃん、マードックさんと一緒に留守番でした。受験が終わってから、改めて墓前に手を合わせに行こうと話しましたよね。

そんな二月も半ばに差し掛かろうとしている日曜日。

いつものように堀田家は朝から賑やかです。

夜の気分によって寝る部屋があちこち変わるかんなちゃん鈴花ちゃんですが、昨夜は隣の〈藤島ハウス〉のかずみちゃんの部屋で寝たようです。かずみちゃんと一緒にそっと裏玄関の戸を開けて入ってきて、抜き足差し足で縁側を歩いて、二階へこっそり上がっていきます。その後を、毎朝のように玉三郎とノラもついていきます。玉三郎とノラは平気で〈藤島ハウス〉までついていきますからね。

階段の踊り場で横になっているアキとサチはもちろんそれに気づきますが、毎日のことですから顔を少し上げるぐらいで騒ぎもせず、かんなちゃん鈴花ちゃんによいしょと跨がれて、玉三郎とノラには身体を踏んづけられても、はいはいどうぞ、という顔をします。猫はあんまりしないとは思うのですが、犬はよく溜息《ためいき》をつきますよね。あの溜息にはどんな意味合いがあるのか尋ねてみたいものです。

あぁ、聞こえてきました。

「けんとにぃ！」という二人のユニゾンの声と、どしん、という鈍い音。

どんどん大きくなっていくかんなちゃん鈴花ちゃんに同時にダイビングされる研人は、一体どんな顔をして起きるのでしょうね。その後でいつも、きゃー、という二人の可愛い笑い声も響くので、ベッドの上で三人でごろんごろんと暴れているのかもしれません。

台所ではかずみちゃんと藍子、亜美さんにすずみさんの四人で朝ご飯の準備が始まります。昔からたくさんの人が出入りしていた我が家の台所は広くて、大人四人が動き回ってもぶつかったりしません。炊飯器や電子レンジ、オーブンなど便利な道具を駆使して、四人で賑やかに会話しながら手際良く朝ご飯を作っていきます。

毎日のことですけど、大人数のご飯ですから大変ですよ。それでも、常備しているおかずやカフェでも使うメニュー、晩ご飯のときに翌朝も美味《お》しくいただけるものをたくさん作っておいたり、ときには冷凍食品にレトルト食品に缶詰。そういう便利な食材を使い一手間掛けて仕上げます。

食べることは生きること、と言うように、きちんと暮らすことはちゃんと食べることですよね。

我が家の居間の真ん中に鎮座まします欅《けやき》の一枚板の座卓は、冬の間は炬燵にもなりますが、大正時代に購入したものと聞いています。重くて大きくて、何人もの男手を借りなければ動かせないので、お掃除のときは大変です。特注品で七輪を二台組み込むことができるようになっているんですよ。今は卓上コンロがありますから使うことはまったくなくなりましたが、昔はその七輪ですき焼きなどのお鍋をして皆でつついたものです。

研人とかんなちゃん鈴花ちゃんがまだ部屋でじゃれている頃に、勘一も自分で起き出してきて、二階の様子を確認してから新聞を取りに行きます。かんなちゃん鈴花ちゃんが取りに走ってくるようならそれを待つんですよ。今日は取りに来ないようですね。

最近は何でもデジタルで、iPadというものもひとつ、いつも座卓の上に置いてあってそれで世の中のことがリアルタイムでわかりますけど、紙の新聞というのは読んだ後にもいろいろ使えて便利なのですよ。

特に我が家のような古書店では、今の紙の新聞もやがて貴重な紙の資料となるわけですから、重大な事件が起きたときの新聞などはちゃんと保管してあります。その他にも畳替えのときに下に敷いたり、蔵の中では古書の整理に使ったりと大活躍です。我が家で取っていない新聞などをご近所さんから譲ってもらうこともよくあります。

勘一がどっかと上座に腰を据え新聞を読み出すと、その向かい側には我南人がやってきて座ります。我南人はもうすっかりiPadが手放せませんね。もう高齢者という年齢ですが、さすがミュージシャンだからかデジタルなものにもまったく抵抗がありません。

研人がかんなちゃん鈴花ちゃんを両腕にぶら下げるようにして二階から下りてきて、その後ろから花陽も続きます。〈藤島ハウス〉からマードックさんもやってきて「おはようございます」と挨拶したところに、紺も青も部屋からやってきました。

少し前まで二日と空けずに我が家の朝ご飯を食べていた藤島さんは、まだ実家の方で過ごしています。落ち着いて〈藤島ハウス〉の自分の部屋に戻ってくるのにはもう少し掛かりますよね。

皆が居間に揃っても、かんなちゃん鈴花ちゃんによる席決めが行われないと座れません。そこらで立ち話したり、朝ご飯を運ぶのを手伝ったりします。

かんなちゃん鈴花ちゃんが全員の分のお箸を台所から持ってきて、何の打ち合わせもしていないのに次々と箸を座卓に並べて行きます。そもそも全員の箸の違いは微妙なものもあるのに、もっと小さい頃からすぐに覚えたのも凄《すご》いですよね。

「けんとにぃとかよちゃんはここです」

「こんパパとあおパパとまーどっくさんはここです」

「あいちゃんとかずみちゃんはここで、ママたちはここです」

「わたしたちはここで、いじょうです！」

どうやら今日は特に捻《ひね》った席順ではないようですね。子供は子供同士、大人は男同士女同士で並んで座るようです。

二人の家族の呼び方は誰が教えるわけでもないのに、いろいろと、しかも突然に変わっていくのがおもしろいのですよ。

ついこの間から、お父さんのことは、こんパパとあおパパ、お母さんのことはあみママにすずみママになっています。勘一はおおじいちゃんとはっきり発音できるようになりましたし、我南人のことはがなとじいちゃん、藍子はあいちゃんで、かずみちゃんはそのまま。マードックさんのことは少し前までは、まーどくさん、まーどっくんになっていましたけど、そのままちゃんと発音できるようになりました。でも案外、まーどく、と言った方が英語の発音には近いような気もします。

今日の朝ご飯は白いご飯におみおつけ。おみおつけの具はさつまいもに玉葱《たまねぎ》と人参《にんじん》ですね。チーズを混ぜたスクランブルエッグに、いただきもののハムを厚めに切って焼いたものには千切りキャベツも添えて。カボチャの煮物に、昨夜の残り物のぶり大根も温めて大皿で出します。真っ黒な胡麻《ごま》豆腐に焼海苔《やきのり》に納豆に梅干し。おこうこには手作りの柚子《ゆず》大根ですね。ちくわに胡瓜《きゆうり》を詰めてマヨネーズを添えたものはかんなちゃん鈴花ちゃん専用のおかずです。

人間たちがご飯を食べるのですから自分たちも食べるのだと、犬猫も集まってきます。台所の土間のところにそれぞれのお皿を並べて、好みのご飯を入れてあげます。しつけたわけでもないのに、喧嘩《けんか》にならずに自分の分だけを食べるのは偉いですよね。猫たちはそうでもないのですが、アキとサチはいつもきれいに空になったお皿を眺めて物足りなさそうな顔をします。でも、人間と同じで太り過ぎは健康にも悪いですからね。

皆が揃ったところで「いただきます」です。

「ゆきはもうふらないかなぁ」

「そういえばさ、夏休みにツアーやるからね。決めたから」

「藤島さんから連絡来てたよ。今日午前中に顔を出すってさ」

「わからないけど、もう降らないかな？」

「やっぱり、ふつかめのほうがしみておいしいですね。ぶりだいこん」

「ちくわはもういいよ！」

「亜美ちゃん、研人たちのぉ、マネージャーやるってぇえ？」

「そろそろ片付いた頃か。大御所の長男だから大変だよなあいつも」

「ちくわはもういいね」

「どうやって回るの？　電車？」

「ちょっと柚子が抜けちゃったかね。味がぼけてきたかい」

「いいって、食べないの？　ちくわ胡瓜」

「だって、お義父《とう》さん。三人だけであちこち回るなんて何やらかすか考えただけでもう」

「電車でドラムは運べないよ。藤島さんの会社で車は出してくれるんだ」

「藤島さん、どうするのかしらね。実家に戻るのかしら」

「たべません」

「懐かしいねぇ、僕の若い頃もねぇ、母さんがマネージャーだったんだよねぇ」

「そつぎょうです」

「どの辺を回るの？」

「おい、あれあったよな。ピーナツバター」

「卒業って」

「あみさんがいっしょにまわるなら、café、たいへんですね。ぼく、はいりますか？」

「軽井沢だからそれはないんじゃない？　仕事できないよ」

「かんなとすずかがてつだうよ！」

「はい、旦那さん。ピーナツバターですけど、何につけます？」

「千葉と横浜と名古屋に京都。けっこう大変よ」

「軽井沢は別宅だよ。本当の自宅は練馬にあるんだって」

「店はね、夏休みだから芽莉依《めりい》がバイトに入ってくれることになってる」

「旦那さん！　納豆にピーナツバターって！」

「いいなー、京都行きたい」

「豆と豆じゃねぇか。何がおかしいんだ」

おかしいですけど何を言っても無駄ですよ。納豆にピーナツバターを入れて混ぜて美味しそうに食べてますからね。確かに新しい味覚の発見があるのかもしれませんが、わたしは決して見つけたくありませんよ。

「卒業って言えばさぁ」

研人が少し笑いながら言います。さっきかんなちゃん鈴花ちゃんが、どうしてなのかちくわ胡瓜からの卒業を宣言しましたよね。好きな食べ物なので別に卒業しなくてもいいとは思いますけど。

「オレさ、何となく娘を嫁にやる父親の気持ちがわかったかもしれない」

皆が思わず箸を止めたりお茶を飲んだところで動きを止めたりしました。研人が父親の気持ちを味わうにはとんでもなく早いと思うのですが。

「どうした研人」

紺が眼を細めました。

「なんだそりゃ？」

勘一が訝《いぶか》しげに訊きます。

「だってさ、かんなと鈴花ちゃんさ、来年小学校だろ？」

そうですね。皆がうん、と頷《うなず》きます。かんなちゃん鈴花ちゃんがにこにこしながら、しょうがっこう！　と二人で叫びました。

「きっと小学校に入ってそして大きくなったらさ、もうオレんところに朝起こしに来なくなるじゃん。少なくともオレの上にダイビングはしなくなるじゃない？」

「まぁそうだわな」

言いながら、うむ、と勘一が頷きます。亜美さんもすずみさんもちょっと考えて頷きました。個人差はあるでしょうけど、確かにそういうことをしなくなるときは必ず来ますよね。

「それをさ、さっきふっと思ったら何かちょっと淋《さび》しくなっちゃって。あぁひょっとしてこれが父親の心境ってやつかなって」

皆が笑いました。かんなちゃん鈴花ちゃんも何のことかわからないでしょうけど皆につられて大笑いします。

「あれね。研人は、普通の兄妹《きょうだい》っていう感覚とはちょっと違うものを持ってるのかもしれないわね」

藍子が言って、あぁ、と花陽も頷きました。

「そうかもね。かんなちゃんは妹だけど鈴花ちゃんは従妹《いとこ》で、でも二人に同じ感情を持っているから」

花陽にしてみれば研人もかんなちゃんも鈴花ちゃんも皆〈いとこ〉です。でも、生まれたときからずっと一緒に暮らす家族で弟と妹みたいなものです。そう言われてみれば〈きょうだい〉という感覚とは少し違うのかもしれませんね。それが父親みたいな感覚と相通じるところがあるんじゃないかと感じたんでしょう。

我が家で将来にその父親の心境を味わえるのは今のところ紺と青ですけど、まだまだ先の話です。その前に、花陽がお嫁に行くときには、我が家の男たちは研人を除いて全員そんな心持ちになるでしょうね。

実父のいない花陽でしたけど、勘一も我南人も、紺も青も、そしてもちろんマードックさんも、お父さんの役割を何度となくしてきましたから。

「全然話違うけど今日後輩が来るから」

研人が言い、亜美さんが訊きます。

「後輩って？　中学の？」

「そう、LINE来た。水上《みずかみ》って男。今度生徒会長になる写真同好会の奴《やつ》でさ。うちの写真撮りたいんだって」

なるほど、と皆が頷きます。我が家はこんなふうに古い家で良く言えば風情がありますから、写真を撮られることはよくあるんですよ。それでも、まだ中学生でこんな古い家の写真を撮りたいなんてなかなか渋い趣味ですね。


朝ご飯が終わると、すぐにカフェと古本屋、両方の店の開店準備が始まります。

食事の後片付けはかずみちゃんと男たちに任せて、藍子と亜美さんはカフェを開けに動きます。すずみさんは古本屋の方です。

今日は日曜日ですから、朝の常連さんが少ないはずですね。そして、いつもは朝のご挨拶だけですぐに幼稚園に向かうかんなちゃん鈴花ちゃんが、気の済むまでカフェのお手伝いをする日です。

手伝いと言っても、いつも二人を目当てにやってくる、お年寄りを中心とする常連の皆さんの間を飛び回って話し相手になったりするだけですが、それがここでは本当に良いお仕事になっています。

この辺りも、夫婦二人きりだけではなく、いわゆる独居老人という方も本当に増えてきたように思います。お子さんたちが生まれ育った家を出て独立して、そしていつしか夫婦のどちらかが亡くなり一人きりで暮らしているのです。それが、ここに来ると可愛い孫みたいな二人の笑顔を見られるので淋しくなくていい、と話す方もいます。毎日毎日元気を貰《もら》えるのだと。

わたしとも顔馴染《かおなじ》みの方々が多いだけに、元気をあげられるのはとても嬉《うれ》しいのですが、心配なところもあるのですよ。

かんなちゃん鈴花ちゃんは、もう二人で雨戸を開けることもできるようになりました。

「おはようございます！」

「おはようございます！」

かんなちゃん鈴花ちゃんの元気な声で、開店前から表で待っていたお年寄りの皆さんや他の常連さんが皆笑顔になります。

「おはようございますー」

カウンターの中で藍子とマードックさん、そして亜美さんも笑顔で挨拶します。今日はマードックさんが講師の仕事がないので手伝ってくれるようです。

カフェのモーニングメニューには朝粥《あさがゆ》のセットとベーグルのセット、それにホットドッグのセットも最近増えました。近所に美味しいパン屋さんができて、そこからホットドッグのパンを仕入れられるようになったんですよ。

亜美さんが次々に注文を取っていきますが、かんなちゃん鈴花ちゃんもメモを片手に訊いて回ります。皆さん慣れているので、二人がわかりやすいように注文してくれますし、書くメモも〈べーぐる〉か〈おかゆ〉か〈ほっとどっぐ〉という簡単なものです。後からちゃんと亜美さんがフォローしますし、お客さんも自分で書いてくれたりします。

家の中では朝ご飯の後片付けを終わらせたかずみちゃんが、その後は掃除に洗濯と家事を始めます。花陽も一日中根を詰めて勉強するわけではないですから、家にいるときはお手伝いします。

紺は書き物の締切りとの兼ね合いがありますけど、基本的には青と一緒に座卓に陣取って、古本屋とカフェの番頭として日々あれこれと作業をこなしていきます。自分たちの娘であるかんなちゃん鈴花ちゃんが家にいるときには面倒を見ますし、家業の将来を考えるのも中心はこの二人ですよ。カフェの新しいメニューや古本屋の商いの種を日々研究してもいます。何せ調べるのは商売柄大得意ですからね。

高校生でありながら既にプロのミュージシャンでもある研人は我南人と同じで、家の仕事の頭数には入りません。もちろん家にいるときにはかんなちゃん鈴花ちゃんの相手をする優しいお兄ちゃんですし、部屋の掃除などは自分でやっています。

我南人は、ここのところ外をふらふらすることは少なくなり、その代わりに家の中をふらふらしていますよね。孫の相手をしたりカフェにやってきたファンの方の相手をしたり、かと思えば研人と一緒に部屋で作曲をしたりしています。近頃は他の方に曲を提供することもかなり増えたようですね。

勘一が古本屋の畳敷きの帳場にどっかと腰を据えて、こちらも開店です。

すずみさんがハンディモップを持って本棚の掃除を始めます。近頃のあれは本当に便利ですよね。埃を立てずにしっかりと取りますし、先端の角度をカクッと変えて、高いところや狭いところの埃も簡単にお掃除できますから。

わたしの若い頃ははたきでぱたぱたと叩《はた》いていましたけれど、あれは単に埃を移動させるだけでしたからね。すずみさん、掃除が終われば、勘一の後ろで、脇の本棚に置いてある買い取ったばかりの古本の整理や帳簿付けです。必要があれば青と一緒に蔵の中の整理や点検と、さほどお客様の多くない商売とはいえやるべきことはたくさんあるのです。

「はい、おじいちゃん。お茶です」

「おう、ありがとな」

　春夏秋冬いつでも一日の最初の一杯は、熱過ぎるほどの熱い日本茶で始めなきゃ気が済まない勘一に、藍子がお茶を持ってきます。勘一が湯呑《ゆの》みを手に取りながら顔を上げ、藍子を見ます。

「花陽はどうだ」

　藍子が微笑《ほほえ》みます。その台詞《せりふ》はここのところ毎日聞いていますよね。

「大丈夫よおじいちゃん」

　そうです。今朝もしっかりご飯を食べていましたし、いつも通り、普段通りの花陽でしたよ。

「おじいちゃんの血筋だもん。度胸は据わってます」

「そうだよな」

　お茶を一口飲んで頷きます。勘一にしてみれば、花陽は初めての曽孫。それなのに父親がいないという環境の中で育ってきました。

　わたしから見れば勘一も若い頃から相当に破天荒な生き方をしてきた人ですが、何せ古臭い人間です。決して口にはしませんが、曽祖父として花陽にそういう環境を与えてしまったことを悔やんでいるのですよね。だからこそ、花陽のことが心配で心配でしょうがないんでしょう。

「大丈夫です。花陽ちゃん余裕ありますよ」

すずみさんもそう言って微笑みます。

「そうか？」

「この間、一緒にお風呂入ったときに言ってました。試験が終わったら庭にお花の種でも蒔《ま》こうかなって」

「ほう」

そうか、と、勘一も笑みを浮かべて頷きます。確かに、それは本番を前にして落ち着いている心境が窺《うかが》えますね。やるべきことはやったと本人も感じているのでしょう。

からん、と土鈴の音が鳴りました。古本屋の入口からいつもの朝のように祐円《ゆうえん》さんが入ってきたかと思うと、手をヒラヒラさせて何か慌てていますね。

「おいおいおい！」

「なんだよ朝っぱらから。おはようさん」

「おはよう！　いや何かおかしいんだって」

祐円さんは勘一の幼馴染みで、近所にあります〈谷日神社《やにち》〉の元神主さん。つるつるの頭にふくよかな顔なので、神主というよりお坊さんみたいな雰囲気です。今は息子の康円《こうえん》さんに神社を任せて本人は悠々自適のご隠居暮らし。開店と同時にこうして我が家にやってくるのは毎朝のことなんですが。

「おかしいのは顔だけにしとけっていつも言ってるだろ」

「お互い様だって。いや冗談抜きで、そこの道路がおかしいって！」

「道路？」

すずみさんも、そして祐円さんにお茶かコーヒーかを訊きに来た亜美さんも勘一と一緒になってきょとん、とします。

「あれ陥没してんじゃねぇか？」

「陥没ぅ？」

「穴ですか!?」

慌てて立ち上がった勘一が帳場から下りてサンダルをつっかけます。

「陥没って？」

居間にいて声が聞こえたんでしょう。紺と青も出てきて、店を飛び出していきました。皆で店の前に出たところで足を止め、思わず、あれ!?　と声が出てしまいました。

本当です。本当にすぐそこです。我が家の横の脇道の正面でしょうか。アスファルトの道路の真ん中に、そうですね一メートル弱はあるでしょうか。大きな穴が空いてしまっています。

「なんだぁこりゃあ？」

勘一が走って行って近くで覗《のぞ》き込みます。

「な？　穴だろ？」

祐円さんが指差します。

「じいちゃんあまり近づかないで」

青が勘一の肩を掴《つか》みました。こういうときはわたしは便利ですね。ふわふわと漂って穴の真上に進めます。深さはあまりありません。せいぜいが四十センチか五十センチぐらいでしょうか。そこにあるのかどうかはわかりませんが、水道管とかガス管の類《たぐい》は今のところは見えませんね。ただ崩れたアスファルトのかけらと、茶色やら黒やらの土が見えるだけです。

紺と青が鼻をくんくんさせて辺りの臭いを嗅ぎます。勘一もしゃがみ込んで穴に顔を近づけて臭いを嗅ぎました。

「ガスの臭いはしないね」

「しねぇな。とりあえずここにガス管は走ってねぇか」

「旦那さん、コートコート！」

セーター一枚で出て来た勘一に、すずみさんがコートを持って走ってきました。

「おう、すまねぇ」

そうですよ。風邪など引いたら大変ですからね。

「水も溜まっていないから、水道管も大丈夫かな」

すずみさんは紺と青にもジャケットを持ってきました。それを着ながら紺が言って、勘一も青も祐円さんも頷きます。調べてもらわなければわかりませんが、どうやら本当にただ穴が空いただけのようですね。

気づけばカフェにいらしていたお客さんたちもわらわらと出て来て、穴を見つめて驚いていますね。

「あな！」

「あなだ！」

あぁ、かんなちゃん鈴花ちゃんも来ちゃいましたね。我南人も研人も花陽もマードックさんも見に来ました。ちゃんとパーカーやダウンを着てるからいいですね。

「なんであなあいたの？」

「かんなちゃん鈴花ちゃん。ぜーったいに近くに行っちゃダメよ」

花陽が二人を抱きかかえるようにしながら言います。

こんなの店に来たときにはなかったよ、というお客さんの声が聞こえてきました。ということは、本当についさっき、祐円さんがやってくるほんの少し前に突然陥没したんでしょうか。何かどこかでも、もっと大きな陥没騒ぎがありましたよね。

何十年もここに住んでいますが、路地に小さな穴が空くなんていうのはありましたけど、こんな陥没は初めてですよ。

「とりあえずシートでも被《かぶ》せておくか？」

祐円さんが言うと勘一も頷きます。

「そのまま放っておくのも危ねぇな。おい紺、会所にあっただろ。シートじゃなくてあの赤いの」

「三角コーンだね」

紺が頷きながら言いました。

「それだそれだ」

「取ってくるよ」

町会の会所は、元は団子屋の湯島《ゆしま》さんがあったところで、駐車場になった奥のプレハブがそうです。そこに町内会の夜回りやお祭りのときに使ういろんなものが置いてありますよね。工事のときに置くあの三角コーンも何本かあったはずです。

紺と青、そしてマードックさんも研人も走っていって、それらを持ってきてくれました。皆で手分けして穴の周りをぐるりとその三角コーンで囲みます。

「勝手に穴ぁ塞ぐわけにもいかねぇもんな」

「それは区役所に電話して、専門の人に任せようよ」

青が言います。ここは確か区道ですよね。すぐに区役所に連絡して工事をしてもらいましょう。

「区役所に電話するよりよ、新《しん》の字《じ》に言った方が話が早いんじゃねぇか？　あいつの専門なんだから」

新の字とは、我南人の幼馴染みで同じ町内の〈篠原《しのはら》建設〉の社長の新ちゃん、篠原新《しん》一郎《いちろう》さんですね。もちろん道路工事の業者さんとはまた別だと思いますけど、建設会社と道路関係は切っても切れないものでしょう。どこへ電話したらいいのかはすぐにわかるかもしれません。

ここの道路はかろうじて軽自動車程度は通れる幅ですが、ほとんど車が入ってくることはありません。ガス管や水道管を傷つけた様子もありませんし、囲っておけばとりあえずは大丈夫だろうと皆が家に戻りました。

「しかしまぁ、大したもんじゃなくて良かったぜ」

祐円さんが帳場の前の丸椅子に腰掛けながら言います。

「まったくだ。ガスや水でも漏れた日にはとんでもないことだぜ」

「はい、祐円さん。コーヒーでいいですか」

お店に残っていた藍子がコーヒーを持ってきました。

「おお、すまんね」

祐円さん、コーヒーを一口飲んで、カフェの方で皆と話している花陽の様子を見ました。

「もうすぐだな」

「おう」

「心配でしょうがないんだろう」

勘一が素直に頷きましたね。

「心配してもしょうがねぇんだけどな。信じるだけでよ」

「俺は心配してないぞ。花陽ちゃんは強い女の子だからな」

強いですか。そうですね。確かに小さい頃から気が強くて気《き》っ風《ぷ》が良くて、〈男前〉と言われたこともありましたよね。その辺は藍子よりおばあちゃんの秋実さんに似ましたかね。

「まぁあれだ。何にしても終わったら皆で旨《うま》いもんでも食って労《ねぎら》ってやればいいさ」

「おうよ」

そうですね。そして結果がどうあれ、やるだけやった努力は決して無駄にはなりませんから。


午前九時を回る頃には、朝一番にやってきたお客さんも引けて、カフェは落ち着きます。この後は藍子も亜美さんもランチの時間までは少しのんびり過ごせる時間。かずみちゃんやすずみさんも加わってお昼の仕込みをしながらも、お茶を飲んだりケーキを試食したりしてひと休みして、子供たちと過ごせる時間でもあります。

かんなちゃん鈴花ちゃんはもう少ししたら、裏に住んでいる会沢《あいざわ》の小夜《さよ》ちゃんと遊ぶ予定だとか。お父さんの夏樹《なつき》さんがお仕事はお休みなので、お母さんの玲井奈《れいな》ちゃんと車でどこかへ一緒に行くと言っていましたよね。

子供二人を夏樹さん玲井奈ちゃんにお任せしちゃうのは心苦しいのですが、車は五人乗りですし、三人は仲良しで聞き分けの良い子ばかりですから心配いりません。わたしもちょっと様子を見に行けば、かんなちゃんとはこっそりお話しできますから何かあっても大丈夫です。

二人は仏間で玉三郎とノラと遊びながら、我南人と一緒にお絵描きしています。

花陽や研人はおじいちゃんである我南人が大好きで、特に花陽は小学生の頃に尊敬する人は我南人おじいちゃんです、と作文に書きましたよね。同じ孫であるかんなちゃん鈴花ちゃんはというと、大好きなのはもちろんですけど、どこか対等な遊び仲間みたいな感じでしょうか。

かんなちゃんが、ふいに頭を上げましたね。ぴょん！　と立ち上がると鈴花ちゃんも何も言わずにすぐに立ち上がり、二人でたたたっ、と古本屋の方へ走っていきます。

「おおじいちゃん、ふじしまんくるよ」

かんなちゃんが言います。勘一が、おっ、と手にして点検していた古本から顔を上げました。その途端に、からん、と土鈴の音が鳴って戸が開きます。

「おお、来たか」

「どうも、おはようございます」

藤島さんが姿を見せました。焦げ茶色のスーツに革のトレンチコートという地味なのに高級さを感じさせる出《い》で立《た》ちが本当にお似合いです。若い頃はその高級で品の良い出で立ちが悪目立ちすることもありましたが、年齢を重ねて様になってきました。

いつものことですが、かんなちゃんの勘の鋭さはまるで超能力ですよね。でも、猫や犬は飼い主の足音で玄関に辿《たど》り着く前に帰ってきたのがわかると言いますから、案外かんなちゃんは犬猫並みに耳がいいのかもしれませんよね。

藤島さん、コートを脱いで手にして、勘一と向き合い頭を下げます。

「父の葬儀には皆さんでお越しいただき本当にありがとうございました」

「いや、ご丁寧にどうも」

ご愁傷様だったね、と勘一もすずみさんも畳に手を付き頭を下げます。親しき仲にも礼儀ありです。お互いに真面目な顔で挨拶した後に、顔を上げた藤島さんが思わず顔を綻ばせました。

かんなちゃん鈴花ちゃんが、大好きなふじしまんが来たのに騒ぎもしないで、居間の入口から静かに覗いていたんですよ。その後ろで我南人が二人の頭に手を載せてにこにこしながら立っています。

「ふじしまん、もうだいじょうぶ？」

「げんきになった？」

うん、と、藤島さんがにっこり微笑みます。

「元気になったよ。かんなちゃん鈴花ちゃんも来てくれてありがとうね」

ぱあっ！　と二人が笑顔になりました。

「じゃあ、あしたのあさごはんで！」

「またおいでね！」

手を振ってさーっと仏間に戻って行ってしまいました。勘一もすずみさんも笑います。

我南人が居間の上がり口に腰掛けました。

「ずっと朝ご飯に来なかったからぁ、随分淋しがっていたねぇえ」

「何度も言ってましたよね。ふじしまん来ないねって」

我南人とすずみさんが順に言うと、藤島さんが苦笑いします。

「嬉しいですね。いや、僕も早く一緒に朝ご飯を食べたいんですけど」

小さく息を吐きましたよ。

「まだ落ち着かねぇか。まぁ座れよ」

藤島さんが丸椅子に腰掛けます。

「コーヒー、飲みます？」

「いや、今日は挨拶回りに来ただけなので」

すぐにお暇《いとま》しますと軽く手を上げます。

「親父《おやじ》さんほどの人なら、そりゃああれこれと片付けも大事《おおごと》だろうがな」

「そうなんですよね。わかってはいたつもりだったんですけど、思い知りました。それでなくても、人一人亡くなるというのは大変なことだなぁと」

勘一も深く頷きます。確かにそうです。大切な身内が亡くなっても、残された者には悲しみにくれる間もなく手続きやら済ませなきゃならないことが山ほどありますからね。ましてや日本を代表する書家だった〈藤三〉さんです。雑事の多さは普通の人の比ではないでしょうね。

「確かあれだよな。実家を〈藤三記念館〉にするんだったよな？」

そうです、と藤島さん頷きます。それはもうお父様の生前から進んでいたお話でしたよね。以前にも聞いていた話です。

「軽井沢の別宅は既に売却済みですし、実家の改装もこれから進めるつもりでいたんですが」

藤島さんの表情が一瞬だけ曇って、すぐに笑顔を見せました。

「いや、ご挨拶に来て朝っぱらからする話じゃないですね」

「なんだよ」

勘一がコン、と文机を軽く叩きました。

「今更遠慮する間柄かよ水臭《みずくせ》ぇ。他人様《ひとさま》のお家事情をどうこうできるわけじゃねぇけどよ、話だけならいくらでも聞くぞ？」

「ありがとうございます」

「夜にでも久しぶりに〈はる〉で一杯やるか？」

「いいねぇ。僕も行くよぉお」

藤島さん、こくりと笑顔で頷きました。

「そうですね。今夜には部屋に帰ってのんびりするつもりでいますので」

部屋とは隣の〈藤島ハウス〉ですね。二階建てのクラシカルな雰囲気に造ったアパートの二階の半分、二部屋が藤島さんのほぼ今の自宅です。社長としての仕事もあるのですから大変でしょうけど、ゆっくりすることも必要ですよ。

「そうそう、泣き言だけを言いに来たわけじゃないんですよ。実はその記念館に絡んでちょっとお願いもあって来たんです」

「おう、なんだい」

「三島政幸《みしままさゆき》という書家をご存じですか？　テレビにもたまに出ますし、葬儀のときにも僕の横にいたんですけど」

あ！　と、すずみさんが手を打ってにっこり微笑みます。

「知ってますよ！　あの眉毛の濃い方ですよね！」

そうですそうです、と藤島さんも笑います。

「実は墨で描いてるっていうのが本人のお気に入りのジョークなんですが」

あぁ、と勘一も我南人も頷きました。

「あれだ、時代劇の題字とかも書いてる人だったな？」

「喋《しゃべ》りが上手《うま》くてぇ、バラエティ番組にも出てるよねぇ？」

「その人です。父は直接の弟子は取らない主義だったんですが、師事してくれた人の中でも一番弟子のような存在なんです。若い頃から家にずっと出入りしていたので〈藤三記念館〉でもディレクターのような役割をお願いするつもりです」

藤島さんは実の息子とはいえ、書の世界は門外漢ですからね。そういう方の存在は不可欠でしょう。

「それで、三島さん、一度堀田さんに話をお伺いしたいそうなんです」

話？　と、勘一が少し眼を細めます。

「お客さんならどうぞお店にいらしてくださいってもんだが、話っていうからにはそれだけじゃねぇってことか？」

そうなんです、と、藤島さん頷きます。

「〈東京バンドワゴン〉の蔵にある『岱山篆刻帖《たいざんてんこくちょう》』や『喉秦紀綺《こうしんきき》』などの碑帖《ひじょう》、拓本《たくほん》を、〈藤三記念館〉を纏《まと》めていくためにも、参考までにぜひ見せていただきたいとのことなんですよ」

あぁなるほど、と、勘一がこっくりと顎を動かします。

碑帖とか拓本というのは、あれですね。中国の碑文や銘文、つまり碑である石や金属に刻まれた昔の書を写し取ったものですよね。

書家の方々はそういうものの写しや、纏めたものを鑑賞して手本にして勉強すると言いますよね。我が家の蔵には中国書道のそういうものもいくつかは眠っています。売りに出せばその筋の方々に相当に喜ばれるものらしいのですが、初代堀田達吉が蔵に眠らせたからには、おそらくは何か曰く因縁、表に出せない謂《いわ》れがあるものなのでしょう。

以前に藤三さんが来られたときにお見せしたところ、相当に驚いていらして、それはもう放っておくと何時間もそのままでいるのではないかと思うぐらいに見入っておられました。

「堀田さんの許可さえいただければ、うちでデジタルデータにしたものを見せるだけで済む話ではあるんですけれど」

「ああいうものは、それこそ〈匂い〉、ってもんだよな。纏めた実物を見なきゃあ話にならねぇ、と」

「そうなんです」

勘一が、ポン、と腿《もも》を打ちます。

「いいぜ。他ならぬ藤三さんのためだ。口外しねぇ持ち出さねぇを守ってくれる限りは、いくらでも蔵の中に籠《こも》って見てもらってもいいって伝えてくれよ」

「ありがとうございます。三島さん、跳び上がって喜びますよ」

「おう。別におめぇと一緒じゃなくても、いつでもいいぜってな。皆にも伝えておくからよ」

きっとすぐにでも飛んできますよ、と藤島さんが笑いました。

うちの蔵で長年眠っているものですからね。それが他人様のお役に立てるなら嬉しいことですよ。

二

藤島さんが古本屋から出ていくのとほとんど同時に、店に入ってこようとした男の子がいました。藤島さんが戸を開いたままにして、どうぞ、と声を掛けると、ありがとうございます、と涼やかな声で応えていました。

藤島さんが店の中を振り返ってにっこり笑っていましたから、年齢から研人の友達かなと思ったのでしょうね。勘一とすずみさんもその様子を見て、あぁ、と、頷いていました。

「おはようございます」

中に入ったところでその少年、お辞儀をして勘一を見ます。

「おはようさん。ひょっとして研人の友達かい？」

勘一がにこりと笑って言います。

「そうです。水上と言います。あの、堀田先輩は」

「おう、中にいるぜ。そっから家の中に入んな入んな。遠慮なんかしねぇで。おい研人！　友達だぞ！」

研人のことを先輩と呼ぶ子が来たのは初めてかもしれませんね。勘一もすずみさんも、何かくすぐったいような表情を見せて、水上くんを迎えてます。

どたどたと音がして研人がやってきました。

「おー！　水上！　久しぶりだー」

「おはようございます！」

水上くん、笑顔が爽やかですが、ひょろりと線の細い男の子ですね。たくさんご飯を食べてもうちょっと太らないと、などと年寄りは心配してしまいます。

けれどもあれですね。研人も決して体格のいい男の子ではないのですが、こうして中学生の子と比べると、身長はそんなに変わらないのに身体から発散されるものが違いますね。研人に貫禄さえ感じてしまいます。

勘一も居間に戻ってきて上座に座りました。かんなちゃん鈴花ちゃんはもう出かけたようですね。

座卓で仕事をしていた紺と青、我南人もいらっしゃいと迎えます。亜美さんがニコニコしながら水上くんに何か飲みたいものはないかと訊いていきました。あれですね、水上くんは見た目からして友達のお母さんたちに好かれるタイプの男の子ですね。

「水上くんか。ウォーターに上下の水上かい？」

「そうです」

勘一の問いにもしっかりと通る声で答えます。なるほど次期生徒会長というのも頷けます。

「確かすっげぇカッコいい名前だったよな。侍みたいな」

「侍？」

水上くん、少し含羞《はにか》むように笑いました。

「水上兵衛《ひょうえ》って言います」

ほう、と勘一も我南人も思わず微笑みました。兵衛くんですか。それは確かに古風なお名前ですね。

「今度中三ってことは、研人とは二つ違うよね。どういう後輩？」

紺が訊きます。

「生徒会だよ。オレ、中三のときに書記やってたじゃん。ナベが生徒会長でさ。水上はそのときに一年生で入ってきたの」

あぁそうか、と紺も青も頷きます。そういえば研人は書記をやっていましたね。部活といってもロック部ですからずっと自分のバンドの練習ばかりやっていましたけど、少しは学校での活動もしたいとか言ってました。

「こいつそんときからずっと写真ばっかり撮ってて、写真部作りたかったんだけど結局同好会止まりでさ。ほら、中学のときに初めて作ったＣＤのメンバー写真あったじゃん。あれ撮ったの水上なんだよ」

「へぇ」

そうだったんですか。それは誰も知りませんでしたね。友達が撮った写真というのは聞いていましたけど、水上くんだったんですね。

「あ、写真持ってきたんです」

「写真？」

はい、と、水上くん頷きます。

「建物の中なんかを撮らせてくださいってお願いするときに、自分の撮った写真を見せることがあるので」

「ポートフォリオを持ち歩いているんだ」

青が感心したように言うと、水上くん頷きました。ポートフォリオというのはあれですね。カメラマンやイラストレーターさんが、自分の作品を誰かに見せるために作るファイルのことですよね。中学生でそういうものを持ち歩くとは、随分と本格派ですね。

水上くんがカバンから少し大きめの黒いファイルを取り出して、開きました。

「こういう写真を撮っています」

「ほぉ」

「うん」

「いいねぇ」

勘一も我南人も紺も青も、感心したように声を出して頷きます。ちょっと見せてね、と青がファイルをめくっていきます。わたしは後ろから覗き込みましたけど、ちょっと驚きました。写真の善《よ》し悪《あ》しなどわからない門外漢ですけど、これは本当にとても良く撮れている写真ばかりではないでしょうか。

「これはいいなぁ」

紺が言います。

「大したもんじゃねぇか。中学生でこれだけの写真を撮るってのは」

勘一も唸《うな》りましたね。

「ねぇ、ちょっと藍ちゃん！　マードックさん！　手空いてる？」

青がカフェにいる二人に声を掛けました。何かと思いましたけど、そういえばあの二人はアーティストですよね。

なに？　とカフェのカウンターの中にいた二人が居間に入ってきます。

「ちょっと見てよこの写真。研人の後輩のこの水上くんが撮ったんだけどさ」

どれどれ、と藍子とマードックさん、二人でファイルを覗き込みます。古本屋としての青は漫画や雑誌などのサブカルチャーものには無類の強さを発揮しますよね。写真集などにもかなり詳しく、その善し悪しにも通じていると思いますけど。

藍子もマードックさんも、写真を見て眼の色が変わりましたよ。マードックさんなどは思わず座り込んでじっと見つめます。何か、身に纏うものが変わりましたね。

「これは、いいですね。とてもいいしゃしんです」

マードックさんが言って、藍子も大きく頷きました。写真の多くは建築物ですね。普通の家もあればお寺や神社、ビルディングもあります。そのどれもが、構図や光の具合や醸し出す雰囲気が並みではありません。

藍子がファイルをめくると、今度は女の子の写真が出てきました。皆が一様に眼を瞠《みは》りました。わたしもちょっと驚きました。

美しい写真です。どこかの公園でしょうか。夕暮れが近づいているような光の中で、Tシャツにジーンズという何でもない格好の女の子が一人佇《たたず》みカメラを見つめていま す。

長い髪の毛が少し風に揺れて幾筋か顔にかかっていて、それを気にするような表情ですが、ただそれだけなのに、言い様のない存在感がその写真から伝わってきます。

「この女の子は？」

藍子がそこに写っている女の子を示して言います。

「同じアパートの隣の部屋の子なんです」

「すごい存在感があるよな。研人も知ってる子か？」

青が訊くと、研人は首を横に振りました。

「知らない。後輩か？」

「後輩っていうか、同じ小学校だし、たぶん中学も同じになると思いますけど」

え？　と、皆が少し驚きましたね。

「ひょっとして、小学生なの？」

藍子が本当にびっくりしたように訊きます。

「そうです。今度五年生ですね」

五年生ぇ!?　と全員が同時に声を上げましたよ。わたしもそうです。すらりとした肢体からしててっきり中学生だと思っていました。

「五年生でこれって、何かモデルとか子役とかやってる子なの？」

青が勢い込んで訊きましたが、水上くんは苦笑いのような笑みを見せて首を軽く横に振りましたね。

「何もしてないです。普通の女の子ですよ」

何と言えばいいのでしょう。透明感とでも言いますか、そこにいるだけで独特の雰囲気を醸し出すような女の子ですね。亜美さんみたいに顔立ちの整った美人さんではなく、言ってみれば個性的な顔立ちをした美人さんですよ。

今度五年生ということはまだ十歳ですか。見るだけで人を惹《ひ》き付けるような存在感ですが、それを引き出しているのは、この水上くんの写真の腕なのでしょう。

我南人も感心したようにその写真を眺めていますが、何かに納得したように頷きましたね。

「これはぁ、フィルムカメラで撮ってるのぉお？」

我南人が訊きました。

「この写真は、そうです。祖父から貰ったカメラで撮りました。今日はデジタルを持ってきましたけど」

「好きなカメラマンとかいるのぉお？」

水上くんがちょっと恥ずかしそうに下を向きましたね。

「もう引退してる人なんですけど、石河美津夫《いしかわみつお》って人の写真は好きです」

おおぅ、と青が声を上げましたね。

「それは渋過ぎるだろ！　っていうかよく知ってるね？」

わたしは聞いたことありませんが、有名な方なんでしょうか。

「聞いたことあるな。どんな写真家だった？」

「写真家としてよりは、編集者として有名だった人だね。ほら雑誌の〈週刊ゴールドラッシュ〉とか〈プルースト〉を創刊して流行を作った男」

おお、と勘一が頷きます。

「あの時代の伝説の編集者だな。わかったわかった。そういやぁ編集をやりながらもカメラマンとしても、著名人のポートレートを撮ったり、女優さんのヌード写真とか撮っていたな」

「一時期有名だったねぇ。彼になら写真を撮ってもらいたいって女性がたくさんいたよねぇ。池沢さんともさぁ、噂になったことあったよねぇえ」

「あったな。池沢さんだけじゃなくてよ、あの時期に活躍して写真を撮られた女優さんと次々に噂になってなかったか？　編集者としての神の手とカメラマンとしての神の眼を持つ男とか言ってよ」

　そんな人がいらしたのですね。そして我南人が自分で口にするぐらいですから、池沢さんとは単なる噂だったのですね。

「いやしかし水上くんよ、本当にこれは大したもんだ」

　勘一が嬉しそうに頷きます。

「こんな古臭ぇ家でよければ隅から隅までじゃんじゃん好きなように撮っていってくれよ。あれだ、ついでに昼飯でも食っていけ」

　本当に嬉しそうですね。

　曽孫までいるような年だからじゃなく、勘一は若い頃から本当に子供好きですよね。かずみちゃんも小さい頃はやはり勘一にいちばん懐いていました。生憎と自分の子供は我南人しかできなかったのですが、こうして孫や曽孫に囲まれて暮らしている今は本当に幸せを感じていると思いますよ。

「みずかみくん」

　マードックさんです。

「はい」

「これですけど、もちろん、じぶんのさくひんとして、はっぴょうしたいっておもってますよね？」

水上くん、少し戸惑うような顔を見せましたね。

「発表ですか？」

「たとえば、こてん、とかです。おおきくひきのばして、かべにかざったりです」

藍子も眼を大きくして、うん、と頷きましたね。

「それは、はい。いつかはそんなことしたいって思ってますけど」

水上くん、少し含羞んだように言います。

「でもそれはもっと大人っていうか、ちゃんとした写真を撮れるようになってからですけど」

マードックさん、にっこり笑って首を一、二度ゆっくり横に振りました。

「もう、これは、ちゃんとしたしゃしん、です。じゅうぶんに、きみのさくひんになっています。でも、たしかにこてんはまだはやいでしょうから、ちょっと、なんまいか、うちにかざってみませんか？」

「え？」

「ぼくが、さぎょうできます。しゃしん、かしてもらえればひきのばして、にさんまいなら、あしたからでも、すぐにおみせにかざれます」

お昼過ぎ辺りから、冷たい風が少しばかり強く吹いてきましたか。ランチタイムが終わってお客さんが一回りしたカフェの扉を開け閉めする度に、店内に冷たい空気が入ってきます。

水上くんは我が家の写真を撮り終わるとカフェでご飯を食べて、マードックさんともいろいろ話をして帰っていきました。

マードックさん、随分水上くんの写真を気に入っていたようですよ。きっとアーティストとしての血が騒いだのでしょうね。水上くんと二人でカフェに飾る写真を選んで、データやプリントを預かっていました。

カフェの壁は藍子とマードックさんが自由に使っていますからね。今までも、お知り合いのアーティストの方の作品をいくつか飾ったことがあります。ちょっとしたギャラリーとして、どんどん二人の好きなアーティストの作品を飾ってもいいんですよ。

どこかへ行っていた我南人がふらりと戻ってきて、カウンターで藍子の淹《い》れたコーヒーを飲んでいます。

我南人のバンドである〈LOVE TIMER〉はドラムスのボンさんが病に侵され、ライブなどの活動はなかなか難しくなっています。身体の調子を見ながらなのですが、高校生の頃からずっと一緒にやっている我南人、ボンさん、鳥《とり》さん、ジローさんの四人で作る、おそらくは最後の一枚になるであろうアルバムの制作に取り掛かっていますね。今もノートに何やら曲名のようなメモを書いていますから、それの準備をしているのかもしれません。

「ボンさん、どう？」

藍子が我南人に訊きました。うん、と、我南人が微笑みます。

「どうってこともないよぉ。のんびりとやってるよぉ」

肺ガンが見つかりもう手の施しようがなく、けれども入院はせずにその日が来るまでいつも通りミュージシャンとして過ごすと決めたボンさんです。周りの人間はそれを受け止め、思う通りにさせてあげるんだと話しましたよね。

藍子が小さく頷き、それからほんの少し、苦笑いのような微妙な表情を見せましたね。

「花陽がね」

「ううん？」

「麟太郎《りんたろう》くんと、連絡を取り合っているみたいなの」

「あぁ、そうみたいだねぇえ」

お客さんのいない店内。カウンターの脇でナプキンなどを整理しながら話を聞いていた亜美さんもニコッと微笑みます。

麟太郎さんは、ドラムスのボンさんの息子さんですよね。臨床検査技師として働いています。わたしも以前、花陽と麟太郎さんが図書館で偶然に会い、その後も何度か約束して一緒にいるのを見ましたね。一緒といってもデートなどというものではなく、いつも花陽が勉強している図書館で待ち合わせて一緒に並んで本を開き、その後にお昼ご飯を食べて帰るといった程度なんです。麟太郎さんも検査技師として休日に図書館で調べ物をすることはよくあるのだとか。

「すごく気が早いとは思うんだけどね」

「うん」

「もしも付き合うようなことになっていって、そしてボンさんのことを、あの子が〈おとうさん〉って呼ぶ日が来てくれたらいいなぁって」

藍子が冗談交じりでもなく、微《かす》かに憂いを含んだような表情をして言います。亜美さんは少し眼を伏せてから笑みを見せて言います。

「それは本当に気が早いわー、お義姉《ねえ》さん」

わざと明るくお義姉さんなんて言いましたね亜美さん。藍子も照れくさそうに笑いました。マードックさんは確かに花陽の〈お継父《とう》さん〉ですが、父親というよりは藍子の夫として花陽に接しています。花陽が今も〈マードックさん〉と呼ぶのは三人で話してそう決めたそうですよ。それは花陽が生まれたときから父親代わりをしてきた勘一や我南人、紺や青へのそれぞれの思いがあったからでしょう。

もしも麟太郎さんとお付き合いして結婚まで進んだとしたら、花陽には初めて素直に〈おとうさん〉と呼べる人ができるわけで、それがボンさんになるのです。

藍子は、若き日の自分の決断とはいえ、花陽に父親という存在を与えなかったことをふと思ってしまったのでしょうか。大学生というその頃の自分の年齢に近づいてきた花陽に自分を重ねたかもしれませんね。

「いやぁあ、あれだねぇ」

我南人が大声で言います。この子は地声が大きいのですからこういう場面ではもう少し情緒ある喋り方をしてほしいですよ。

そして何があれなのでしょうか。

「麟太郎はさぁ、僕やジローや鳥のことも父親みたいに思ってるからぁ」

「それはどういう意味でですかお義父さん」

亜美さんが訊きます。

「まだあいつが四歳か五歳ぐらいの頃かなぁ。ボンの奥さん、伊都子《いつこ》さんが入院しちゃったんだぁ。ツアーが始まる直前にねぇ。で、いろいろあってさぁ、結局麟太郎も連れてずっと一緒にツアーを回ったんだよ。三ヶ月ぐらいだったたなぁ」

そういえばそんなことがあったような気がします。麟太郎さんが四、五歳ですから、まだ花陽も研人も生まれていない頃ですね。

「僕らもいっぱいあいつと遊んだねぇ。そのときにはジロパパとかトリパパとか呼んでさぁ。可愛かったねぇあいつも」

では我南人はガナパパとか呼ばれたのでしょうか。

「思い出した。ちょうど紺と亜美ちゃんが出会った頃じゃなかったっけ？」

藍子が言います。二十年ほど前の話ですから、ちょうどその頃でしたかね。

「ねぇ、そうだねぇえ。時代は巡るよねぇ。そして出会いも巡るねぇえ」

我南人が笑顔を藍子に向けます。結局何を言いたかったのかよくわかりませんが、でも、それこそ藍子の父親としての我南人の気持ちは何となくは伝わってきます。藍子も亜美さんもそうねと微笑み頷きました。

亜美さんが、ふいに顔を窓の外に向けました。

「ねぇ、藍子さん。あの穴の警備員の人に何か温かい飲み物持っていこうか」

「あぁ、そうよねぇ。昼過ぎから一人でずっと立ちっ放しよね」

藍子も頷きながら、カウンターの中でちょっと背伸びして窓の向こうを眺めます。

あの陥没した道路を、おそらくは役所の人たちと工事関係者らしき人が来て確かめて、何やらいろんな機材で調べていって、改めてちゃんとした工事用の三角コーンをぐるりと回《めぐ》らせていきました。紺たちが置いた三角コーンもありがとうございました、と持ってきて片付けてくれました。

きっと今頃、補修工事の手配をしているのでしょう。素人考えではさっさと埋めればいいじゃないかと思いますけど、ああいうものはきちんと原因を突き止め、地中に何があるかをチェックしてからじゃないと始められないものでしょう。特にこの辺りは古い土地ですから、家を新築しようと地面を掘ると江戸時代の遺物が出てきた、なんていうことも以前はありましたよね。

工事が始まるまで、通行人に危険のないように警備員の方がお一人ついているのですけど、暖かい格好をしているとはいえ確かに寒そうです。

「ああいう人たちは警備会社の社員で、交代制よねきっと」

藍子が言います。

「たぶんね。一人きりで何時間も立ちっ放しはないわよね」

亜美さんが言ってまた外を見ます。本当にすぐそこですから、店の窓から見えるんですよ。

警備員さん、中年の男性です。いつの間にかカフェに来ていた紺が亜美さんと同じように外を見ています。

「なかなか押し出しがいい人だよね」

紺が言って、藍子も亜美さんも頷きます。

「姿勢もいいのよね。ヘルメット深めに被っちゃうと顔がよくわからないけど」

「そう言うと失礼かもだけど、スーツの方が似合いそうな感じよね。どこかの会社の重役さんみたいな雰囲気もない？」

亜美さんの言葉に、うん、と、紺も藍子も頷きます。確かにそんな雰囲気です。ひょっとしたら何かスポーツでもやられていた方でしょうかね。車通りもなく、人通りもさほどない道路の警備でも気を抜かずに、しっかりと立って周囲に気を配り、気持ちの良い仕事ぶりですよ。

「たぶん、どこかの駐車場に車が置いてあると思うよ。交代時にはそこで休憩するんじゃないかな」

紺が言います。

「じゃあ、そのときに声を掛けてみようか」

亜美さんが言います。武士は相身互《あいみたが》いなんて言いますけど、同じ働く者同士ですからね。何やらiPadを動かしていた我南人もそこでようやく外を見ましたが、あれ？　という顔をしましたね。

「あ、ナイスタイミングじゃないかな？」

紺が言います。他の警備員姿の方が向こうから歩いてきましたね。交代の時間ですか。今までいた方と何やら話をしていますから引き継ぎの確認をしているんでしょう。今までいた方が、我が家の前を通っていこうとするところ、亜美さんはちょっと急いでカフェの扉を開けて出ました。

「すみません」

「はい」

「お疲れ様です。ここの店の者なんですが」

亜美さんが声を掛けると、警備員さん、ちょっと驚いたように足を止めて背筋を伸ばしました。

「何か、問題がありましたか？」

少し慌てたように周囲を見回しました。きちんと仕事に向き合っているからできることですね。

「いえ、問題とかではないです。これからご休憩ですか？　寒い中大変でしょうから、うちの店で温かいものをどうですか？　もちろん無料で」

にっこりと亜美さん微笑みます。もう高校生の息子がいる四十代ですがその美しさには一点の曇りもありませんよ。むしろ年を重ねた分だけ色が冴《さ》え渡ります。見たところ警備員さん、紺や亜美さんと同じような年代の方ではないでしょうか。ちょっとどきどきしてしまうかもしれません。

「あ、いや、それは大変ありがたいお申し出ですが」

警備員さん、少し困ったような顔をします。

「あ、規則でそういうのが駄目なら無理にとは。温かい飲み物だけでも持ち帰りのカップでお渡しできますよ？」

何かに迷うように警備員さん、少し首を傾け笑みを浮かべました。

「それなら、堀田家の皆さんに改めてご挨拶いたしませんと」

「え？」

亜美さんが驚きます。聞いていたわたしも少し驚きました。確かに〈堀田家の皆さん〉と、そして改めて、と言いましたね。うちをご存じで、お会いしたことがありましたか。我が家の正面には〈堀田〉の表札はありません。それとも、あれでしょうか。工事現場の周囲の住宅地図でもあったのでしょうか。

警備員さん、ヘルメットを脱ぎました。白いものが交じった少し癖毛の髪の毛ですね。それを直すようにちょっと掻《か》き上げました。

「堀田紺さんの奥さんですよね。息子がいつも研人くんにお世話になっています。渡辺《わたなべ》です。ベースの渡辺三蔵《さんぞう》の父です」

「渡辺さん？　あら！　ごめんなさい！」

亜美さんが驚きに思わず口に手を当てます。

渡辺三蔵くんとは、研人のバンド〈TOKYO BANDWAGON〉のベースの渡辺くんですね。

お父様でしたか？

「テレビの打ち上げのときには挨拶だけして帰ってしまって、失礼しました」

そうでした。思い出しました。研人たちがテレビ出演したときに〈はる〉さんで打ち上げをしましたけれど、渡辺くんのお父様は入口で挨拶だけして帰られたのですよね。仕事があると。ひょっとしたら、あれはこういうお仕事の夜勤だったのでしょうか。

「どうもぉお、渡辺さんお久しぶりでしたぁ。どうぞどうぞぉお」

いきなり店から顔を出して我南人が笑顔で言いました。我南人はそれこそ渡辺くんが研人と一緒にテレビに出る件でお宅にお邪魔して、しっかりとお会いしているはずですよね。

*

午後三時を回った頃に、夏樹さんたちとお出かけしていたかんなちゃん鈴花ちゃんが帰ってきました。

小一時間ほど車で走ったところにある大きなショッピングモールに行ってきたらしいのですが、そこの遊園地が楽しくて楽しくて遊び疲れたのでしょうね。小夜ちゃんも一緒に帰りの車の中で眠ってしまったので、そのまま紺と青と夏樹さんが我が家の二階へ運んで行って寝かせました。あんまり寝てしまうと夜に眠れなくなるので、少ししたら起こしましょうかね。

居間の座卓には玲井奈ちゃんが買ってきてくれたシュークリームが並んでいました。

小振りで随分カラフルなシュークリームですね。どうやら亜美さんがモールにある話題のお店で買ってきてと頼んだらしいですね。もちろん、いつも二人がお世話になってるのでお代は我が家持ちでしょう。

紅茶を淹れて、交代でおやつ休憩ですね。花陽も研人も二階から下りてきました。勘一に我南人に紺に青、かずみちゃんに亜美さんにすずみさん。もちろん、夏樹さんと玲井奈ちゃんも。カフェは藍子とマードックさんの夫婦コンビで見ています。

「ほやっさんだっへぇ？」

シュークリームを頬張った勘一が驚いたように眼を丸くして言います。お行儀が悪いですけど今更ですね。そして、親父さんだってぇ？　と言ったのですね。

あの陥没を警備している警備員さんが、渡辺くんのお父さんだったという話を亜美さんがしたのですよ。

「そうなんです。びっくりしました」

「渡辺くんって、研人くんのバンドの子ですよね？　亜美さん、今までお父さんに会ったことなかったんですか？」

玲井奈ちゃんが訊いて、亜美さん少し顔を顰《しか》めて頷きます。

「お母さんにはよく会ってるのよ。それこそ高校生のうちは私がマネージャーみたいな役割やることになったから、甘利《あまり》くんのお母さんも一緒に三人でカフェでお茶したこともあるわ。上手くやっていければいいですよねって。よろしくお願いしますねって」

そうですよね。それはわたしも知っています。甘利くんのお母さんも渡辺くんのお母さんも、息子のそういう活動にも理解ある優しそうなお母様でしたよね。

「でもお父さんはね。学校でも全然会っていなかったのよー」

たとえば参観日や学校行事などでもお父さんが参加することは、どうしても少なくなりますよね。参加していても子供のお母さんと挨拶するようなこともあまりないでしょう。

「びっくりだねー」

研人が紅茶を一口飲んでからそう言って、何か考えるような表情を見せます。

「あのさ、皆《みんな》さ」

軽く手を上げて、研人が皆を見回しました。

「今度ナベが来たときに、その話はしなくていいからね。っていうか、しないで。もしも本人が言ってきたら、たとえば親父がお世話になりましたとか言ったんなら、普通に答えていいけど」

うん？　と、皆が首を捻りましたね。

「それは、何か事情があるってことなのか？」

紺が訊きます。研人がちょっと唇を歪《ゆが》めましたね。

「あまり言うようなことじゃないし、こんなことでもなかったらゼッタイに言わなかったけどさ。だから、内緒っていうか、他の人に言ったりしないでよ？」

「わかった」

紺が言って、皆も頷きます。

「ちょ、ちょっと待った研人くん」

夏樹さんですね。

「それ、俺らも聞いていいこと？」

慌てたように言いますけど、研人はこくんと頷きます。

「夏樹さんだって玲井奈さんだってもう親戚みたいなもんだし。ナベのこともよく知ってるし」

それはそうですね。建築設計事務所で働いている夏樹さんはともかく、玲井奈ちゃんは小夜ちゃんと一緒にほぼ毎日我が家に来ていますし、ときどきカフェも手伝ってもらっていますから。

「ナベの親父さんさ、会社をリストラされてたんだよ」

「あら」

亜美さんが小声で言って顔を顰めました。

「そりゃあ」

勘一も顔を顰めましたね。

「大変だったんだな。おめぇは聞いてなかったのか？　ついこの間会いに行ったのによ」

我南人に訊きましたが、首を横に振りましたね。

「知らなかったねぇえ。その場でどんなお仕事をなんて世間話をするようなこともなかったしねぇえ」

それはそうかもしれません。息子たちがテレビに出るなんていう話をしたときですからね。ましてや自分のリストラ話などしたくないですよね。

「いつの話なの？　それは」

亜美さんが訊きます。

「オレが聞いたのは去年だよ。夏頃だったかなぁ。それもさ、ナベがギャグでさ、ギャグっていうかオレらの間での話とかじゃなくてさ」

「仲間内でネタにしたとか、軽く話したんじゃないってことだねぇえ？」

我南人が言うと、そうそう、と研人が頷きます。

「ナべさ、頭もいいし背も高いし、顔はまぁ普通だけどベースもカッコいいしさ。名前も三蔵なんてシブイ名前じゃん」

「あ、それ、前から思っていたんだけど、なんでナベちゃんそんなシブイ名前なの？」

花陽が訊きました。実はわたしも思っていましたね。

「あいつのお祖父《じい》ちゃんがお坊さんなんだって」

へぇえ、と、皆が感心したように軽く頷きます。不思議と身内にお坊さんとか神主さんがいるって話を聞くとそういう反応をしますよね。

「あら、じゃあ、お父さんはお坊さんじゃなくて？　そういえばお父さんも確かシブイお名前だったけど」

思い出したように亜美さんが言うと研人が頷きました。

「善尋《ぜんじん》ね。善悪の善にたずねるのごんべんじゃない方の字。それもお坊さんのお祖父ちゃんが付けた名前だってさ。でもナベの親父さんは次男で、お寺は長男、つまりお兄さんが継いでいるんだってさ。ナベも小さい頃はよくそこのお寺に行って寝泊まりしてたって」

なるほどそういうことか、と皆で頷き合います。渡辺くん、中学生の頃から妙に大人びたところを見せますけど、そういう環境からもあるのでしょうかね。

「でさ」

研人がシュークリームを食べて続けました。

「その親父さんがリストラされたって話はさ。ナベが、研人は親父が小説家でもあるし、じいちゃんは〈我南人〉じゃん。なんか羨ましいとかすっごく悲しそうにグチったんだよ。珍しいからさ、ナベがそんなこと言うのは。珍しいっていうか初めてだったから、甘ちゃんもオレもびっくりしてさ」

「それで、何かあったの？　って話をしたのか」

紺が言うと、研人がゆっくり頷きます。

「親父さんがリストラされて、再就職もなかなかできなくて、今はアルバイトで警備員やってるんだってさ。道路工事であの赤い棒を振ったりしてるんだよって情けなさそうに言うんだよ。なんかこう、事情はわかっていてもいろいろ辛《つら》かったんじゃないかな。だから」

うーん、と、紺も青も唸って顔を顰めます。女性陣もそれは、という表情で顔を見合わせましたね。

「ちょっと身につまされちゃいますね」

すずみさんが言うと、亜美さんも玲井奈ちゃんも、うんうんと大きく頷きました。

「旦那様の職ではいろいろ苦労してるからねぇここの皆も」

かずみちゃんが言って紺や青や夏樹さんをにやりと笑いながら見ると、三人とも面目ないとばかりに下を見たり上を向いたりです。

「あれだな」

勘一です。

「ナベくんに、親父さんは情けねぇ男じゃねぇ。家を守るために必死で頑張ってんだよ、てな話を研人がその場でしても、それはただの気休めになっちまうから何も言えなかったと」

「そういうこと。それから親父さんの話はしてない」

研人が溜息をつきます。

「まだ、アルバイトで警備員をやってたんだねー」

再就職が上手くいってないということなのでしょうか。今のご時世ではよく聞く話です。そういう意味では会社というものに就職した男は堀田家にはいませんので、その苦労については実感は湧かないのでしょうが。

「まさか渡辺さんも、うちの前で道路工事の警備をすることになるとは思わなかったでしょうね」

すずみさんが少し気の毒そうな表情を見せました。そうですよね。

「あれか？　渡辺さんは陥没を直す間はずっと来るのかよ。そういう話は亜美ちゃん、したのか？」

「しました。工事自体はたぶん明日明後日ぐらいで終わるから、その間は来るんだって。それならどうぞその間はうちで休んでいってくださいって。お昼ご飯なんかもタダでいいですよって言おうと思っちゃったけどさすがにそれは失礼かと思って、飲み物はサービスするのでぜひどうぞって」

うん、と勘一頷きます。

「男の沽券《こけん》にもかかわるからな。それぐらいで良かったと思うぜ」

「思うけど、辛いなぁ」

青がちょっと首を振って言います。

「義姉さんはしょうがないとしても、もう兄貴は渡辺さんがいるときにカフェに顔を出さない方がいいんじゃない?」

「いやそれはかえって失礼だろう。むしろお疲れ様ですって何も知らないふりして世間話でもしなきゃならないんじゃないか」

紺が言います。さっき渡辺さんが店に入ってきたときには紺は家の中に戻っていましたからね。

勘一も、うむ、と腕組みして考えますね。

「気まずい思いさせちまったのも気の毒っちゃあそうだが、警備員だって立派な仕事よ。そこんところはきっちり線引きしとかなきゃならんだろう」

「その渡辺さんだって、いい年なんだから、割り切ってむしろ自分でネタにしてくるかもしれませんよ?」

夏樹さんです。職で苦労した者ならではの意見ですね。

「関係ないけどぉ、渡辺さんはどんな会社に勤めてたのぉ？　研人は知ってるのぉ？」

研人が、ちょっと考えました。

「教育とか教材関係の会社だったはず」

何だったか有名なところだ、と研人が言います。

「教育教材関係なら、〈大日《だいにち》エデュケーション〉か？」

紺が言うと、そこそこ！　と研人が頷きます。老舗の一流企業ですね。通信講座やら学習塾やら出版も行っている大きな会社です。確か青が小さい頃にそこの学習塾に通っていましたよね。

なるほどねぇ、と、我南人も頷きました。確かに、そういう会社にお勤めでスーツが似合いそうな方でしたものね。

「私たちぐらいの年なら、課長さんや部長さんをやっていてもおかしくないわよね」

亜美さんが言って、紺も頷きます。二人はもう四十代。渡辺さんも同じか少し上ぐらいの雰囲気もありましたから、一般企業なら役職付きだったことでしょう。

「あれだね」

かずみちゃんです。

「そういう仕事をしていた自分を思うと、渡辺さんは忸怩《じくじ》たる思いを抱いているだろうね。我が家のことも知っていたんだから、警備にやってきたときは驚いたんじゃないかい」

亜美さんが頷きながら、おでこに手をあてて落ち込んだ様子を見せます。

「なんか、余計なことをしちゃった感でいっぱい」

それは仕方ないです。厚意でやったことですし、人としても良き心掛けだったんですから。

「そうかぁあ」

我南人が言いながら、ふいに立ち上がります。

「ちょっと出かけてくるねぇえ。夜には戻るからぁ」

「あ、はい。行ってらっしゃい」

相も変わらず行動が読めない男ですが、慣れてるので誰も何も言いません。以前と違ってちゃんとスマホを持ち歩くようになりまして、連絡がつかないということはなくなりましたからいいですけどね。

*

夜になりました。

勘一が藤島さんと〈はる〉さんで会うと約束していたので、出かける人は軽く済ませられるように晩ご飯はハヤシライスになったようです。せっかく〈はる〉さんで美味しいものを食べられるのに、お腹《なか》一杯にしてはもったいないですからね。

カフェも古本屋も午後七時には大体営業終了です。古本屋はともかくもカフェで七時閉店は少しばかり早いのですが、皆で揃って晩ご飯を食べるにはこの時間がちょうど良いのですよね。我南人やその仲間の皆さん、そして研人たちがカフェでアコースティックライブをやるときにはその時間から始めることもあります。

今日は勘一と我南人、紺に青とマードックさんと、男たちが全員で出かけるようです。朝ご飯のときには必ず皆の顔を見ながら席順を決めるかんなちゃん鈴花ちゃんも、晩ご飯のときにはやりません。全員がお仕事の後片付けをしていますからね。勝手にそれぞれが好きな場所に座ります。

晩ご飯の支度は、かずみちゃんとすずみさん、そして花陽もやってきて、てきぱきと進めていきます。藍子と亜美さんはカフェの後片付けや明日の仕込みもありますからね。

勘一が若い頃には晩酌なんていう習慣もあったのですが、我が家の男たちはお酒をそんなに嗜《たしな》まないので、家計にもそして女性陣にも優しいですよね。〈はる〉さんに顔を出すのも、多くて週に二回ぐらい。深酒もしないで軽く食べて喋っておしまいです。月に一度は女性陣だけで顔を出すこともありますし、ほとんど貸し切りになってしまいますけど家族全員で美味しい晩ご飯をいただくこともあります。

「じゃあちょいと行ってくるぜ」

晩ご飯を軽く済ませた勘一が立ち上がります。かんなちゃん鈴花ちゃんも、もう一緒に行くとむずかったりしませんね。いってらっしゃーいと皆に手を振って、さっさとテレビを観《み》たりしています。

その小料理居酒屋〈はる〉さんは、我が家から道なりに歩いて二、三分ほど進んで、三丁目の角のひとつ隣にある紺色の暖簾《のれん》が目印です。

おかみさんの真奈美《まなみ》さんは、藍子と紺と青とはずっとご近所の間柄ですから幼馴染みですよね。藍子とは高校でも先輩後輩でした。

京都の料亭で花板候補だったコウさんと結婚して授かった一人息子の真幸《まさゆき》くんも二歳半。それはもう元気で活発な男の子ですよ。顔は真奈美さんによく似ていますよね。

真奈美さんのお父さんとお母さんがお元気で店をやられていた頃から、我が家の皆は何かとここで美味しいお酒とお料理を楽しんでいました。特にコウさんが、京都のお店で常連だった池沢百合枝さんの紹介でこちらで働くようになってからは、家のお祝い事のお料理なども全部お願いして作ってもらっています。

「いらっしゃい」

暖簾をくぐると、真奈美さんとコウさんが笑顔で迎えてくれます。もう藤島さんが来ていてカウンターに座っていました。それほど大きな店ではなく、皆が座るとそれだけでもうほぼ一杯ですから、電話で予約しておくことが多いですよ。

「花陽ちゃん元気？　風邪とか引いてない？」

真奈美さんがおしぼりを配りながら皆に訊きます。

「大丈夫、元気だよ」

紺が言いました。

「心配してもしょうがねぇさ。やることやってんだから、後はなるようになるってもんだ」

「そんなこと言って、いちばん心配してるのが勘一さんでしょ」

そうそう、と皆が笑います。さすが長い付き合いの真奈美さんはわかってますね。

「池沢さんは？　上かい？」

真奈美さんが頷きます。ここの二階は自宅です。一人息子の真幸くんのお守りを、お店を手伝う池沢さんがずっとしているのですよね。

「もう少ししたら真幸が眠っちゃうだろうから、そしたら下りてきてくれると思う」

「お通しです。あん肝と大根の煮合わせです。お好みで柚子胡椒《こしょう》を少し付けると味が変わっていいですよ」

コウさんが大きめの小鉢で出してくれました。あん肝は少し焼いてあるのですね。いつもながら本当に美味しそうです。

「勘一さん、お酒は秋田のいいものが入っているんですけどどうですか？」

「いいねぇ、貰おうかな」

お酒はほんの少しですよ。お医者様からは年の割にはどこも悪いところなしと言われている勘一ですが、やはりお酒の飲み過ぎはいけません。勘一がお猪口《ちょこ》から一口飲んでいるところに、階段を下りる音が聞こえてきました。

「いらっしゃいませ」

池沢さんが二階から下りてきます。もう女優の仕事を休んでから随分経ちますけど、その美しさに変わりはありませんよね。それでも、小料理屋の中にいるのがしっくり来るのはさすがです。ここでは真奈美さんの親戚の慶子《けいこ》さんという名前で通している池沢さんですが、今はわたしたちしかいませんね。

「池沢さん、この間は済みませんでしたね」

藤島さんが言います。

「いえいえ、何てことないですよ」

池沢さんがにっこり微笑んで、お銚子《ちょうし》を持って藤島さんにお酒を注《つ》いであげます。

「何かあったのか？」

「いや、高木《たかぎ》さんが二、三日留守にしたので、その間のアパートの掃除なんかをしてもらっちゃったんですよ」

あぁ、とマードックさんが頷きました。

「そうでしたね。たかぎさん、ごしんせきのところへ、いってたんですよね」

高木さんは〈藤島ハウス〉の管理人さんです。池沢さんも〈藤島ハウス〉の住人ですからね。鈴花ちゃんにとってはおばあちゃんですから、よく池沢さんの部屋には遊びに行きますよ。

「そういえば五嶋香奈江《ごとうかなえ》さんの作品はどうでしたか？」

「ありがとうございました。お蔭様《かげさま》でほぼ全部手に入りました」

「五嶋香奈江さんって、あの幻の女優さん」

紺が言って、藤島さんが頷きます。

「彼女の出演作でどうしても手に入らないフィルムがあったんですよ。それを揃える必要があったので、池沢さんならどこかに伝手《つて》がないかなと思って訊いたんです」

確か、まだ二十代の頃に若くして引退された方ですよね。

「そういやぁ、池沢さんとすごくよく似た雰囲気で、ライバルとか言われたんじゃないですかい」

勘一が言うと、池沢さん微笑みます。

「周りが勝手に言っていただけです。でも、自分たちでも似てるわねって話したことがありますよ」

そうでした。思い出しましたよ。池沢さんがどちらかと言えばおっとりした雰囲気があったのに対して、五嶋さんはちゃきちゃきした感じの方でしたよね。確かに顔もよく似ていました。

「二世女優がいたよね確か。名前は出てこないけど、その五嶋さんの娘さん」

紺が言うと、池沢さん、こくりと頷きました。

「西元《にしもと》さおりさんですね。お会いしたことはありますよ」

残念ながらわたしは存じ上げません。紺も池沢さんも出演作などを言わないということは、あまり活躍はされていないのでしょうか。勘一もちょっと首を捻りましたから知らないのですね。

「それで？　藤島よ。何となく察しはつくけど、実家をどうするかで揉《も》めてんのか」

皆が美味しいお通しとお酒を味わったところで、勘一が話を向けました。藤島さん、苦笑いしてお猪口を口に運んで飲みます。

「わかってはいたことなんですけど、親父は本家でして、つまり〈藤島家〉の跡継ぎは僕なわけです」

そりゃそうなるだろう、と皆が頷きます。

藤島さんにはお姉さんがいらっしゃいましたけど、高校生のときに、実は心中事件でお亡くなりになっています。一緒に死のうとしたのは当時の担任の先生だった高木さんでした。その高木さんが刑務所から出所されたのは六年程も前でしたか。それはまぁいろいろありましたが、今は〈藤島ハウス〉の管理人をしてもらっていますよね。

「ですから本家の実家を守るのは当然僕であり、〈藤三記念館〉も僕が館長であるべきだと皆が言うわけです。皆というのは、親族たちですね」

うむ、と皆がまた頷きます。それもまぁ偏った見方ではありますが、決して理不尽に過ぎる意見ではありません。

「親族ってぇ、いっぱいいるのぉ？」

我南人が訊きました。

「いっぱいです」

藤島さんが苦笑いします。

「祖父には子供がたくさんいまして、父を含めて六人兄妹でした。父はいちばん上なので、僕には叔父と叔母が五人いるんですよ」

「そりゃあ確かに多いな」

父方の叔父叔母で五人となれば、配偶者やその子供たち、つまり藤島さんのいとこさんもたくさんいらっしゃるでしょう。母方も含めるとどれぐらいになるのでしょうね。

「そして、父は弥生さんと再婚しました。決して財産目当てなどではないことは、皆さんもご承知でしょうけど」

「親族たちはそうは思ってねぇってことか？」

勘一が言うと、藤島さん、溜息をつきます。

「そういうことですね。何せ結婚するときもそりゃあもう大騒ぎでしたからね。僕としては実家を〈藤三記念館〉にして、館長として弥生さんに全てお任せしようと思っていました。妻なんですからね。そして僕には会社もありますから、実家に戻る気などさらさらなかったんです。弥生さんと、できれば三島さんに何もかも任せるつもりでいたんですが」

今朝方、話に出た書家の三島さんですね。

「そのぉ、弥生さんと三島さんはぁ、昔から知り合いだったのおぉ？」

我南人です。

「父に師事した兄弟弟子みたいなものですね。二人とも年はそんなに違いません。三島さんがひとつ上かな？　学校は全然別ですけど、二人とも中学の頃から書道をやっていて、大学時代には父の流れの、まぁ要するに書道の団体のようなものですが、そこで学んでいたんですよ」

「書道には詳しくないけどさ、いろいろあるんだろう？　文学でいうと文壇みたいな流れや団体やあれこれ」

紺が訊きました。

「らしいです。僕も詳しくはないですけど、相当数多くの団体があって、しかもいわゆる芸術と教育ですか。そういう大きな流れでわかれるのもあるらしくて」

「習字の先生とぉ、芸術家としての書家みたいな感じかなぁあ？　音楽で言えばクラシックとロックみたいなぁ」

「まぁたぶんそんな感じですか。父は芸術家としての書家でしょうね。弥生さんは大学在学時には父の秘書のようなことをしていて、その後キャビンアテンダントになったんです。三島さんは、皆さんご存じですよね。書家として才能を発揮して、テレビにも顔を出しています。父は二人を信頼していました。公私共に何かといえば二人を頼りにしていたんですよ」

なるほど。そういうご関係でしたか。

「あ、そういえば三島さん、ぜひ明日にもお店にお伺いしたいってことでした」

「おう、いつでもどうぞだ」

我が家に書を見にいらっしゃるんですね。お待ちしていますよ。

「別にあれだよね？　藤島さん」

青です。

「あれとは？」

「下衆《げす》の勘ぐりになっちゃうけど、その二人、元カレと元カノ同士とかってわけじゃないんだよね？」

それは本当に下衆の勘ぐりですけど、青のその先に言いたいこともわかりますね。藤島さんも理解して大きく頷きます。

「実は三島さんも独り身なんで、そういう勘ぐりをする親族もいますよ。ひどいのになると、二人で藤三の財産狙いで若い頃から結託しているんじゃないか、父の死ぬのを待っていたんじゃないかとか」

「それはひどいわね！」

真奈美さんです。

「ひどいですけど、しょうせつやえいがにはありがちですよね」

マードックさんが言って、確かに、と皆も頷きます。藤島さんもそうなんですよねぇ、とお猪口を呷《あお》ります。

「でも、息子である僕がいちばんよく知っていますが、二人にそんな関係はありません。心底父を師と仰ぎ、その作品に惚れ込んでいる二人なんです。〈藤三〉の書を後世に伝え遺《のこ》すのが自分たちの使命と思ってます」

藤島さんだって、生き馬の目を抜く業界で自分の才覚だけで大会社を創り上げた才人ですよね。その藤島さんがそれほどに信用して言うのならそうなのでしょう。

「とはいえ、二人ともまだ四十前後ですからね。二人の友情や信頼関係が、三年後五年後に愛情に変わったとしても、そして弥生さんが三島さんと再婚したとしても僕は全然構わないし、それでも記念館を任せたいと思ってますけど」

「もちろん、そんなのは許さんと騒ぐ方たちも多過ぎるってか」

「そうなんです」

藤島さんが本当に困った顔で溜息をつきましたね。

「身内を悪いように言っちゃいましたけど、別に財産どうこうで騒いでいるわけじゃないんですよ。息子なら実家に戻って館長になるのが筋じゃないかと。弥生さんもそういう声をわかっていますから、僕が戻るなら自分は家を出てもいい。もちろん父の遺言通り〈藤三記念館〉を守っていくつもりだけど、それは別に館長でなくてもいいんだと」

「あれだねぇ」

我南人が言います。

「藤島くんと弥生さんは五歳しか違わないからぁ、親父さんが死んで二人きりで一緒の家に暮らすとぉ、それこそ下衆の勘ぐりをする連中も出てくるよねぇ。前もそうだったよねぇ」

そうでしたね。記事にはなりませんでしたが、若いお嫁さんを貰った書道界の重鎮とその息子の三角関係なんていうのをでっち上げようとした人もいましたよね。

「かといって藤島さんが実家に戻って弥生さんが出て行ったらあれじゃない？　今度は未亡人になってしまった弥生さんを追い出したとか騒ぐ人もいるんじゃないの？　実際

弥生さんだって秘書として、そしてここ数年は妻として、書道界にしっかりとした実績を残しているんでしょ？」

青です。

「その通りです。弥生さんはすごく有能な人ですよ。それこそ永坂《ながさか》にだって引けを取りません」

「それは、凄いね」

永坂さんは藤島さんと一緒に会社を立ち上げ秘書として活躍しましたよね。今は、藤島さんの元相棒である三鷹《みたか》さんの奥さんです。

「八方塞がりってやつか」

勘一が腕組みして天を仰ぎました。確かにこれは藤島さんが悩むのもわかりますね。

「藤島さんがどなたかいい人と結婚したとすると、八割方解決するような感じもしますけどね」

コウさんが言い、皆が笑います。いつもの〈藤島いつまで独身問題〉ですね。

本当に藤島さん、ハンサムで六本木ヒルズに会社を構えるＩＴ企業の社長さんという、世間の男性の八割が蹴飛ばしたくなるようなお人なのに、いい人が現れませんよね。これで女の人に興味がない方だというなら皆も納得するのですが、そうではないのですよね。

「変態だからな」

「変態だからね」

紺と青が小声で言ってからかって、藤島さんも笑いますが、やめなさいね。それは三人と話を聞いていたわたししか知らないことですから。

「まぁいずれにしろよ」

勘一です。お銚子を持って藤島さんにお酒を勧め、藤島さんもお猪口を持って受けました。

「どうしたっておめぇが一人で結論を出すしかねぇ話なんだろうが、どの道を選べば丸く収まるもんやらってことだな」

「そういうことなんです。会社のことなら経営者として合理的に考えるものを、身内のことになるとなかなか難しいですね。すみません、情けない愚痴をお聞かせして」

「愚痴ぐらいいくらでも聞くけどねぇ。確かに厄介な話だぁあ」

我南人がぽん、と藤島さんの背中を叩きました。

「ところでそれはぁ、すぐにでも結論を出すんだよねぇえ」

「そうですね」

藤島さんが頷きました。

「まぁ誰にせっつかれるわけでもないですけれど、基本のところだけでも早急に決めないと弥生さんも可哀相《かわいそう》ですからね。三島さんだって自分の仕事もあるわけですから」

三

翌日です。

藤島さんは昨夜、あの後に皆と一緒に〈はる〉さんから帰ってきて、〈藤島ハウス〉の自分の部屋で寝ていました。

今朝はかんなちゃん鈴花ちゃんもふじしまんがきた！　と喜んで、藤島さんを間に挟んで座って朝ご飯を食べていましたよね。藤島さんも嬉しそうに二人とたくさん話をしていましたよ。この調子だとあれですね、研人の物言いじゃないですけれど、藤島さんはかんなちゃん鈴花ちゃんが結婚するときには、本当に父親の気持ちになれるのじゃないでしょうかね。間違いなく結婚式には出席してくださるでしょうしね。

今日は月曜日ですから、藤島さんも会社に出勤します。もちろん社長さんですから自分のスケジュールで会社に出れば問題ないのですけれど、お父様の葬儀の関係で休んでいましたから、いろいろとやらなければならないことが溜まっています。朝ご飯を済ませるとすぐに出勤です。花陽も研人もかんなちゃんも鈴花ちゃんも、それぞれに準備して学校と幼稚園へと向かっていきました。

あの陥没を直す工事が朝の八時ぐらいから始まっていました。

うちが目の前だからでしょうかね。工事関係者の方が少し大きな音もしてご迷惑をお掛けしますと言ってきましたが迷惑などではありませんよね。皆が安心して暮らすための公共の工事なのですから。多少騒がしくても終わるまで辛抱するのはあたりまえです。

カフェの窓から外を見ると、渡辺さんは今日も警備員の制服を着て道路に立っていました。穴は埋めるだけで済むので、今日の夕方で終わるという話です。出勤や通学の人たちはその時間多くこの道路を通りますから、警備の人も気を遣うでしょう。もっとも大きな重機は入ってこられませんし、ほとんど人力による作業で行うようですね。工事関係の人が何人もやってきて作業をしています。

十一時を回った頃、マードックさんがパネルを抱えて笑顔でカフェにやってきました。

「できましたよ」

昨日やってきた研人の後輩、水上くんの撮った写真を三枚、大きなパネルにして飾ろうということになりましたよね。昨日からずっとマードックさんがアトリエで張り切って作業をしていました。

ちょうどお客さんもいません。ランチの前でよかったですね。カフェの壁には藍子とマードックさんの作品が掛かっていますから、その中から二人で四枚外して、水上くんの写真パネルを三枚、取り付けました。

「やっぱりぃ、いいねぇぇ」

カウンターでコーヒーを飲んでいた我南人がコーヒーカップを持って立ち上がって、藍子が壁に掛けた水上くんの写真を見つめています。

並べたのは、お隣さんだという女の子の写真と、自分の家の居間を撮った写真、それに東京駅を撮った写真ですね。

本当に、光と影の具合と構図が素晴らしいですね。誰もいない何の変哲もない普通の家の居間には確かに生活の匂いがしていて、見慣れたはずの東京駅はどこか違う国の建物のようです。

「こうしてパネルにすると、本当にいいわー」

亜美さんも言います。

「もっとおおきなものにしたいんですけど、うちではこれがげんかいですねー。よさんもかかってしまうし」

マードックさんが少し悔しそうに言いましたね。

ちょうどそのときに、からん、と、古本屋の土鈴の音がして戸が開きました。お客さんでしょうか。

「あの、おはようございます」

おずおずとした声が響きましたので見てみると、今どき珍しい墨色のとんびを羽織った男性です。その下に見えるのも着物ですね。お履物は革靴ですけど、クラシカルな編み上げのもので、ご自身の雰囲気にはよく合っています。そしてこれもまたクラシカルな大きな革のトランクをお持ちですけど、どこかにこんなお姿の名探偵がいませんでしたか。

少しばかりふくよかな優しそうなお顔に、墨で描いたような濃い眉毛。勘一もすずみさんも、あぁ！　とすぐにわかりましたね。

「おはようございます。三島さんですな？」

勘一が腰を上げて言うと、嬉しそうな笑顔になり、急ぎ足で店に入ってきました。

「はい！　どうも初めまして！　三島政幸と申します！」

革のトランクを床に置き、羽織ったとんびの袖を上げて懐から出してきたのは名刺のようですが、これはきれいに折り畳まれた和紙ですよ。

「こりゃどうもご丁寧に」

勘一が受け取りそれを広げると、さすがと唸る筆文字でお名前やご連絡先が書いてありました。すずみさんも見て、すごい！　と喜んでいました。

「我儘《わがまま》なお願いを聞いていただきまして、本当にありがとうございます。嬉しくてですね、昨日は興奮して眠れませんでした。いや本当にです」

三島さんが言いますが、本当にその眼が寝不足で赤いようにも思えますね。わたしも一度だけ三島さんがテレビに出ていたのを観たことがありますが、物腰の柔らかい楽しい方ですよね。それでいて書を書くときにはガラリと雰囲気が変わっていたのを覚えています。

「それで、あの」

三島さんが床に置いたトランクを少しかがみ込んで軽く叩きました。

「大変失礼かとも思ったのですが、書の道具も持ってきたのです。もちろん、細心の注意を払いますので、見た後にこう、その場で書き写したりしたためたりは、やはり無理でしょうか？　もちろん、それをどこかに出したりはしません。あくまでも自分の研究と〈藤三記念館〉のためになんですが」

懇願するような表情を見せる三島さんに、勘一も苦笑しました。

「いやいや、もちろん現物を持ち出したりしない限りは、どうぞご存分に。蔵には畳も敷いてありますからな」

「ありがとうございます！」

「すずみちゃん、青に言ってよ、蔵ん中で作業できるようにしてやってくれよ」

「はい！」

「ちょいと片付けますから、その間隣でお茶でも一杯どうぞ」

勘一が言うと、三島さんありがとうございますと頷きました。古本屋での会話はカフェにも聞こえますからね。お客さんもいませんから亜美さんがすぐにどうぞこちらへ、とテーブルを勧めます。

三島さん、恐縮しながら腰を低くしてカフェに入ってきましたけど、我南人の姿を見て思わず背筋を伸ばしましたね。

「我南人さん！」

「はぁい、我南人ですよぉ。初めましてぇ」

「どうも！　三島政幸と申します。いや光栄です。実はファンでして、アルバムも全部持っています」

「嬉しいなぁあ。ありがとうねぇ」

もちろん、我南人がここにいることは藤島さんから聞いて知っていたんでしょう。三島さんが本当に喜んでいます。書家の方でも我南人の音楽を聴かれるんですね。お年は確か四十歳ぐらいということでしたから、我南人がいちばん表に出ていた頃に十代の時期を過ごされていたのでしょう。そのぐらいの年齢の方々には我南人のファンは多いですよね。

三島さんが椅子に座ろうとしたときに、カフェの扉が開きました。

あぁ、渡辺さんですね。休憩時間になったのでしょう。警備員の制服を着てヘルメットを脇に抱え、軽くお辞儀をします。藍子も亜美さんもいらっしゃいませ、と声を掛け、我南人も、どうもぉ、と手を上げたときですよ。

座ったばかりの三島さんも渡辺さんを見ました。皆が挨拶したので堀田家に近しい人だと思ったのでしょう。

「あれ？」

三島さん、腰を浮かしました。ゆっくり立ち上がります。その声と様子に、静かに窓際の席に行こうとしていた渡辺さんも足を止めて三島さんを見ます。

「渡辺じゃないか」

「三島」

ちょうどわたしはお二人を横から見るところにいたので、その瞬間のお二人の表情がはっきり見て取れました。驚きそしてすぐに笑みを浮かべた三島さんに、ほんの少し表情を曇らせながらも、微笑んだ渡辺さんでした。

お知り合いだったのでしょうか。

窓際のテーブルに座ったお二人に亜美さんがコーヒーをお出ししたときに、同じ大学だったんですよ、と三島さんが言いました。十年かそこら会っていなかったそうですし、渡辺さんは貴重な休憩時間です。お話の邪魔をしないように我南人も離れていきましたが、ものの十五分もしない内に蔵の中の準備を終えた青がやってきて、そして渡辺さんも休憩は終わりだと立ち上がりました。

　連絡先は交換していたようですけど、久しぶりの再会はどうだったのでしょうね。お互いに良きものと思っていてくれればいいのですけど、渡辺さんの今のご状況もありますから、少しばかり心配になってしまいました。

　青と一緒に紺も蔵の中へ三島さんをご案内しました。

　わたしもちょっとお邪魔させていただきます。書家の方がどういうふうに書を写したりするのか、興味ありますよね。蔵の中は中二階に広く作業場があって、そこで本を整理したり修復の作業ができるようになっています。冬でも気温が下がり過ぎないように、オイルヒーターも置いてありますから、強くすれば寒くはありませんよ。

「これは、凄い」

　蔵の中に一歩入った三島さん、言葉を失っていますね。その場に立ち止まって蔵を見渡しています。同業者の間では〈宝蔵〉とも言われる我が家の蔵の、蔵書が詰まったその様子は、確かに初めて見ると圧倒されますよね。

　壁一面はもちろん、まるで積み木細工のように縦に横にまさしく縦横無尽に組み合わせて置かれた造り付けの本棚や収納箱は、ちょっとしたアート作品のようでもあります。

「これは、あたりまえでしょうが、どこに何があるかは皆さんすべて把握なさっているんですよね？」

三島さんが紺に訊き、紺も青も苦笑しました。

「大体はですね。細かいところはさすがに台帳を確認しながらじゃないと思い出せませんん」

「でもですね」

青が持っていたiPadをひょいと三島さんに見せてあげました。そこには藤島さんの会社で開発された我が家専用のアプリが入っているのです。

「藤島さんのところで蔵にあるものすべてをデジタルデータにしたときに、こうして全部どこに何があるかも一発で検索できるようにしたんですよ。たとえば『岱山篆刻帖』なら」

青が操作して『岱山篆刻帖』と入力すると、蔵の中が画面に映し出されて、そして一ヶ所が赤く点滅しました。

「〈か〉の〈二番二号〉の箱に保管されてる、と、一発で出るわけです」

三島さんが驚いてにっこりします。

「凄い！」

「さらに新しく蔵に入れたものもここで入力できますから、便利ですよ」

もちろん新しく蔵入りしたものは、紙の台帳にも一緒に付けていますから二度手間と言えばそうなのですけど、いざというときのための保険は必要ですから丁度良いですよね。それにしても今は本当に便利な時代です。

「凄いよねぇ。藤島くんったら何でも作っちゃうからねぇぇ」

いつの間にか我南人が蔵に入ってきていて、そう言いました。

「本当に、彼は凄いですよね。子供の頃から知っていますけど、あれほど才覚があって人柄もいい男を僕は他に知らないですよ」

大きく頷きながら三島さんが言います。

「以前からちょっと知りたかったんですけどね。藤島さんとお父さんの藤三さんって、似た親子だったんですか？　性格とか」

青が訊きます。

「あ、それはね、本当に良く似た親子だなって僕は思っていました」

「そうなんですか」

「まぁ藤三先生は芸術家肌というか、気難しいところがありましたし、直也《なおや》くんは子供の頃から人当たりのいい性格でしたからそこは違うんですけど、根っこは同じですね。才覚と情熱を発散するのではなく内に秘め、それを推進力にして確実に歩を進めるタイプですよ。だからこそ、お互いにそれぞれの道で成功したんだと思いますね」

なるほど、と紺も青も頷きました。ところで我南人は蔵に何をしに来たのでしょうか。

「三島くんさぁ、早くいろいろ見たいところを悪いけどねぇぇ」

「はい」

「さっきの渡辺さん、大学の同期だって言ってたねぇ」

そうなんです、と三島さん頷きます。

「ひょっとしたらさぁあ、渡辺さんって君と一緒に書道をやっていたんじゃあないい？　藤三さんの下《もと》でぇ」

え？　と紺も青も驚きましたね。三島さんも少し眼を大きくさせましたね。

「ご存じだったんですか？　こちらの研人くんとあいつの息子が同級生だとはさっき聞きましたが」

そうだったのですか？　ご同門ということなんでしょうか。

「何で親父は知ってるの？」

青が訊きます。

「前にさぁ、テレビ出演の話をしにさぁ渡辺くんの家に行ったよねぇ。そのときに玄関の壁に書が額に入って飾られていたのを見たんだよねぇ。小さいものだったけどぉ、あれは藤三さんの書じゃないかなぁって思っていたんだよぉ」

そんなのに気づいていたのですか。

「よくわかったね、藤三さんの書なんて」

「あれこれいろいろ見たからねぇ。見慣れちゃったんだぁあ」

なるほど、と三島さんは頷きます。我南人もこんなのですが一応優れたアーティストですよね。ジャンルは違えど良いものを見る目は肥えているのでしょう。

「あいつとは大学で同じ書道部だったんです。それ以前に、学校は違いますけど同じ書道教室に通っていたんですよ。だから中学のときから知っているんです」

「その教室っていうのがぁ、渡辺さんのお父さんのお寺だったんでしょうぉ？」

「はい、その通りです」

なるほどそういう繋《つな》がりか、と、紺も青も頷きます。

お寺が書道教室を開いているのはよく見かけますよね。それはもちろん書と仏教が深いかかわりがあるからでしょう。我が家の近所のお寺でも開いているところがいくつかあります。きっと渡辺さんのお父様のお寺は、藤三さんと同じ書の流れを汲《く》む教室をやられているところだったのでしょう。

でも、どうしてそんなことまで我南人が知っているんでしょうか。

「ひょっとして親父、研人に話を聞いてから調べに行ったの？」

紺が訊くと、うん、と我南人が頷きます。

「渡辺くんねぇえ、息子の方さぁ。何かしてあげられないかなぁと思ってねぇ。ああいう気持ちはさ、メンバーの間に影を落とすんだよねぇ。ほんのちょっとしたことなんだけどぉ、それはとてつもなく大きなしこりになっちゃうこともあるんだぁ」

渡辺くんが、リストラされてしまった自分の父親と、研人の父親である紺や祖父の我南人を比べてしまったことでしょうね。きっとお父様のことを情けないとか、大げさですが蔑んだ部分もあると思います。そういう感情は、確かに仲良しであればあるほど引っ掛かったりするものです。

我南人自身も、バンドメンバーとは学生の頃からの付き合いです。仲が良いからこそそういう些細《ささい》な感情の、特に嫉《ねた》みや引け目みたいなものはバンドの音にも繋がっていくことをよくわかっているのでしょう。

そういうことか、と、紺も青も納得して頷きましたが、三島さんは何の話をしているかもちろんわかりませんよね。

「三島くんさぁあ」

「はい」

「渡辺さんは、優秀な人だったのぉ？　同じ書道をやってきてぇ」

こくり、と三島さん頷きました。

「師範としての資格も持っていますし、人に教えるのはとても上手かったです。書家として立てる才能はないと一般企業に就職しましたけど、それも教育関係ですからね。あいつにはぴったりだと思っていました」

そこで言葉を切った三島さん、少し表情を曇らせましたね。

「さっき、あいつには詳しく訊けなかったのですが、警備員のアルバイトをしてるって、ひょっとしてリストラか何かされたのでしょうか？」

「そうなんだぁあ、僕らも昨日初めて知ったんだけどねぇえ」

そうですか、と、三島さん小さく息を吐いた後に、何かに気づいたように我南人を見ました。

「それは、今お話しになっていたメンバーの間のことって、息子というのは、あれですか？　あいつの息子が我南人さんのお孫さんの〈TOKYO BANDWAGON〉のバンドメンバーなんですか？」

三島さん、察しがいい方のようです。そうなんですよ、と、紺が言います。

「渡辺さんの息子さんは、僕の息子の研人とバンドをやっているんです。ベースを弾いているんですよ」

それは知らなかった、と、三島さん大きく頷きます。

「この間、テレビは観たんですよ直也くんに教えられて。そうかぁ」

うーん、と、我南人が声を上げて天井を見上げます。

「三島くんさぁ〈藤三記念館〉の件で藤島くんがさぁ、いろいろ悩んでいるのを知ってるぅ？　何か相談されたぁ？」

三島さんが、少し表情を曇らせて、小さく頷きます。

「ご存じでしたか。そうですよね。堀田さんたちには話しますよね」

「君には相談してないぃぃい？」

「直接どうしようとは。でも、周囲の声は聞こえてます。奥さんの弥生さんと僕も話してはいますけど、僕たちが決められることではないですから、直也くんの結論を待っている次第です」

　我南人が、パン！　といきなり手を打って大きな音を出します。

「そうだよねぇ、やっぱりLOVEだよねぇ」

　すぐに、え？　と、紺も青も思わず我南人を見ましたね。わたしもですよ。今のこの状況の会話で、どこにその決め台詞のような言葉を発する必要があったのでしょうか。

「何がLOVEなんだ？　親父」

　青が訊きます。我南人がにっこり笑って頷きました。

「あの写真さぁあ」

　写真ですか？　我南人はくるりと振り返りそのまま大股で蔵の入口まで行き、上体を外へ出し顔を家の方へ向けました。

「ねぇ、ちょっとぉ、親父ぃい！」

　勘一を大声で呼びましたね。古本屋で帳場に座っていた勘一がなんだなんだと腰を上げて居間の入口から顔を覗かせました。何を始めるのかと紺と青、三島さんも首を傾《かし》げていますね。我南人がこっちこっちと手招きするので、勘一が顰めっ面しながらのっしのっしと歩いて蔵にやってきましたよ。

「親を呼びつけるたぁどういう了見だよ。用があるならおめぇが来いよ」

「ちょっと思いついたんだけど、相談しようよぉ」

「何を思いついたんだよ。そして何の相談だよ」

「藤島くんのためのだよぉ」

「藤島の？」

勘一が訝しげに顔を顰めます。聞いていた紺も青も三島さんもまたさらに首を傾げます。藤島さんのための相談というのは、さて、なんでしょうか。思い当たるのはあの〈藤三記念館〉をどうするかってことですけど。

我南人はにっこり笑ってさらに大きく頷きます。

「そしてさぁ、皆の未来のためにだねぇえ」


それからがちょっとばかり大変でしたね。急いで関係する皆の予定を確かめて、夕方にカフェに集まってもらわなければならなかったのですけど、何とか全員夕方にカフェに顔を出してもらえることになりました。

夕方というのは、警備員をしていた渡辺さんが帰る時間だったし、学校が終わる時間だったのです。その時間がぴったりだったんですね。渡辺さんには、警備をしている最中に亜美さんが走り寄り、ちょっとお話があるので帰りに寄ってもらえないかとお願いしました。

夕方前には、お客さんが途切れたときを見計らってカフェの入口に〈ちょっと休憩〉の札をかけておきました。

まだ警備員の制服のままで渡辺さんが何事だろうとカフェに来てくれましたので、ずっと蔵の中で書を見ていた三島さんをお呼びします。

三島さんには何もかも承知の上で参加してもらいましたからね。何の話があるんだと訝る渡辺さんに、もうすぐ藤島さんが来るからそれまでちょっと待ってくれと三島さんから話してもらいます。

渡辺さん、藤島さんとは直接の面識はなかったそうでしたが、師と仰いだ藤三さんの息子ですからもちろん知っていました。何よりもＩＴ業界ではトップの人で、マスコミにもよく登場しますからね。

渡辺さんが来てから十分もしないでカフェの扉が開いて、スーツを着た藤島さんが来てくれました。

「お待たせしました」

「ごめんねぇぇ、忙しいのに呼び出してぇぇ」

立ち上がった我南人が言います。カウンターの向こうには藍子と亜美さん、勘一も、のそりと古本屋から顔を出します。藤島さんはテーブルについていた三島さんを見て頷き、それから渡辺さんも見ます。

「いえいえ、ちょうど空いてる時間だったので大丈夫ですよ」

「藤島くん、そちらねぇえ、渡辺さんっていうんだぁ。昔に三島くんと一緒に書道をやっててぇ、実は研人のバンドの渡辺くんのお父さんなんだよぉ」

えっ、そうなんですか、と藤島さんが軽い驚きの表情をします。渡辺さんが立ち上がって、向き合いました。

「初めまして。渡辺善尋です。三島とは大学の書道部で一緒で、お父様の藤三先生にもご指導いただきました」

「どうも初めまして、藤島直也です。しかしそれは、偶然というか何というか」

「実は僕たちもねぇえ、知ったばかりなんだあぁ。渡辺さんが書道やってて藤三さんに師事していたのも、そして〈大日エデュケーション〉って会社をリストラされてぇ求職中なのもねぇえ」

いきなりリストラの話をしましたが、藤島さんは驚きませんね。ほんの少し表情を引き締め顎を軽く動かしただけです。

「大日さんも事業再編で大変でしたよね」

藤島さんが言うと、渡辺さんもほんの少し頷きました。どうやら大企業の間ではよく知られたことだったのでしょうか。余程大幅な人事刷新があったのでしょうね。

「それでさぁあ、藤島くん、これを見てくれるかなぁ」

カフェの壁に掛けたあの水上くんの写真パネルです。予め布で隠しておいたのですが、我南人がそれをさっ、と取ります。

渡辺さんと三島さんは少し前にカフェに来たときに眼に入っていたかもしれませんが、藤島さんは初めて見ますよね。

「へぇ」

藤島さんが、感心したような笑みを見せます。

「これは、いい写真ですね」

「いいよねぇぇえ」

「いいです。三枚とも素晴らしいですけど、特にこの女の子のはいいですね」

「そう思うよねぇ。そしてさぁ藤島くん。その写真を撮ったのはさぁ、あの子なんだぁ。そしてぇ、モデルはあの子ぉ」

我南人が合図をすると、居間の方からマードックさんに連れられて水上くんと、写真の女の子である春野《はるの》さんが出て来ました。学校帰りですから水上くんは制服のままです。マードックさんが放課後の水上くんを呼びに行って、そして春野さんを連れて寄ってもらったのです。その後ろから紺と青も顔を出しましたね。

藤島さんも、三島さんも、そして渡辺さんもカフェに入ってきた二人を見て、ええっ!? と、声を出して驚いていました。

「ひょっとして、彼は中学生？」

藤島さんが言うと、水上くんは頷きます。

「その制服は、三蔵たちの」

渡辺さんが言います。

「そうだよぉお、渡辺くんと研人の後輩だねぇ。今度三年生でぇ、そして春野さんはなんとまだ小学生なんだぁ。今度五年生になるんだってぇ」

小学生と聞いて、藤島さんも三島さんも渡辺さんも驚きます。

わたしたちもさっき初めて会って、やっぱり小学生とは思えないなぁと感心してました。でも、わたしはこの春野さん、どこかで会ったような気がするのです。花陽や研人と同じ学校ですから、どこかで見かけたんでしょうかね。

「中学生で、この作品ですか」

藤島さんがまた写真を見て、それから二人を見て、本当に驚いています。

「それは、凄いなぁ」

「凄いよねぇこの才能。渡辺さんもぉお、写真には詳しくないかもしれないけど、わかるよねぇえ？」

「いや、これは、門外漢の私にもわかります」

渡辺さんが頷きました。

「驚きですね。将来が楽しみです」

藤島さんが言います。

「でもぉ、藤島くんも渡辺さんもぉ、同じような若い才能にはもっと前から出会っているよねぇ」

お二人が少し首を傾げ、顔を見合わせました。でも、藤島さんがすぐにわかりましたね。

「研人くんと、そして渡辺さんの息子さんのことですか」

「そうだよぉ、研人も渡辺くんも、そして甘利くんもぉ、中学の頃から凄かったよぉ。僕はびっくりしたからねぇ最初に三人で演《や》ってるのを聴いたときぃ。自分の孫なんてことを忘れてさぁ、血が沸き立っちゃったからねぇえ」

いつも一緒にいて、そして普通に歌ったりギター弾いたりしていたのを聴いてきましたから、かえってわたしたちには研人の凄さがわからなかったのでしょうね。

「そして藤島くんもさぁ、同じことをやっているよねぇ」

「同じこと？」

「若い才能を発見して育てようとしてるよねぇ。君のところで作ったソフトやアプリでさぁ、コンピュータやプログラミングに興味を持った若い子供たちがたくさん出て来てるよねぇ。まさに、デジタルネイティブさぁ」

藤島さん、ゆっくりと頷きます。

「そういう意味でなら、確かに。コンテストやセミナーを開いて、もちろん営利企業ですから自分たちの企業のためにですけれど、同時に日本のこれからを背負って立つ若い人たちへの投資とも考えていますからね」

「それをさぁ、そのままやればいいいんじゃないのぉ？」

「え？」

怪訝《けげん》な顔をする藤島さんに、それまで黙ってカウンターの椅子に座って聞いていた勘一が言います。

「〈藤三記念館〉だよ藤島」

「記念館ですか？」

うむ、と、勘一頷きます。

「いろいろ悩んでいたけどよ、おめぇは自分を誰だと思ってんだ？　藤島直也だぞ？　名だたる二つの会社の創業者じゃねぇか。父親とは違うでっかい道を自分で作った男だぞ？　どうしてその自分の道に、もう行き止まりになった父親の道を引き込んでやらねえんだ?」

引き込む、と、藤島さん真剣な表情になり、小声で呟《つぶや》きます。

「親父さんの作った道は、遺る。それは間違いねぇよ。でもよ、放っておきゃあ草ぼうぼうになっていつかは見えなくなっちまう終わった道だ。それを守ろうとして、自分の道から遠くにある親父さんの道まで、てめぇで草むしりに出かけようって思うからいろいろ無理が生じるんじゃないかって話よ」

「草むしり、ですか」

おうよ、と、勘一が頷きます。

「出かけるんじゃなくて、てめぇの道に、親父さんの道を繋いでやりゃあいいんじゃねぇかってことをよ、この馬鹿息子は言いてぇんだよ。後生大事に守るために草むしりだけするんじゃなくて、親父さんを超えてもっと凄い道を切り開いて繋いでくれる若いもんたちが歩く道を、その場所を、おめぇが作ればいいんじゃねぇか? そうすりゃあ」

勘一が立ち上がり、水上くんの撮った写真を指で示して、それから水上くんの肩に手を載せました。

「いつか、おめぇが繋いだ道を歩く奴から、こんな若ぇ《わけ》もんが出て来て、三島さんどころか親父さんも向こうでひっくり返るぐれぇの、書の才能がきらめく子供がおめぇんところから巣立ったりするんじゃねぇのかってことよ。そいつぁ」

勘一がにやりと笑います。

「とんでもなく楽しい仕事じゃねぇかと、俺は思うがな」

藤島さんが、思わず、といった感じで両手を握り合わせました。

「記念館、じゃない」

そう言って、その頰に笑みを浮かべました。

「記念館じゃないんだ。そう考えるから無理があったんだ。書の世界の次世代を担う人材を育てる教室も含めて、書の未来を切り開く、新しい形の書道の文化施設を造ればいいんだ！　デジタルも、アナログもすべて取り込んで広げていけるような」

藤島さんの身体に何かが入ったような気がしました。まるで風が吹いてその身体を浮き上がらせるように。

きっとこれが、我が家でかんなちゃん鈴花ちゃんと遊んでいる藤島さんではなく、ITの世界で戦う藤島さんなのでしょう。

「中身はもちろんおめぇが考えることだけどよ。そういうふうに思えばよ、誰が館長とか実家に戻らなきゃならんとか、そんなつまらねぇもので悩むまでもなくすっきりするだろうよ。館長とか長男とかじゃねぇ。お前さんが、そこの社長だ」

藤島さん、ちょっと悔しそうに、苦笑いをするように一度首を振りました。

「まったく思いつきませんでした。父の作品をどうやって遺すかってことにしか思いを巡らせていませんでした。何のことはない、うちの、僕の会社である〈FJ〉の事業の一環にしてしまえばとんでもなく、文字通りすっきりします！」

そう言って三島さんを見ると、三島さんも笑顔で大きく頷きました。

「しかしまぁそうなるとよ藤島」

「はい」

「その文化施設とやらをこれから造っていくとなると、三島さんだけじゃなくてよ、もっと新しい血が必要になるだろうがな」

勘一がちらりと見た先には、渡辺さんがいます。渡辺さん、ぴくりと反応しましたね。

藤島さんも、そして三島さんも、ゆっくり頷きながら渡辺さんを見ました。

「お前言ってたな。〈大日エデュケーション〉ではｅラーニングの部署で部長をやっていたって」

三島さんが言い、渡辺さんが戸惑いながら頷きます。

「やっていた」

「渡辺さん」

藤島さんが、渡辺さんを真っ直ぐに見て言います。

「今の僕の発想はどうでしょうか。確か〈大日エデュケーション〉さんではペン習字のｅラーニングデジタルシステムを既に構築されていましたよね」

はい、と、渡辺さんがはっきりと言います。

「しかしペン習字と言いながらも実際に使っているのはスタイラスペンにタブレットです。鉛筆やボールペンや万年筆ではありません。藤島さんの、〈ＦＪ〉さんにある技術でなら、将来的には本物の毛筆による、しかも手触りも書き味もリアルとまるで変わらないデジタル習字も可能になるのではないかと考えます。紙も墨も使わない、それでいて本物の毛筆を使える、まったく新しい書道の開発も」

藤島さん、我が意を得たりと微笑みました。

「次の就職先をお探しと聞きました。むろん、改めて面談をさせていただきますが、その候補に、私とこの三島がディレクションする仮称〈藤三記念館〉をお考えいただけますでしょうか？」

渡辺さん、一度唇を真一文字に結び、表情を引き締めます。皆を見回してから、ゆっくりと頭を下げましたね。

「落魄《らくはく》の身には有り余る大変ありがたいお話です。履歴書を持参して、改めてこちらからお願いに上がらせていただきたいと思います」

「よろしくお願いします」

藤島さんが言い、三島さんも笑顔で渡辺さんの肩を叩きます。あぁ、ようやく渡辺さん、少し笑みがこぼれましたね。

「よぉしまとまった！　水上くんに春野ちゃんよ」

「はい」

「学校帰りに取っ捕まえて、こんなおっさんたちのわけのわからない騒ぎに付き合わせて済まなかったな」

勘一が水上くんと春野さんに言うと、二人はニコニコして、大丈夫です、と声を揃えました。

「家までちゃんと送るからよ。まだ時間はいいんだろう？　好きなもんでも飲んでってくれよ。ケーキとかもあるぞ」

二人が顔を見合わせましたね。

「あの、堀田さん」

春野さんが、ほんの少し前に出ましたね。

「はいな」

「私、久しぶりに来たんです。ここ」

「うん？」

勘一も我南人も、藍子も亜美さんも皆がちょっと首を傾げましたね。久しぶりですか？　以前にお客様として来てくれたことがあるということでしょうかね。

春野さん、恥ずかしそうに微笑んで皆を見回しました。

「まだ小学二年生のときに、ここに本を売りに来たんです。おやつを買うお金が欲しくて、一人で」

「あっ!?」

すずみさんです。さっきからずっと古本屋から顔を覗かせて話を聞いていましたよね。

「のぞみちゃん!?」

のぞみちゃんですね。春野のぞみちゃんというお名前ですけど。

「え？　ひょっとして、のぞみちゃんってあののぞみちゃんなの？　あれよね！　『三びきのやぎのがらがらどん』を売りに来た！」

勘一が、ポン！　と右の拳骨《げんこつ》で左の掌を打ちます。

「あのちっこい女の子か！」

あぁ！　と我南人も大きく口を開けました。わたしもそれで思い出しました。

ご両親が離婚協議中で別居していて、両方の家を行ったり来たりしていた、名塚《なつか》のぞみちゃんですね。そうです、と、春野さんが頷きました。すずみさん、さすがの凄い記憶力ですね。

でも、のぞみちゃんは春野のぞみといいましたよね。名字が変わっているということは、結局ご両親は離婚してしまったということでしょうか。

「いやこりゃあびっくりだ。別嬪《べっぴん》さんになっちまって！」

勘一が笑顔で言うと、のぞみちゃん、含羞んで笑いました。その辺は後でゆっくり聞けばいい話ですね。

＊

お月さまがとてもよく冴えて見えます。

かんなちゃんと鈴花ちゃんは今夜は青たちの部屋、つまり鈴花ちゃんの部屋で一緒に寝ています。犬のサチとアキが起きてきて、廊下をかしゃかしゃと音を立てて歩いて階段を上っていったと思ったら紺がやってきましたね。いつもの、夜の用足しです。猫と違って我が家の犬たちは外へ行かなきゃ用を足せません。普段から夜更かしなのがわかっているのか、それともそれは紺の仕事と思っているのか、いつもそうですよね。最近は同じく夜更かしの研人が連れていくこともありますけれど。

あの後、藤島さんは三島さん渡辺さんと一緒に〈はる〉さんへ出かけていきましたよね。我が家から紺が一緒に行って、今回の顚末《てんまつ》を話したはずです。何といっても研人と渡辺くんの父親同士。これからも長いお付き合いになるはずですから。

紺がややしばらくして帰ってきました。サチとアキはさっさとまた縁側を歩いて、階段の下に置いてある自分の座布団の上で丸くなります。二匹ともいったん立ち止まってちらりとこっちを見たのは、挨拶をしてくれたのでしょうかね。

紺がそのまま仏間にやってきて、おりんを鳴らします。話ができますかね。

「ばあちゃん」

「はい、お疲れ様。外は寒くなかったかい」

「寒いけど、でもやっぱり少し緩んできたような気がするね」

「そうかい。渡辺さんはどうだったかい。これも縁だと思ってくれてればいいけれど、余計なお世話なんて感じていなかったかね」

「それはね。一家の主《あるじ》として情けないって思いはあると思うよ。でも、感謝してくれてたよ。自分のためにじゃなくて、息子のためを思って考えてくれたことに、ってさ」

「そうかい。それなら良かったかね」

「まぁ本当にこれは縁だったからね。あとは本人次第だけど大丈夫じゃないかな。〈はる〉でかなり具体的な話をして盛り上がったし、お世辞抜きで渡辺さんは優秀な指導者だったらしいから」

「あれだね、のぞみちゃんにもびっくりしたね」

「あれは本当に驚いた。あんなに個性的な美人さんになってるなんてね」

「ご両親もお互いに再婚したというし、良かったのかね」

「今も本が好きだって言ってたから、水上くんと一緒にうちの常連になってくれるんじゃないかな」

「そうだね。繋がるご縁は嬉しいね」

あぁ、話せなくなりましたか。紺が小さく頷いて、またおりんを鳴らして手を合わせてくれました。おやすみなさい。ゆっくり休んで、また明日も頑張りましょう。


合縁奇縁とはよく言いますけれど、本当ですよ。

夫婦の出会いにしたって、まったくの赤の他人がどこかで出会い、一生一緒にいようと思うまでになるわけです。

学校や職場での出会いというよくあるものではなくても、同じスーパーで買い物をしたとか、同じ電車に乗っていたとか、ほんの些細な出会いが一生の関係に繋がっていくこともあるわけですから、本当に縁とは不思議なものです。

人は出会って知り合って、仲良くなったりあるいは離れていったり。もう二度と会うことはないと思っても、どこかでその道が一緒になったりする。

その繰り返しの中で、人生という日々を過ごしていくわけですよね。

生きていく毎日の中では、挫折も失敗も苦難もあたりまえのようにあります。でも、出会った人たちに応援してもらったり救ってもらったり、その反対に元気づけてあげたり助けてあげたり。そして一緒になって苦難を乗り越えたり、楽しい時間を笑い合って過ごしたりできるわけです。

それが人間の生活なわけですよ。

生活の活という字は水が勢いよく流れる様だとか。水は集まり川のようになって一緒に流れていきます。せっかく水が集まり勢いある流れになったとしても、皆がそれぞれにそっぽを向いていたのなら、その流れは小さくなりやがて涸《か》れてしまうでしょう。一緒になって流れていくからこそ大きな川になったりもするものです。

昔は、米や醤油《しょうゆ》が足りなくなったときには「お互い様ですから」と隣近所で貸し借りしました。

縁あって同じ流れに与《くみ》した者同士、お互い様ですからと水を向け、わけ合う。

それがいいのではないでしょうか。

春　新しき風大いにおこる

一

春告鳥《はるつげどり》、とは、ウグイスの別名です。

三月弥生。草木は芽吹き風も水もぬるみ、優しくも命の息吹溢れる春の到来を告げる鳥として、まさしくウグイスの鳴き声は日本人の心に根づいていますよね。あの本当にわかりやすく〈ホー、ホケキョウ〉と可愛らしく鳴く声が聞こえてきますと、あぁ、春が来たのだなと頬が緩み心が弾んできます。

でも、梅鶯《ばいおう》の候、とか、梅に鶯《うぐいす》、などと言うように、実はウグイスは二月ぐらいからもう鳴いているのですよね。梅の花が咲く頃に我が家の庭にやってきて、まさしく梅に鶯だと思ったことが幾度もあります。

それでも、何となくウグイスの鳴く春は、三月の方がふさわしいような気がするのはわたしだけでしょうか。梅に鶯はもちろん似合うのでしょうが、桜にだって似合いますよね。

我が家の庭の桜は古木で、家が建てられる前からここにあったものだそうです。この桜があったからこそ、初代の堀田達吉はここに家を建てたとも伝わっています。ですから少なくとももう百三十年以上ここに立ち続けているわけですよね。

わたしがお嫁に来た頃よりは随分と花をつける量が減ってしまったように思いますが、それでも、桜咲く季節の三月。今年も周囲の空気をほんのりと桜色に染めるぐらいたくさん花をつけてくれそうです。桜の周りには白梅《はくばい》や沈丁花《じんちょうげ》、そして雪柳《ゆきやなぎ》と、この家が建てられたときに植えられた草木が今も、季節になると順番に花を咲かせて眼を楽しませてくれます。

三月になると晴れた朝にはまず縁側の戸を開けますから、犬のアキとサチはすぐに小さな庭に飛び出していって、散歩の前に軽く走り回って遊びます。猫の玉三郎とノラは、先代と同じくほとんど外に出ようとはしません。ベンジャミンとポコはもう貫禄もある年寄りですから、家の板塀の上をゆっくり歩いたり日向《ひなた》ぼっこをしたりしています。それでも決して遠くには行きませんから、庭の居心地が良いのでしょう。

桜の花びらが舞う少し前の季節に毎年楽しみにしている三月三日の雛《ひなまつ》祭りは、今年も賑やかに終わりました。

何せ女性が多い我が家とその周辺です。かずみちゃんに藍子に亜美さんにすずみさん、花陽にかんなちゃんと鈴花ちゃん。そして裏に住んでいる玲井奈ちゃんに一人娘の小夜ちゃん。もちろん〈はる〉さんの真奈美さんに、池沢さんだっています。三鷹さんと永坂さんのところに生まれた愛《あい》ちゃんもいますし、研人のガールフレンドの芽莉依ちゃんもいますね。

真奈美さんとコウさんのところは一人息子の真幸くんですが、コウさんが雛祭りのお祝いにも料理の腕をふるってくれるので、我が家で一緒に雛祭りを楽しみます。

三鷹さんと永坂さんの愛娘《まなむすめ》である愛ちゃんはこの春が初節句でした。両方のご両親、愛ちゃんのお祖父ちゃんお祖母《ばあ》ちゃんがご健在ですから、いろいろとお祝いをしたそうです。それとは別に、たくさんの人が集まる中で賑やかな雛祭りを楽しませたいと、愛ちゃんを連れてやってきてくれましたよね。

四月になれば、子供たちにはまた新しい日々が始まります。かんなちゃん鈴花ちゃんはいよいよ幼稚園では年長さん。可愛らしいスモックを着て登園するのも最後の年ですね。仲良しの小夜ちゃんはひとつ上なので今年から小学生なんですよ。新しいランドセルを見せてもらって、早くもかんなちゃん鈴花ちゃんは小学校に行く来年の春を楽しみにしていました。勘一は、うちもそろそろ買わなくてもいいのかなんて言ってましたけど、いくらなんでも早過ぎますからね。

研人は高校の二年生になりクラス替えがあるそうですけど、その他には何も変わらないですよねこの子は。既に自分の進む道は学業ではなくミュージシャンだと決めて大人と同じ稼ぎがありますし、楽しく学校に通っているようですからそれでいいのでしょう。

花陽は、高校卒業という人生のひとつの節目を迎えました。朝に家を出るときにはこれで花陽の制服姿も見納めかと家族全員が見送りましたよね。勘一と藍子、そしてマードックさんが卒業式に参列しました。もちろん、わたしも見に行きましたよ。お天気にも恵まれてシンプルでしたが本当に良いお式でした。

そして今日は、第一志望の大学の合格発表がある日なのです。堀田家に大きな桜咲く便りが届くかどうかという日です。

たとえそんな日であろうとも、堀田家はいつもと変わらず朝から賑やかです。かんなちゃん鈴花ちゃんが朝早くから玉三郎とノラを引き連れて、裏玄関から入ってきました。

実はこの二人と二匹、昨日は〈藤島ハウス〉の藤島さんの部屋に泊まったのですよ。確かに毎晩のように寝場所を変えるかんなちゃん鈴花ちゃんなのですが、昨夜藤島さんが我が家で晩ご飯を食べたのです。そしてそのまま我が家でのんびりと過ごしていたのですが、二人が「きょうはふじしまんのへやでねる！」と言い出しました。

親戚どころかもう家族も同然のような藤島さんなので、たとえば我が家に泊まっていっても誰も何も思いませんよね。でも、かんなちゃん鈴花ちゃんが朝まで藤島さんの部屋で寝るというのはどうなのかなと皆が一瞬考えましたが、同じ〈藤島ハウス〉で暮らす藍子やかずみちゃんや池沢さんの部屋ではあたりまえのように寝ているんです。以前にも藤島さんの部屋で寝入るまで面倒を見てもらったこともあるので、そこで寝てはいけないという理由を誰も思いつきませんでした。

藤島さんが笑って全然構わないしむしろ嬉しいと言ってくれましたので、それじゃあよろしくね、となったのです。いつだかの研人の話ではありませんが、もう数年したらかんなちゃん鈴花ちゃんもそんなことを言わなくなるでしょう。藤島さんこそ、父親の気分を味わっているのかもしれません。

そのかんなちゃん鈴花ちゃんがいつものように研人のベッドにダイビングして起こしている頃に、皆がぞろぞろと居間にやってきます。勘一も我南人も自分の定位置に座り、朝ご飯の準備が進むいつもの朝なのですが、どこか皆、何かそわそわしたような落ち着かない空気が流れています。

それもこれも、あと数時間したらやってくる花陽の第一志望の大学の合格発表があるからですよね。

そんなことにはまったく関係なく、かんなちゃん鈴花ちゃんがいつものように箸を座卓に置いて回って、皆の席決めをします。

今日はまず藤島さんの席を決めてそれから両隣にかんなちゃん鈴花ちゃんの箸が置かれて、後は皆さん好きに座ってくださいと言われてしまいました。

白いご飯におみおつけ。具はネギに豆腐に油揚げです。絹さやと玉葱にピーマンを卵でとじたもの、ソーセージは焼いたものと茹《ゆ》でたものを大皿に並べます。昨夜の残り物の筍《たけのこ》と椎茸《しいたけ》とちくわの含め煮も並びました。いただきもののウドは酢味噌《すみそ》和《あ》えにして、焼海苔に胡麻豆腐に納豆。

皆揃ったところで「いただきます」です。

「ちくわはね、どうしてちくわってなまえなの？」

「こないだからさ、身体痛かったのって、成長痛ってやつかな」

「あれだ、今日は良い天気だなおい」

「うどもうども」

「ちくわはね、竹って知ってるよね？　あの竹に丸い輪っかでちくわ、って言うんだよ」

「あら、ちょいと絹さや硬かったかね」

「もう冬のコートとかクリーニング出すよね。私、できるからね」

「うどもうども？」

「今頃ぉ？　高校生でぇ成長痛ぅ？」

「そうですね。いいてんきですね」

「なんて言ったの鈴花ちゃん？」

「この丸いところが竹を切った輪っかに似てるから竹輪なんだってよ」

「あーそうだね。もうそろそろ全部出しちゃってもいいかな」

「なまえ。うどのなまえはなんてうどなの」

「そういえば研人くん、背が急に伸びたような気がするね」

「日本晴れってやつだな」

「ウドかー」

「すっかり、はる、ですよね」

「おい、マヨネーズ取ってくれマヨネーズ」

「ウドは難しいかなー。調べてもわからないかもしれないよ」

「俺も高校ぐらいに急に伸びたなー」

「はい、旦那さんマヨネーズです」

「うどうどうも！」

「一八〇までいかなくてもいいんだよねオレ。一七八センチぐらいでちょうどいいような」

「うどうも、うどうも！」

「旦那さん！　酢味噌にマヨネーズですか!?」

「いや味噌にマヨネーズは合うだろうよ」

　確かに味噌とマヨネーズは合うとは思いますが、せっかくの旬のウドの酢味噌和えにかけるのはどうなのでしょう。まぁ何を言っても奇妙な味覚は変わらないのでいいのですけれど。

　それにしても、やっぱりちょっと流れる空気が変ですね。

　花陽はいつもと変わらないと思うのですが、変わっているのは勘一とマードックさんですよね。良い天気だの春だのと、どうでもいいことを強《こわ》ばった笑顔で繰り返していました。ちらりちらりと花陽の方を見て気にしています。

　研人は確かにここのところ、何かシュッ、としたようにも見えますよ。身長が伸びたのもそうなのでしょうが、体形が少年から男らしくなってきたのではないでしょうか。部屋で腕立て伏せとかやってましたからそのせいでしょうか。

　朝ご飯が終わると、すぐにお店の準備です。

　まだ幼稚園も高校も春休み前。かんなちゃん鈴花ちゃんはいつもの朝のようにカフェにやってきたお客さんに可愛らしく挨拶して愛嬌《あいきょう》を振り撒《ま》き終わると、すぐに幼稚園バスのやってくるところまで走ります。研人は制服に着替えて、ギターを背負って高校へ向かいます。

花陽は、発表を確認してから学校へ報告に行くそうですから、それまではいつもかずみちゃんがしている家事を手伝っていますね。藤島さんは社長さんですから重役出勤でいいのでしょうけど、今日は花陽の合格発表を確認してから行くそうです。このまま会社に行っても、連絡が入るまで仕事が手に付かないのが眼に見えているからだそうですよ。

からん、と、土鈴の音が響いて祐円さんが古本屋に入ってきました。

珍しいですね。いつもは部屋着にしているというお孫さんの〈お上がり〉のジャージとかそんな格好ですのに、今日は神主さんの常装である袴姿《はかますがた》ですよ。

「ほい、おはようさん！」

挨拶も何ですかいつもより元気なような気がします。雑誌も新聞も何も手にしないで帳場の前まで来て、丸椅子に座りました。

「おう、おはようさん」

「祐円さんおはようございます。コーヒーにしますか？　お茶にしますか」

カフェから顔を覗かせて、藍子が訊きます。

「今日はコーヒーの気分かな。よろしくね」

「何だよ。今日は朝から随分ご機嫌じゃねぇか。そして服はどうしたい。仕事か？」

「仕事じゃないよ」

祐円さん、にこにこしていますね。何か良いことでもあったのでしょうか。

「今日だよな」

「何がだ」

「何がだじゃないよしけたツラしてさ。そんなんじゃ受かるもんも受からないぞ」

「俺がどんな顔をしてたってもう決まってんだよ」

それは確かにそうですね。すずみさんが後ろで笑っています。

「きっと受かってますよ旦那さん。花陽ちゃんだって手応えがあったって、あんなにはっきり言ってたじゃないですか」

「当然よ、と言いたいところだがよ」

勘一がゆっくり後ろを振り返って居間の方を見ます。花陽の姿は見えませんね。まだ台所でお片付けの最中でしょう。

「こればっかりはなぁ」

小さく溜息をつく勘一に、祐円さん、にやりと笑って手を伸ばしてぽんぽんと肩の辺りを叩きました。

「安心しろ」

「だから何がだ」

「今朝、夢を見てよ」

「夢ぇ？」

祐円さんがそっと勘一に近づき、口に手をあてて小声で言います。

「花陽ちゃんが合格している夢だ」

「本当かよ」

ちょうどコーヒーを持ってきた藍子がそれを聞きつけましたね。

「祐円さん、本当ですか？」

帳場に膝をつきながらコーヒーを文机に置いて藍子も小声で訊きます。

「こんな洒落《しゃれ》にならないことで嘘《うそ》なんかつくもんか。ついでに起き抜けに祈禱《きとう》もしておいた。俺の夢が昔っからよく当たるのは知ってるだろうさ」

勘一が少し頰を綻ばせました。確かに、祐円さんの夢は正夢になることが昔っからちょくちょくあるんですよね。そのときばかりはさすがは神主だなと勘一も褒めるんですが。

「いやいや」

勘一が頰を叩いてまた仏頂面に戻ります。

「今回ばかりはな。糠喜《ぬかよろこ》びになっちまったらとんでもねぇ。まぁ幸先の良い夢だってことにしておくぜ」

そうですね。どうせあと数時間でわかることですよ。

「大丈夫だって。生憎と客が来るんでな。発表の時間にはここに来られないけど、ちゃんと教えてくれよ」

「おう、わかった」

今はあれですね、合格発表の形式も随分変わってしまったのですよね。藍子や紺の時代には大学の大きな掲示板に貼り出すということをやっていました。あの子たちは自分で見に行って、公衆電話で連絡をくれましたよね。

勘一はすっかりその気になっていて、自分が花陽と一緒に大学まで見に行くと言っていたのですが、花陽の受験した大学は掲示することなく、全部ネットでの発表でした。そもそも今はそれが主流で、掲示板に貼り出すところも随分減っているようですよね。

発表の時間は午前十時です。あと二時間半ほどですね。

「そういやぁこないだあの子を見たけどな」

「どの子よ」

「のぞみちゃんだったか」

あぁ、と勘一頷いてカフェを見ます。写真パネルに写っている春野のぞみちゃんですね。随分我が家を気に入ってくれたようで、あれから学校帰りやお休みの日にはよく顔を出してくれます。ほとんど毎日ですよね。

「かなりの読書好きでな。買った古本を何時間もここで読み耽《ふけ》ってるぜ」

「俺が見たのはそこの公園だけどな。ベンチに座ってずーっと本を読んでたぜ」

そうなんです、と、すずみさん頷きます。

「日曜日もずっとなんですよね。学校でも今は何もやってないそうなんですけど」

勘一が少し心配そうな顔をします。

「まぁ本好きなのは結構なことなんだが、ちょいと心配な子ではあるな」

「何だ。本ばっかり読んで友達もいないってか」

「そんな感じだな。あの写真を撮った水上くんもな、少し周りから浮いてる子だって言ってたな」

話していましたね。イジメとかはないようですけど、水上くんも同級生ではなく、卒業して二年も経ってますから本当のところはわからないらしいんですけど。

祐円さん、小さく頷きます。

「まぁそういう子でもよ、ここに居場所があるんならいいんじゃないか？」

「そう思ってたな。何だったら店にずっといてもいいとは言ってるんだが、そこは遠慮するんだよなぁ」

古本も、店で読む分にはいくら読んでもいいとは言ってるんですが、ちゃんと自分のお小遣いで買っていくんですよね。

祐円さんが帰ってすぐ、八時になる頃です。カフェの扉が開いて藍子や亜美さんが親しげに話しかける声が響きました。どなたか常連さんがいらしたのかと思えば、そのままカフェを通り抜け古本屋に来たようです。

「おはようございます」

「おう、茅野《かやの》さんかい」

ソフト帽をひょいと上げて入ってこられたのは、退職なされた元刑事の茅野さんです。白い春物のトレンチコートに紺色のソフト帽と、本当にいつもお洒落な格好です。現役の刑事さんの頃からずっとで、ぱっと見た目にはどこかの紳士服のお店の店長さんか、ファッションデザイナーさんに思えるぐらいでしたよね。

そのまま帳場の前の丸椅子に座ります。

「久しぶりじゃねぇか。元気にしてたかい」

「お蔭様で。近頃は女房と一緒に出歩くもので、なかなか一人になれなくてね。ご無沙汰しちゃいました」

あら、そうなのですか。勘一がにやりと笑います。

「そりゃあ夫婦仲良くて結構なこった」

「出歩くって、どこへ行ってるんですか？」

すずみさんです。

「いや、どこということはないんですがね。二人とも東京生まれの東京育ちなのに、知らないところはたくさんあるから歩いて回ってみようとか突然言い出しましてね」

「ほぅ」

「スニーカーも買いそろえて目的地までは電車で行って、そしてぐるーっとウォーキングですよ。この間は一日かけて皇居の周りを寄り道しながら一周しちゃいましたね」

それは楽しそうじゃありませんか。わたしも東京で生まれ育って、もう死んじゃってますけど、東京を全部知ってるわけじゃありません。皇居の周りももちろんそぞろ歩きしたことはありますが、全部回ったことはなかったですね。

「そりゃ健康にもいいな」

「何だか本当に足腰が丈夫になってきた気がしますよ」

そう言って茅野さん、ちらりと居間の方へ顔を向けました。

「花陽ちゃん、今日が発表ですよね」

「そうなんだよ」

我が家に足しげく通うようになってもう二十年にもなる茅野さんですから、花陽のことも小さい頃から知っています。研人などは一時期刑事さんと聞いてから質問攻めにしていましたよね。

「早く時間《とき》よ来てくれってな。気が気じゃなくてどうしようもねぇよ」

苦笑いする勘一に、でしょうねぇと頷いた茅野さんですが、ところで、と急に声を潜めましたね。勘一にぐっと身体を近づけました。

「何だよ。どうしたよ」

「いや、今日はそれもあったし、本当に久しぶりにのんびり古本を眺めようと思って来たんですがね。どうも少しばかり気色《けしき》のよろしくない男がいるんですが、何か心当たりはありますか？」

勘一が眼を細めます。気色のよろしくないとは茅野さんの独特な言い回しですが、要するに怪しい感じのする人物ってことですよ。定年まで勤め上げた元刑事さんの勘というものですね。

「そいつぁ、カフェにいるってかい」

勘一も小声で鋭い眼つきになって言いました。すずみさんも思わずしゃがみ込むようにして首を伸ばしてカフェの方を見ましたね。

「今、私とほぼ同時に入った男です。たまたま駅から同じ方向に歩いてましてね。何かその雰囲気が気になっていたらここに入るじゃありませんか。そしてそいつだけじゃなくてですね、表にもいるんです一人。カフェに入った男と一緒に歩いてきたのに外に立って何かを見張っているような気配の男が」

「何だって？」

茅野さんがそう言うのですから、間違いないのでしょう。けれども何も心当たりはありませんよね。

「ちょいと顔を拝んでくるか」

「気づかれないようにしてくださいね」

勘一がゆっくりと立ち上がります。藍子にさりげなく茅野さんはコーヒーで俺にはお茶をくれとか声を掛けながら見しきたようですね。わたしは誰にも気づかれませんから堂々と見てきましたけれど、あのスーツ姿の男性ですかね。テーブルに座って壁の方を眺めていますが、見覚えはありません。でも、確かに何か普通の人ではないような気配はしますね。

そのまま勘一はカフェの入口から外に出て、ぐるっと回って古本屋の入口から戻ってきました。藍子と亜美さんが何をしてるんだろうと怪訝な顔をしてますね。

勘一がゆっくり歩いてまた帳場に座ると、茅野さんが声を潜めたまま言います。

「どうです？」

「カフェのはスーツの。外にいるのはジャケット着た若い奴かい」

「それですね」

渋面を作って勘一が頷きます。

「知らねぇ顔だな。どっちもきちんとした身なりではあるけどよ、確かにちょいとうさん臭い感じではあるな」

「ヤクザ者ではないとは思いますが、どうでしょう、良かったらちょいと尾《つ》けて何者か確かめてみますが」

「いいのかい？」

茅野さん、にこりと微笑みます。

「どうせ暇な身ですからね」

任せといてください、と茅野さん立ち上がってそのまま古本屋を出て行きます。外にいる男の人を気づかれないように見張るのでしょう。

「すずみちゃんよ。藍子たちにあのスーツの男にそれとなく注意しとけって伝えてくれよ。あと、茅野さんのコーヒーはいらねぇって」

「わかりました」

すずみさんが立ち上がって居間に向かいます。カフェのカウンターの中は台所と繋がっていますからね。すずみさんが裏から声を掛けて、ひそひそと話しています。

スーツ姿の男性ですが、確かにヤクザ者のような荒っぽい感じはありません。むしろ人によっては好ましいと思うような容貌ですが、普通のサラリーマンって雰囲気ではないですね。時間が時間ですから、まだ出勤前という可能性もないわけではないですけど。

雑誌を見るでもなく、スマホをいじることもなく、薄い色をしたサングラスをしてどこか店の中を見回して、コーヒーをぐいっと飲み干しました。あら、伝票を持つともう立ち上がりましたね。カウンターのレジのところまで来ますので、亜美さんが応対します。

「ありがとうございます」

お財布から千円札を出します。

「あの飾ってある写真なんですけどね」

「はい？」

「どなたの作品なんですか？」

「あぁ」

亜美さん、にっこりと微笑みます。

「知人のです」

「販売はしていないので？」

「申し訳ないのですが、写真はしていません。絵の方はしていますよ」

そうですか、と、男性の方、軽く頷きました。お釣りを貰ってそのまま普通に出て行きますね。

「ありがとうございましたー」

亜美さんがそう言って男性の姿が見えなくなると同時に古本屋に走り込みます。

「おじいちゃん」

「おう、聞こえたぜ。すずみちゃんよ。ひとっ走りして茅野さん見つけてこっそり伝えてくれよ。男が見ていたのは写真らしいってな」

「わかりました！」

すずみさんがすぐさま靴を履いて、店の外へ飛び出していきます。

「おじいちゃん」

藍子もこっちに来ましたね。勘一が顰め面をします。

「迂闊《うかつ》だったな。ちょいと考え無しだったかもしれねぇ」

「考え無しってなんですかおじいちゃん」

亜美さんが訊きます。勘一がくい、と顎で写真パネルの方を示しました。

「もう遅いかもしれねぇけど、のぞみちゃんの写真だけ引っ込めようぜ」

「のぞみちゃんの？」

勘一が頷きます。

「ひょっとしたらだけどよ。あいつら芸能畑の連中かもしれねぇ。とんとご無沙汰だから忘れてたけどよ、そういやぁそういう匂いがしてたぜ」

「芸能畑って」

勘一が腕組みして言います。

「どっかの誰かがたまたまうちに来て、のぞみちゃんの写真を見てこいつはイケるって思ったのかもしれねぇってことだ」

そういうことですか。芸能界のスカウトマンかもしれないってことですね？　なるほど、と藍子も亜美さんも頷きます。

「確かにのぞみちゃんなら、スカウトされてもおかしくないかもね」

「アイドルっていうよりはモデルとかそっちの方ね」

個性的な顔立ちにスタイルもいいですからね。勘一も頷きます。

「まぁそれは別に悪いこっちゃねぇし、芸能事務所だってちゃんとしたところだってあるんだろうけどよ」

「どうしようもないのも多いってことですよね」

亜美さんが頷きます。我が家にも一応は我南人という芸能人がいますし、池沢さんと、亜美さんの義理の妹の佳奈《かな》さんは女優で、青だって俳優をやったこともあります。昔取った杵柄《きねづか》ではないですけれど、以前は知人も多かったですから、あの辺の事情に多少は通じていますよね。

「まぁまだわかんねぇからよ、とりあえず写真だけでも外して、茅野さんが帰ってくるのを待つさ」

九時半を回った頃です。

お客様には申し訳ないのですが、古本屋には〈ちょっと休憩〉の札を掛け〈昼前には開けます〉というメモも貼り付けました。十時の合格発表が待ちきれなくて、商売どころではないのですよ。

カフェはそれほど忙しい時間帯ではないですから、亜美さんとすずみさんがカウンターにいます。藍子は仕事しながらでもわかるんだからと言いましたが、母親なんだから一緒に待てと勘一に言われて、苦笑いしながらかずみちゃんと一緒に台所仕事をしています。

勘一以上にじりじりして待っているのはマードックさんですね。本当に落ち着きなく縁側に座ったり台所に行ったりうろうろうろうろうろしていますよ。

ネットでしか発表しませんので、居間の座卓に紺と青が向かい合って座って、いつも二人がそれぞれ使っているノートパソコンを開いておきます。我南人も下座に座って、自分の iPad をちゃんとスタンバイさせています。何でも受験番号とパスワードがあれば、どれからでも同時に見られるそうです。おそらくはそれぞれに持ってるスマホでも見られるのでしょうけど、全員でスマホを手にしている光景もなんですよね。勘一は上座に、藤島さんも我南人の隣に座って待っていますね。

花陽は紺の隣に座って、お茶を飲んでいます。この中でいちばん落ち着いていますよね。手応えがあったと言ってましたからそうなのでしょう。

カフェの扉が開く音がしたと思ったら茅野さんの声が聞こえてきました。

「どうも、戻りました」

「おう、茅野さん。ご苦労さんだったな。上がってくれや」

皆さんお揃いですね、と茅野さんが笑いながら居間に上がってきて、勘一の斜向《はすむ》かいに座りました。勘一、もう何度も見ている掛け時計をまた見ます。

「ちょうどいいって言うのはあれだけどよ。時間まで聞かせてくれよ」

ちょっと変な感じの男が、のぞみちゃんの写真を見ていったという話はもう皆にしています。亜美さんが持ってきたコーヒーを一口飲んで茅野さんが頷きました。

「女の子の写真を見ていたってのは正解かもしれませんね。あの二人、有楽町《ゆうらくちょう》辺りのビルに入っていったんですかね。ちょっとややこしい造りのビルでどの部屋に入ったかまでは確認できなかったんですが、玄関のテナント一覧にモデル事務所っていうのがありましたよ」

「やっぱりか」

「これが名前だったんですけどね。検索できるでしょう？」

茅野さんが手帳を開いて向かい側に座っている紺に見せました。紺がそれを見ながらノートパソコンに打ち込みます。

「えーとね、あぁあるね。モデルエージェンシーだ」

「どんな雰囲気だ」

勘一が訊きますが、紺がちょっと顔を顰めましたね。

「一応サイトの体裁は整ってるけど、サイトの作り自体が古臭いね。在籍人数も少ないし有名な人もいないない」

「これ、ダメな感じじゃないかな」

青も自分のノートパソコンに打ち込んで見てますね。

「怪しいとは断言しないけど、見たところ会社組織もしっかりしていない感じだし。藤島さんはどう？」

「まったく知りませんね。うちの担当部署に確認してみますか」

「いや待て。我南人はどうよ。聞き覚えのねぇところか？」

「僕も全然知らないねぇ。聞いたこともない事務所だよぉ。池沢さんにも確認してみるかいぃい？」

「いや」

勘一が少し首を横に振りました。

「さっき名前を聞こうとしなかったってことは、そこまで本気で動いてないってことだろ。またあの男が来ても何も教えねぇってことでいいんじゃねぇか。のぞみちゃんにも注意しといた方がいいな」

「そういうことですね」

茅野さんが頷きます。

「じいちゃん」

紺がノートパソコンの画面を見ながら言います。

「そろそろ十時だよ」

「おう」

勘一が青の横に移動しました。茅野さんも反対側から画面を見ます。わたしは勘一の横から覗き込みましょう。

花陽は紺の画面を見ていますね。

藍子も台所からやってきて、花陽の後ろに座り肩を抱くようにしました。マードックさんもその隣に膝をついています。

かずみちゃんも手を拭きながら台所から戻ってきて我南人の隣に座りました。その反対側で藤島さんが立て膝をついて覗き込みます。

パソコンの時計は正確ですよね。あと二分ほどで十時です。何も意識していないときの二分などはあっという間に経ってしまうのに、こういうときの二分は本当に長く感じます。一二〇秒もあるんですよね。一二〇回数えないとそのときがやってこないんです。

勘一はまるで親の敵《かたき》を見るような眼つきでノートパソコンの画面を見つめています。

紺も青も自分の腕時計を見つめていますが、そういえばあれは電波時計でしたね。

「十時」

紺が言うと同時に、紺と青がキーボードで花陽の受験番号とパスワードを打ち込みます。我南人は iPad の画面上に出ているキーボードを叩きました。

「おう！」

「よっしゃ！」

「やった！」

それぞれに大きな声と同時に思わず腕が上がりました。マードックさんは立ち上がって両腕で天を突きましたよ。

合格の文字が、画面に出ています。

花陽が大学に合格したのです。

第一志望だった、都内の私大医学部です。

藍子とマードックさんが花陽に抱きついてまるでおしくらまんじゅうのようになっています。わたしも思わず抱きつきにいってしまいましたけど、マードックさんに弾かれてしまいましたね。

「おめでとう。花陽ちゃん」

「やりましたね！」

藤島さんと茅野さんが笑顔で言います。かずみちゃんと我南人は満面の笑みで二人で握手しましたね。

「良かったー」

藍子の口から安堵《あんど》の声が漏れます。あぁすこし眼が潤んでいますね。マードックさんもですよ。亜美さんとすずみさんもカフェで万歳して二人で手を取り合って喜んでいます。

花陽は、ニコニコしながら皆にありがとうと言っているだけで、泣いたりはしていませんね。これで勘一譲りで涙脆《なみだもろ》い子のはずなんですが、余程手応えと確信があったということなんでしょう。

「いやー良かった！」

勘一が大きく息を吐きながらまた大声で言います。

「おい乾杯だ乾杯。酒じゃないぞジュースでも麦茶でも何でもいいから全員で乾杯だ」

お店を開けなきゃならないですからね。お祝いは夜にゆっくりやりましょう。藍子や亜美さん、すずみさんが冷蔵庫にある麦茶やらジュースやらを持ってきて、皆でそれぞれにコップに注ぎ、勘一が乾杯の発声をして杯を空けました。

「花陽」

勘一が満面の笑みで花陽に言います。

「よくやった！　盛大に合格祝いをしなきゃな！」

「そんなのはいいよ。いつも通りで」

花陽は少し恥ずかしそうに、でも嬉しそうに言います。

「いや、コウさんが張り切っていたからさ。あ、そうだメールしとかなきゃ」

紺がiPhoneを持ちました。真奈美さんもコウさんも連絡を待っていますよね。そうだそうだと皆がそれぞれのスマホを取り出します。

「おい、青、池沢さんにもしておけよ」

「電話するよ」

池沢さんは隣の〈藤島ハウス〉の、自分の部屋で連絡を待っています。花陽のスマホがぴこんぽこんと音を立てているのはあれですよね、ＬＩＮＥですよね。お友達からの連絡なんでしょう。

「誰か祐円にも電話してやってくれよ」

「あ、じゃあ私が」

「きじまさんには、ぼくが、しますね」

「三鷹と永坂には今しました」

「研人と芽莉依ちゃんにはLINEしたからね」

「あ、玲井奈ちゃんには私しますね」

皆が自分のスマホを操作しているとき、わたしは花陽の後ろにいたのですが、見えてしまいました。研人と芽莉依ちゃんに連絡した後、花陽は鱗太郎さんにもしていました。

やっぱり、そうやって連絡を取り合うようになっていたんですね。

二

夜になってお店を閉めて、晩ご飯の時間になりました。

〈はる〉さんのコウさんと真奈美さんがお祝いだと言って、めでたいの鯛《たい》を使った料理を届けてくれたのです。鯛の潮汁《うしおじる》や鯛ご飯、もちろんお造りや、かぶと煮もあります。下拵《したごしら》えだけをして我が家に材料を持ってきてくれて、台所でかずみちゃんと藍子が真奈美さんと一緒に作りました。

今夜もお店があるのに、真奈美さんとコウさんの気持ちが本当にありがたいです。後日、〈はる〉さんに皆で行って、たっぷりと美味しいものを食べて飲んでお返ししなきゃいけませんね。

隣に住んでいながらも遠慮してほとんど我が家に足を運ばない池沢さんですが、今夜はお祝いですから、真奈美さんとコウさんの一人息子、真幸くんを連れてやってきてくれました。普段はベビーシッターをしていますからね。真幸くんはもちろん我が家の皆には慣れています。かんなちゃん鈴花ちゃんが楽しそうに真幸くんの相手をしています。二人とも自分より小さい子が大好きですよね。幼稚園でも下の子たちとよく遊んであげていると聞きます。藤島さんは残念ながら仕事絡みの会食があるとかで来られませんでした。

家族皆が揃い、あらためて乾杯です。本当に良かったです。努力した者が皆報われるということは残念ながらありませんが、努力した者にこそ訪れる瞬間は確かにあるものなのですよ。

皆が笑顔で料理に舌鼓を打っています。あら、藤島さんからマードックさんのスマホに電話が入ったみたいですね。お祝いに顔を出せなくて申し訳ないということでした。

花陽が電話を代わってお礼を言ってます。

「お母さん」

藤島さんとの電話を終えた花陽が藍子を呼びました。

「この後にあの話するんでしょ？」

あの話とは何でしょう。藍子はちょっと微笑んで頷きます。

「何だよあの話って」

「大じいちゃんその話は後でお母さんがするから。その前にね、合格祝いっていうか、何かしたいことがあればどんどんやっとけって大じいちゃん言ったでしょ？　大学が始まったらまた勉強ばかりなんだからって」

「おう。何でも我儘言っていいぞ。大じいちゃんに任せとけ」

花陽がにっこり微笑みます。

「お母さんとすずみちゃん」

「うん」

「私も？」

すずみさんが、何でしょう、と笑みを浮かべます。

「三人で一緒に、お父さんのお墓参りに行きたい」

勘一が箸を口に咥《くわ》えたまま、そして藍子もすずみさんも、花陽を見つめたまま少し動きを止めましたね。他の皆もそれぞれに、あぁそうか、というような表情を浮かべます。

花陽のお父さんは、槇野春雄《まきのはるお》さんです。藍子の大学時代の教授さんであり、すずみさんのお父さんでした。

藍子は妻子ある槇野さんと愛し合い花陽を身ごもりましたが、それを誰にも告げずに花陽を産み育ててきましたよね。すずみさんもそれを知ったのは、父である槇野さんが病で倒れて亡くなる直前のことでした。お母さんもその前にお亡くなりになっていたのですよ。

すずみさんが青と出会い、お互いを好きになり愛し合うようになって二人とも悩みましたよね。でも、皆がそれを乗り越え、新しい家族となってずっと仲良く過ごしてきました。

すずみさんがこの家に来てから今の今まで、花陽がこうして自分の実のお父さんについて皆の前で口にしたことは一度もありません。そして花陽は、一度も実の父である槙野さんに会ったことがありません。写真はすずみさんに見せてもらっていますけど。

「お父さんに、報告したいの？」

藍子が優しく微笑み、言います。

「うん。頑張ってお医者様になるからって言いたい。それからね」

花陽がすずみさんを見ました。

「お姉ちゃんとも仲良くやってますって、二人で、あ、お母さんも三人で並んで報告したい」

「うん！　行こう！」

すずみさん、にっこり笑って大きく頷きました。

花陽がすずみさんのことを、お姉ちゃん、と皆の前で呼ぶのは滅多にないことです。

二人きりのときにはたまにそう呼んでいましたよね。考えれば、藍子と花陽、そしてすずみさんの三人揃って槙野さんのお墓参りに行ったことは一度もありません。確か、すずみさんと青が結婚した後に、藍子と花陽は二人で行ったはずですが、まだ小学生のときでしたからね。大人になった今は、また心持ちも違うのでしょう。

「じゃあ、さっそく明日行こうよ」

研人が言って、花陽がきょとんとしましたね。

「明日でもいいけど、どうしてそれを研人が言うの」

「え、だってオレも一緒に行かなきゃ。明日なら空いてる」

それこそ、え、と、皆が研人を見ましたね。

「何で研人が？」

花陽が眼を細めながら言うと、皆も同じように何故お前が？　という顔をしましたね。いいえ、もちろん別に行ってはいけないわけではありませんが。

「だって、藍ちゃんとすずみちゃんと、まぁ青ちゃんはすずみちゃんの夫だから行くとしても、他に堀田家代表で行けるのオレじゃん」

「堀田家代表？」

紺が思わず言って首を傾げました。堀田家代表ってなんでしょうか。

「ぶっちゃけさ、花陽ちゃんのお父さんの槙野さんって、大じいちゃんにとっては子持ちのくせに孫に手ぇ出したふてぇ野郎だし、じいちゃんには娘をシングルマザーにさせた男だし、親父にしたら仲良しの姉を泣かせた奴だしさ。ほら、そうすると墓前で手を合わせてこれからも皆を見守ってくださいねー、って素直な気持ちで言えるのはオレだけでしょ」

皆が一度眼を大きく見開いた後に、そして顔を見合わせてから大笑いしました。いえ、そもそもが決して笑えない話ではあるのですけれど、これはもう笑うしかないですね。

勘一は一周忌の際に手を合わせに行きましたし、我南人も紺も、槙野さんに対しての恨み辛みなどは今更ないでしょうけど、研人の言うことにも一理ありです。

「まぁ確かにそうだねぇ」

かずみちゃんがまだ笑いが止まらないまま言います。

「ここは、これからの堀田家代表である研人に任せるのがいちばんだね」

「そういうこったか」

勘一も苦笑いして頷くしかないですね。

でも、あれですね。すずみさんがお嫁に来る前のその騒ぎを、研人は幼いながらもいろいろ感じ取り、姉と慕う花陽の複雑な心持ちをずっと傍《そば》で感じていたのではないでしょうか。小さい頃から心配りのできる優しい男の子でしたよ。それだからこその、一緒に墓参するという話なのでしょう。

「かんなもいくよ！」

「すずかも！　おはかまいりすき！」

二人が花陽に言うと、そっかー、と花陽は頷きます。

「ついでと言っては何だけど、藤三さんのお墓参りもしてくる」

あぁ、そうですね。花陽は受験を控えて葬儀への参列を遠慮しましたからね。

「藤島くんも喜ぶよ。メールしとく」

紺が言います。善は急げじゃないですけど、そうとなったら早い方がいいと本当に明日出かけることになりました。偶然ですが、藤島家の墓も槙野家の墓も同じ雑司《ぞうし》が谷《や》にあります。そういうのも、我が家とのご縁なのだろうなと話していましたよね。

「それで？」

勘一が言います。

「藍子の話ってのはなんだよ？」

そうでした。花陽がそんなことを言ってましたが。藍子は、隣にいたマードックさんを見て何か促すように小さく頷きます。マードックさん、急に正座をしましたね。長年日本に住んでいるマードックさんですが、正座は今でも苦手です。

「ちょっと、みなさんにおはなしがあるんですが」

皆に話ですか。

「なんでぇ、急に改まってどうしたよ」

「はい。じつはですね。かよちゃんのごうかくがきまったら、みなさんにそうだんしようとおもっていたことがあるんです」

「相談？」

何だどうした、何が始まるんだという顔をして、皆がマードックさんを見ます。

「実はね」

今度は隣にいる藍子が口を開きます。

「しばらく二人でイギリスに行こうかと思っているの」

「イギリス」

何だぁ、と、研人が少し大きな声を上げました。

「マードックさん、すっげぇ真面目な声を出すから何かめっちゃ深刻な話かと思ったら」

皆も少し笑いましたね。勘一もお茶をぐいっと飲んでから笑って頷きます。

「そんなの別に改まって話すこっちゃねぇだろう。まぁ花陽が片付くのを待ってたってこったろうけど、気ぃ遣わねぇで里帰りならいつでも行ってこいよ」

「そうじゃなくてね」

藍子が続けます。

「マードックさんのお母さんの具合が少しよろしくないの」

「そうなのぉお？」

我南人ですね。

「かなり悪いのかいぃ？」

「いえ、すぐにどうこう、じゃないんです。でも、ふたりとも、もういいとしです。いつどんなことになってもおかしくないです。ぼくはずっとにほんでくらしています。おやこうこう、ぜんぜんできていなくて。それで、しばらくのあいだ、あいこさんといっしょに、とうさんかあさんとよにんで、くらしてあげたいなとおもって」

そういうお話ですか。花陽は話を聞きながら小さく頷いていますから、もう聞かされて話はついていたのですね。

「あいこさんにそうだんしたら、それはすぐにでもいくべきだって。もちろんわたしもいっしょにいくからって。かよちゃんも、いったほうがいいよっていってくれたので」

うむ！　と、勘一大きく頷きましたね。

「そりゃあもちろんだマードック。すぐにでも行ってこい。一年でも二年でも三年でも、気の済むまで暮らして親孝行してこいよ。もちろん藍子もだ」

藍子が微笑みます。

「でもね、マードックさんが、こっちも心配だって言うからちゃんと相談しようって」

「馬鹿野郎。そりゃあこっちも棺桶《かんおけ》に両足突っ込んでんのが俺ともう一人ばかりいるけどよ」

「私のことかい勘一」

かずみちゃんが笑いました。

「他に誰がいるよ。生憎と俺もかずみも、あと二十年は生きるって決まってるからよ。それにあと十年も経ちゃあ花陽も立派な医者になってるから病気したときの心配もねぇ。心置きなく何年でも住んでこい。行ってこい」

「あれだよぉお」

我南人が言います。

「そのうちにぃ、研人がイギリスでライブやるかもしれないねぇえ。そのときまでいればいいよぉ」

「それいいね！　やるよ！　藍ちゃんそれまでイギリスにいなよ！」

紺も亜美さんも笑います。研人のことですから案外すぐにでもそんな日が来るかもしれません。

「カフェの方も大変なんだけど」

藍子が言いましたが、亜美さんが手をひらひらさせました。

「そんなの大丈夫よ藍子さん。ほら、玲井奈ちゃんもできればどんどん働きたいって言ってたし」

「あ！　芽莉依も言ってたよ。休みの日とかお手伝いしたいって。どうせ夏休みの間は入ってもらうんだしさ」

そうですよね。その気になれば紺も青も、あまり頼りにはなりませんが我南人だって若い頃は飲食店のバイトをしていましたからできますよ。古本屋を勘一と紺に任せれば、青とすずみさんもカフェに回れるんですから、なんとかなります。

「あ、それでね」

花陽が言います。

「その話の続きなんだけど。私も大学生になるし、お母さんたちもきっと二、三年は向こうになるだろうから、この際引っ越したらいいんじゃないかって思ったんだ」

「引っ越し？」

勘一が首を傾げます。どこへ引っ越すのでしょう。

「私が〈藤島ハウス〉のお母さんとマードックさんの部屋に住むの。そして隣のアトリエには研人」

「オレ？」

研人が自分を指差します。

「アトリエは防音もしっかりしてるから、うちより音を出せていいでしょ？　そしたら二階の私と研人の部屋が空くから、大じいちゃんと私の続き間に、離れにいる青ちゃんとすずみちゃんと鈴花ちゃんが移る。そして大じいちゃんは離れに移る」

「離れにか」

「だって、元は大じいちゃんの部屋だったんだし、もうそろそろ大じいちゃん一階で暮らした方がいいと思うんだ」

あぁなるほど、と、かずみちゃんも紺も青も、亜美さんもすずみさんも頷きましたね。

確かにそれはそうです。まだまだ足腰はしっかりしている勘一ですが、毎日部屋に行くのに階段を上り下りするよりは、離れに戻った方が何かと安心です。

ひょっとしたら花陽はずっとそのことを考えていたのかもしれませんよ。

「そしてね」

花陽が続けます。

「そうしたら、研人の部屋がまだ空いてるでしょ？　そこは、来年になったら机を置いて、小学生になるかんなちゃんと鈴花ちゃんの部屋にするの。どうかな？」

とん！　と、勘一が座卓を手で打ちます。

「なるほど！」

「いいね」

「ぴったり来るじゃん」

皆がそりゃいいねと頷きます。

「何年かしてお母さんたちが帰ってくる頃には、研人もどっかで一人暮らししちゃってるかもしれないし。そのときにはまた皆で考えればいいかなって」

「いい！　それで行こう！」

研人が大喜びしてますね。

「決まりか。しかしそりゃあ本当に大仕事な引っ越しになっちまうな」

「さすがに店を休まなきゃできないね」

紺が言います。確かにそうです。半分以上の人間が部屋を移動するんですから、一日で終わらせるにはかなりの大仕事です。

「そうなると、藍ちゃんたちはいつぐらいに出発しようって思ってるの？　藍ちゃんたちが荷物を送るのと同時に皆が引っ越しした方が二度手間にならないね」

青が言うと、藍子もマードックさんも頷きます。

「もう、すぐにでもした方がいいかなって。花陽の大学が始まる前に、子供たちの春休みの間にしちゃった方が、皆が新生活を始める前に落ち着いていいのかなと思って」

そうですね。

「善は急げってな。再来週から春休みだったか？」

「オレの部屋はナベと甘ちゃん呼んで手伝ってもらおう」

研人が言うと、青がにやりと笑いました。

「大家の藤島さんにはもちろん契約のことも含めて言わなきゃならないけど、そうなると絶対に僕も引っ越し手伝いますって言うね」

皆が笑いました。確かに、藤島さんなら言いそうですね。

皆の予定を調整した結果、二週間後の日曜日に家庭内引っ越しをすることになりました。

部屋を移るだけとは言っても、それぞれに机やらベッドやら本棚やらと移動するだけでも大変な家具もあります。できるだけ手間の掛からないよう、たとえば本棚やベッドはそのまま置いといてそれぞれに使おうとか、青が作った我が家と〈藤島ハウス〉の間取り図を見ながら、これを移動するこれはしないなどと何日も前から話し合っていました。

〈本日、大掃除のため一日休業〉

カフェと古本屋の入口にはそう張り紙をしました。もちろん、二、三日前から当日は休業ですと張り紙をしておきました。

案の定、藤島さんは張り切ってやってきました。研人のバンド仲間の甘利くんと渡辺くん、そして裏に住む裕太《ゆうた》さんと玲井奈ちゃんと夏樹さん。

そしてなんと麟太郎さんも来てくれました。お父さんのボンさんからも、花陽の合格祝いにしっかり働いてこいと言われたとかなんとか言ってましたけど、明らかに自分で来たのですよね。

そこに、のぞみちゃんも来たのですよ。

昨日の土曜日、張り紙を見たのぞみちゃんにどうして休むのかと訊かれて答えると、ぜひ手伝いたいと言ってきたのですよね。

小学生の女の子に荷物を運んでもらうのはどうかと思ったのですが、うちに通っているうちにかんなちゃん鈴花ちゃんとも仲良くなっていましたから、たぶん引っ越しの邪魔になる子供たちの相手をしてもらうのにはいいかとなったのです。

荷物は前日までに、それぞれに段ボール箱に入れたり紐《ひも》で括《くく》ったりしておきました。いくら歩いて運ぶ距離とは言っても、バラバラのままでは時間が掛かって仕方ありません。重いものはもちろん男性陣の若い衆にお任せします。裕太さん夏樹さんに麟太郎さん、そして研人と甘利くん、濱辺くんが調子良く進めていました。勘一や我南人では腰を痛めては大変ですからね。紺も青も藤島さんもそろそろそういうのを心配する年頃ですよ。

女性陣は荷物を運び出した後のお部屋の掃除と、運び込んだ荷物の荷解《にほど》きと整理が中心です。普段部屋の掃除はきちんとしているものの、こういうときには本当に埃がたくさん出てくるものです。

やってみてわかったのですが、意外と面倒臭いですよね。普通の引っ越しならば引っ越し先の部屋はすっからかんなのですが、何せお互いに荷物を運び合うんですから。朝から始めてお昼になってもまだ半分も終わりませんでした。

お昼ご飯は、簡単におにぎりと豚汁にしました。おにぎりの具は鮭に醤油おかかにツナマヨに鳥そぼろ。おこうこには、たくわんと大根のビール漬けです。若い子が多いですからかなりたくさん握りましたよね。ずらりと並ぶと壮観です。

ちゃんと手を洗って、皆で「いただきます」です。

「あぁ、のぞみちゃんよ」

勘一です。おにぎりを食べながら呼びました。

「はい」

「変なこと訊くけどよ。モデルとかアイドルにならないかい、ってスカウトみたいな男が声を掛けてきたことはねぇか?」

のぞみちゃん、おにぎりを頬張ったまま、顔色が少し変わりましたね。

「え、あるのか?」

「ないです」

慌てて首を横に振りました。でもちょっと様子がおかしいですね。勘一と紺が顔を見合わせます。

「実はね、のぞみちゃん。ほらカフェに水上くんの写真を飾ったよね」

すずみさんです。

「はい」

「あれを見て、のぞみちゃんをモデルにスカウトしようって考えてるような人をカフェで見かけて。それで慌てて外したんだよ。だからもしもそんな人に声を掛けられて迷惑していたらうちのせいだなって思ってね。ご両親にもお詫《わ》びに行こうと思っていたんだ」

「そんなのは、ないですないです。平気です」

慌てたように手をひらひらと横に振りますね。

「本当にかい？　いや怒ってるわけじゃねぇからちゃんと言ってくれていいんだぜ？」

「本当です。そんなこと一回もないです」

そこまで言われるともう追及できませんけれど、明らかに様子がおかしいですよね。

青の机を二階に運ぶときに引き出しを階段から落としていろんなものをばらまいてしまったり、研人がノラがいるのに気づかないで服の収納ケースに閉じこめてしまったり、花陽と麟太郎さんが仲良さそうにしているのを皆でにやにやしたりといろいろありましたけど、夕方には荷物も運び終わり、あとはそれぞれに自分の部屋の片付けになりますからゆっくりやればいいですよね。今日の晩ご飯は、手伝ってくれたお礼に、皆で〈はる〉さんで一緒に食べることになっています。裕太さんと玲井奈ちゃんと夏樹さんは一度家に戻りました。

「のぞみちゃんもぉ、ご飯一緒に食べていこうよぉ？　ちゃんと後で送っていくからぁ、お父さんお母さんに電話しておけば大丈夫じゃなぁいぃ？」

我南人が言いましたけど、のぞみちゃん掌を広げて大きく振りました。

「大丈夫です！　いいですいいです。帰ります！」

「オレらも行くから大丈夫だぜ？」

甘利くんが言って渡辺くんも頷きます。今日初めて会いましたけど、同じ小学校の先輩後輩ですから、知ってる先生や学校の話などして、もうすっかり仲良くなっていましたよね。

「いや、お昼も食べちゃったし。すっごく楽しかったです。帰りますから」

そそくさと帰ろうとしますね。

「じゃあよ。お礼に好きな本を二、三冊でも四、五冊でも持ってっていいからよ。いつでも言ってくれよ」

「ありがとうございます！」

「あ、じゃあ研人。オレらもいったん帰って着替えてまた来るからさ。ついでにのぞみちゃん送ってくよ」

　甘利くんが言いました。そうですね、二人とも学校のジャージ姿ですからね。

「頼むな」

　じゃあ行こう行こう、と甘利くんに促されて、のぞみちゃんぴょこんと頭を下げて古本屋から出て行きます。

　あの二人は若くても紳士ですからね。ちゃんと責任持って送ってくれるでしょうから任せておけば大丈夫ですけど、のぞみちゃんの様子はどうも気になりますね。皆もそういう顔をしていますよ。

「家に問題があって帰りたくないって感じでしょうかね」

　藤島さんは三人の背中を見送ってから言いました。

「もっとじゃないかな」

　紺です。

「家にいたくないのかなって私、思っていました」

　すずみさんが言って、勘一も腕を組み頷きます。

「俺もそう思っていたぜ。何せ休みの日にほとんどうちにいるじゃねぇか。そのくせ、飯でも一緒に食うかと誘えば慌てて帰っていくんだよな」

「そして前に祐円さんが言ってたじゃないですか。公園でずっと本を読んでいたって」

すずみさんがそう言って、それだよな、と勘一また深く頷きます。

「さっきもさぁ、随分と遠慮の仕方が変だったよねぇ。変と言うか大げさというかねぇえ」

「考えたくないんだけどねぇ」

かずみちゃんです。

「親に虐待とかされてないのかねぇ」

それは本当に考えたくないことですけれど。

「ちょっと待って、水上に訊いてみるから」

研人がiPhoneを取り出して何か打ってますね。ＬＩＮＥでしょう。

「何を訊くんだ」

「のぞみちゃんの担任とか、親しい先生を知ってるかって。まだオレらの時代の先生も残ってるかもしれないじゃん。オレか花陽ちゃんがよく知ってる先生だったら、学校でののぞみちゃんの話を聞けるかもしれないじゃん。イジメとか、親に何か問題はないのかってさ」

なるほど、と、皆が頷きます。研人は小さい頃からこんなことをよくやっていますから、慣れたものですよね。

「あ、ラッキー」

「どうした」

「担任じゃないけど、笹島《ささじま》先生と今も親しいって」

笹島先生ですか？　亜美さんがぽん！　と手を叩きます。

「前にのぞみちゃんの件で、様子を聞きに行った学童クラブの先生ね！」

あぁ！　と皆が頷きます。あの先生ですね。よく覚えていますよ。本好きの先生なのでたまに古本屋にも来てくれていました。

「ちょうどいいじゃねぇか。研人、近いうちによ、〈はる〉で美味しいものを食べながらちょっと話を聞かせてくれって先生に頼んでみろよ」

「オッケー。もちろんオレも同席するよ！　先生だってオレがいた方が話しやすいじゃん」

研人もですか。

「そりゃまぁいいが、酒は飲ませねぇぞ」

「飲まないよ」

にやりと研人が笑いましたね。

三

引っ越しから数日経って、藍子とマードックさんは、朝ご飯を終えるとそのまま空港に向かいイギリスへと旅立っていきました。

永遠の別れでもあるまいし、いつでもネット上で会えるから見送りもいらない、後はよろしくねと笑顔で手を振っていきました。しっかり親孝行してくれればいいと思います。マードックさんのご両親とも直前にネットを繋いでご挨拶したのです。お久しぶりでしたけど、まだお話をする分にはお元気そうでしたね。

向こうに着いて、家に馴染んで生活のサイクルが落ち着くまでは少し時間が掛かるでしょうけど、のんびりやってくれればいいでしょう。

笹島先生とお会いできたのは、その翌日でした。

先生の帰宅時間に合わせて、勘一と我南人、そして青と研人の四人で〈はる〉さんにやってきました。ちょうど笹島先生も来られて入口で一緒になりましたね。

笹島先生、研人が小学生のときには二十代後半でしたから、もう三十代半ばでしょうか。お会いするのは久しぶりですよね。カウンターに笹島先生を挟んで、勘一と青、青の隣に我南人、研人は勘一の隣に座ります。

「研人くん本当に大きくなった！」

先生が嬉しそうに言います。

「曲も聴いてるよ。学童クラブの子もね、YouTubeで皆聴いてる」

「嬉しいっす」

研人もニコニコして答えます。

「サイン貰えないかって何回も訊かれてるけど、断ってるんだよ」

「いやいや、全然断らないでいいよ先生。サインなんかいくらでもするから。ほらあれオレのサイン！」

研人が指差したカウンターの中の壁に研人のサイン色紙が貼ってありますよね。ファンあってのミュージシャンですからね。そういうところは、研人は我南人から教えられています。

「はい、こちら烏賊《いか》のキャビア和えです。お好みでこのレモン酢をどうぞ」

コウさんがお通しを皆に配ってくれます。相変わらず本当に美味しそうです。

「すみませんでしたな。新学期の準備でお忙しいところを」

ささ、と勘一が笹島先生にお猪口でお酒を勧めます。先生、どうもと受け取って微笑みます。

「お店にもご無沙汰してしまって」

　先生一口飲んで言います。

「いやぁ、お忙しいんでしょう。別にかまやしませんよ」

「先生ひょっとして結婚した？」

　研人がニコッと笑って訊きましたね。実はわたしも結婚指輪に気づいていましたよ。あの頃は確か独身だったなぁと思っていました。

「はい、そうですよ。一年前に結婚しました」

「そりゃあ目出度《めでた》い」

　お相手は小学校の先生だとか。笹島先生、お通しを口にして美味しい！　と顔を綻ばせた後に、それで、と少し表情を引き締めます。

「春野さんのことでってお話だったんですけど」

「そうなんですよ」

　実はですな、と、勘一が今までのことを先生にかいつまんでお話ししました。

　のぞみちゃんと仲良しの水上くんの撮った写真が素晴らしくて、それをカフェに飾ったこと。そして、理由が不明ながらちょっと怪しいスカウトマンのような人がいたこと。

　何よりも、のぞみちゃんが古本屋の常連になってくれたのはいいのだけど、どうも自分の家にいたくないような節があること。そしてそれが少しばかり尋常ではない雰囲気であること。

　じっと勘一の話を聞いていた笹島先生。聞き終わると、下を向いて小さく息を吐きました。そして、改めて勘一の方を見ます。

「四年間、彼女のことを見ています。彼女が学童クラブをやめた今でもよく話をします。本当なら、プライバシーにかかわることですし、児童のことなどを第三者に軽々しくお話はできないんですが」

　それはもちろんその通りですね。勘一も、うむ、と頷きます。

「でも、あの頃にそういうかかわりがあり、何よりも堀田さんです。信頼し切ってお話ししますけど」

　先生、少し唇を引き結びました。

「確かに春野さんは、個性的な女の子なのです。それは急に大きくなって大人びてきた外見もそうですけど、溢れる感性とかそういうのも含めて、ある意味天才的な素晴らしさを持っていると私は思っています」

　やはりそうですか。それはもう我が家の皆も感じていたことです。

「そして、春野さんのような女の子を、普通の子たちの群れの中に入れておいていいものかと考えていました。それは、普通の子たちの感覚が彼女の繊細な感性を疲弊させているんじゃないかと」

少し強くした口調で、笹島先生ははっきり言いました。

「もちろん、普通であることが悪いということではありませんけれど」

「わかるよぉ」

我南人が、小さく頷きます。

「それはぁ、のぞみちゃんは異邦人になっちゃってるってことだよねぇえ」

異邦人ですか？　先生、何か納得したように大きく頷きました。

「言い得て妙だと思います。さすが我南人さんですね」

「僕も小さい頃はぁ、学校でそうだったからねぇえ。何かと周りから浮いちゃってさぁ、喧嘩もよくやったねぇえ」

勘一が、そうだったな、というように小さく顎を動かしました。

「アヒルの群れの中に一羽だけ白鳥がいるってことかい。こいつの場合は男でよ、しかも音楽ってもんがあったから良かったけど、のぞみちゃんは女の子だしな」

「春野さんは間違いなく独特で、個性的な感性の持ち主です。でも芸術家肌と言ってしまうにはまだ幼過ぎて、自分でもわからないし周りにも単純に変な子だと映ってしまうんですね。本当の教育とは、そういう子供の将来の道筋をつけてあげることなんでしょうけど」

「なかなかそうは行きませんな。公立学校じゃあある程度、画一的じゃねぇと進んでいきませんからな」

「そうなんです。そして、さっき普通の子たちの群れの中に、と言いましたけど、それは学校という枠組みのことだけではなくてですね」

一度言葉を切りました。勘一が、軽く手を上げて先生に言います。

「先生がそれをおいそれと言っちゃあいけませんな。代わりに言いますが、家庭、つまり親を含めてってことですな？　鳶《とんび》が鷹《たか》を生んだとわかってくれてればいいものを、わかってねぇ。どうしてこの子はこんなに変な子なんだろう、ちゃんとさせなきゃ駄目だと押し付ける。つまり、のぞみちゃんは家にも居場所がない、と」

笹島先生、息を吐き、かくん、と頭を動かしました。

「さっき、スカウトの話で春野さんが妙に反応したって仰《おつしや》ってましたよね？」

うむ、と勘一頷きます。

「それは、たぶんですけど、春野さんの今のお父様のせいです」

「今のお父さん？」

「正確にはお母様の再婚相手、継父になります。その人が言ってるんですよ。娘を芸能界に入れたいって」

あぁ、と、青が顔を顰めました。

「そっちか」

「春野さんは、確かに個性的な美少女になりましたし、これからもっと美しく、きっとモデルになればすごくきれいになるだろうなって私もそう思います。変わった言動も芸能界ならおもしろがってくれるんじゃないかって。でも、彼女はそういう子じゃないんですよ。本人にそれとなく訊いたことがありますが芸能界になんかまるで興味はないんです」

そう言って、溜息をつきました。

「お父さんに、よく言われるそうです。事務所のオーディションを受けたらどうだとか、何でも知り合いを通じてスカウトマンに声は掛けたとか。本人は、本当に嫌がっているようです。言いたくはありません。ありませんけれど、私も指導員をもう十年以上やってます。いろんな機会で児童の親とお話しします。どんな人なのか、どんな親なのか、会えばある程度はわかってきます」

先生が一気に言いましたね。

「あのお父さんは、春野さんのためにはよろしくないと思います。自分の娘を、たまたまと言っては悪いですけれど、義理の娘になった子を有名人にさせれば自慢できるし楽できるんじゃないかという心積もりが透けて見えます。この子の才能を伸ばしてみたいんだという言葉が薄っぺらくてしょうがありませんでした」

うーん、と、勘一も我南人も青も唸りました。カウンターの中で話を聞いていたコウさんも真奈美さんも顔を顰めます。

「まぁ、自分の娘になった子の、個性的な容姿が今の時代にウケると判断できる眼は持ってるわけだなその親父は」

青が言います。

「スカウトマンに声を掛けたっていうのが本当なら、そいつがうちに飾ってある写真を見に来たってことも考えられるかな？　のぞみちゃんがお母さんに話したかもしれないよね」

確かにそれは考えられると皆が言います。

「そういう思いが良い方向へ向いてくれればいいけどぉ、先生の判断ではぁ、そのお父さんはまるでダメってことだねぇえ？」

先生は無言でお猪口をくいっ、と空け、小さく頷きました。そうなのでしょうね。

「春野さんは、個性的ではありますけど、とても優しい子です。そしてやはり二年前に離婚云々《うんぬん》があったからでしょうか。母親との結びつきはすごく強いと感じました。そのお母さんが選んだ再婚相手である今のお父さんに対して、嫌な気持ちを抱くようなことにはなりたくないと思っているんじゃないかと、私は感じていました。感じていましたけど」

「先生のお立場とはいえ、児童の家の事情に踏み込んでいいわけじゃねぇですからな。

ましてや、今の段階で何かが起こっているわけじゃねぇから」

「その通りです」

笹島先生が、深く溜息をつきます。

「だから家にいたくないいんじゃんのぞみちゃん。親父と話したくない、顔を合わせたくない。話せば芸能界に入らないのとか言われる。でもケンカはしたくないしせっかく摑んだお母さんの幸せを壊したくない。そう思ってんじゃん？　サイッテーだなその親父」

今まで黙って話を聞いていた研人が、怒気を込めた声で言いましたね。

「案外さ、わかんないけど、エロ親父っぽい感じもさ、のぞみちゃんは感じてんじゃないの？　仮にその親父が全然そんなことを思ってなくてもさ、のぞみちゃんが芸能界でイケるって感じたってことはそういうオトコの視線で見たってことじゃん。心の奥底で感じたことをのぞみちゃんは感知してんじゃないの？　そういう感覚を持ってそうだよあの子は」

実に的確な指摘と表現ができるなと、我が曽孫ながら思います。

「こいつは厄介だなぁ」

勘一が頭をごしごしと擦《こす》ります。

「実の父親はどうしてるんだろうね？　名塚さんだっけ。会ったときには悪い人じゃないと感じていたけど」

青が言うと、先生が頷きました。

「そちらも再婚したと言っていました。もうお子さんもいるみたいです」

先生が言います。

真奈美さんがカウンターの向こうで、ブン！　と手を振りました。

「勘一さん乗り込んでバシッ！　と言ってやればいいじゃないですか。『ふざけてんじゃねぇ子供はてめぇの持ち物じゃねぇんだぞ！』って」

真奈美さん、勘一の物真似《ものまね》が上手いですよね。勘一が苦笑いします。

「そうしてぇのは山々だがよ真奈美ちゃん。何か悪さをしたわけでもねぇ。芸能界に入れるって言ってんのも、そいつなりにのぞみちゃんの将来を考えてのことかも知れねぇ。赤の他人の俺らがおいそれと口出しできることじゃねぇよ」

「あーとね」

研人です。さっきからiPhoneでＬＩＮＥをやってると思っていたんですが。

「水上の話じゃね、家には、ずっと図書館に通ってるって嘘もついてるらしいね」

「そうかよ」

休みの日にずっと家にいないのを、外出しているのをそういうことにしてるのでしょうね。

「え？　マジか」

研人がiPhoneを見ながら言います。

「どうした」

「のぞみちゃん、恥ずかしいから内緒にしてたらしいけど、親父の小説のファンらしいよ」

「そうなのか？」

紺も一応小説は三冊ほど出していますね。さほど、というかほとんど売れてはいないということですが、続けて執筆依頼はありますからファンの方ももちろんいてくださるのでしょう。言えばきっと喜びますよ。

「まぁあんだけ本を読んでる子だからなぁ。好きな作家もいるだろうよ」

「本当にいつも本を読んでいます。そして国語の成績は素晴らしいそうですよ春野さん」

本をたくさん読むというだけで、その辺りの感覚は養われますからね。

「へぇ。ねぇのぞみちゃん、物語書いているらしいよ」

引き続き研人は水上くんとＬＩＮＥをしています。

「物語をか？」

「あぁ」

先生が微笑んで頷きましたね。

「よく彼女は学童クラブでもノートに何か書き物をしていました。勉強をしてるのかって思って訊いたら、思いついた好きな物語や詩みたいなものを書いてると前に言ってました。とても嬉しそうに」

「水上は読んだことないっていうか、人に読ませたことないんだってさ。ねぇ、これさ、ちょっと親父に読んでもらおうよ」

「紺にか？」

研人が大きく頷きます。

「全然ダメならどうしようもないけどさ、もしもさ、めっちゃいいものだったらさ、取っ掛かりになるんじゃない？」

「取っ掛かり、とはなんでぇ」

勘一が首を捻ります。

「のぞみちゃんが堂々とうちにずーっといる理由にだよ。クソ親父に言ってやれるんじゃない？　そっちじゃなくてこっちなんだ！　って」

「なるほどぉお」

我南人が大きく頷きました。

「親父ぃ、わかるよねぇ」

勘一もそういうことか、と頷き、ポン！　と掌で自分の腿を叩きます。

「たとえ他人だろうと、まだ生きる力のねぇ子供が困ってんのがわかったんなら、助けてやらねぇでどうすんだって話だな」


仲良しの水上くんに頼んで、のぞみちゃんと二人で来てもらいました。もちろん、事前に頼んで物語を書いているというノートも持参してもらって、です。

「のぞみちゃんよ」

勘一が優しい笑顔でのぞみちゃんに話しかけます。

「はい」

「お節介なんだけどな。どうしても気になっちまったんだ。誰にも言わねぇから、正直に教えてくれよ。休みの度にうちに来てるのは、自分の家にあまりいないのは、お父さんと顔を合わせたくねぇからかい？」

のぞみちゃんが、下を向いて唇を真一文字にします。

「あれだなぁ、こうしてのぞみちゃんとよ、向かい合って話すのはあんとき以来だな」

まだ小学校の二年生のときでしたよね。のぞみちゃん、少し恥ずかしそうにして、こくん、と頷きます。

「何も言いたくねぇならいいけどよ。このじいちゃんはな、のぞみちゃん。あんたがうちに来て楽しそうに本を読んでるのを見てるのが嬉しくてしょうがねぇんだ。できればずっとよ、そうやって楽しそうに過ごしてほしいんだ。だからな」

勘一がにっこりと微笑みます。

「のぞみちゃんが、ずっとうちに来て笑っていられるようになってほしいと思ってる。何もしなくても大丈夫ってんならそれでいい。でも、このじいちゃんに何かできることがあるんだったら、してあげたいんだ」

のぞみちゃんが、勘一をそっと上目遣いに見ます。そしてまた眼を伏せ、口を開きました。

「お父さんと」

「うん」

顔をゆっくりと上げました。

「お父さんと、上手くやりたいんです。もう、家に帰れなくなるのは、いやなんです。私のせいで」

「私のせいで？」

のぞみちゃん、こくん、と頷きます。

「それは、あれかなぁのぞみちゃんぅ」

我南人です。

「お父さんお母さんの考えてることとぉ、自分の感じてることがぁ、まるですれ違っちゃうのかなぁあ。全然別の線路を走ってる電車みたいにぃ」

のぞみちゃんが我南人を見て、頷きました。

「たぶん、あのとき、前のお父さんとお母さんが離婚したのも、私のせいだと思うんです。私が、普通の子じゃなかったから」

少し眼が潤んでいますね。勘一も我南人も、皆が少し顔を顰めました。思えばのぞみちゃんが七、八歳のときに、うちに絵本を持ってきて買ってくださいといってきたのも子供らしくない感覚でしたよね。別居していたお父さんお母さんの家を両方行ったり来たりしたのも、のぞみちゃんが自分でやっていたことでした。

この子は幼い頃から、大人びたという言葉では括れないような感性を持っていたのではないでしょうかね。それが、子供らしくないということになり、両親の不和に繋がったと自分で認識していたのでしょう。

「のぞみちゃんは、モデルなんかになりたくない。そんな世界には今のところはまったく興味がない。物語を書きたい。つまり、小説家になりたい。今は、そういう夢を持ってるんだってことかな?」

紺が訊くと、のぞみちゃん、こくり、と、頷きます。

「そういう話を、お父さんお母さんとしたことは、ない?」

淋しそうに頷きます。

「私は、小さい頃は変なことばっかり言ってて、お父さんお母さんを困らせていたから」

普通でいようとしているのでしょうか。新しいお父さんとお母さんを困らせないように、悲しませないように。

「もしもね、のぞみちゃん」

紺です。

「のぞみちゃんのお父さんが、のぞみちゃんがずっとここにいることを許してくれたら、のぞみちゃんが本当にしていたいことを理解してくれたら、そのすれ違いみたいなものはなくなっていくと思う？」

少し眼を大きくして、のぞみちゃん、こくりと頷きました。

「わかりませんけれど。でも、わかってくれれば」

「よし。じゃあ、君のその物語を読ませてくれるかな」

のぞみちゃんが差し出したノートを、紺が開いて座卓の上に置き、横から勘一と青が覗き込んでいます。わたしも読みたいと思ったのですが、残念ながら紺の頭越しでは字が読めませんね。

我南人は読まずに、ぽんぽんとのぞみちゃんの頭を優しく叩きました。いつもそこらに転がっているアコースティックギターを抱えましたね。ニコニコしながらそれを構えて、つま弾きます。これは自分の歌ですね。それを静かに弾きながら、小さな声でハミングをします。研人がそれに合わせてハミングをハモらせていきます。

水上くんとのぞみちゃんが嬉しそうな笑顔になりましたね。こんなときには、我が息子ながら、そして曽孫ながら、人を喜ばせることができる才を持っているんだなぁと心底感心します。

紺がどんどんノートのページをめくっていきます。紺はもちろん小説家ですが、勘一は小説を何千冊読んだかわからないでしょう。自分で書くことはできませんが、批評眼も持っています。青だってそうですね。

我南人と研人は、紺たちの耳障りにならないように静かにハミングを続けていきます。でも、読んでいる紺と勘一と青の表情を見ればわかります。二人のハミングなどまったく耳に入っていません。それだけ集中して読んでいます。

そして、この三人が集中して読めるということは、のぞみちゃんの書いた物語がおもしろいということです。

「うん」

紺が、大きく頷いて顔を上げます。勘一も青も、感心したように頷きました。

「のぞみちゃん」

「はい」

「確認するけれど、これは君一人で書いたものだね？　誰かに手伝ってもらったり、何かの真似をしたりということはないね？」

「ないです。私が書きました」

はっきりと、紺の顔を見てのぞみちゃんは言いました。紺がにっこり微笑みます。

「もちろん、幼さも拙さもまだあるけれど、君の年齢でここまでのものを書けるというのは凄い構成力だ。何よりも自分の世界を、そして自分の文章のリズムというものをしっかりと持っている」

「どんな話なの？」

研人が訊きます。

「現実の、のぞみちゃんたちが毎日過ごす教室が舞台だ。ただし中学校になっているね。そこではクラスメイトたちが授業を受けているんだけど、それぞれの頭の中で繰り広げられる妄想を、それぞれの家庭の事情を背景にして描いていってる」

「へぇ」

おもしろそうじゃありませんか。

「それが、それぞれの生徒の家庭の問題や自分の問題とリンクしてる構成がいい。最初の生徒は歴史の授業で大奥の話題のときに、自分の父親がクラスメイトのお母さんと浮気してるんじゃないかって疑っていてそれが語られていく。かたやその子の妄想の中で恋の相手になったクラスメイトは、自分が母親の実の子供じゃないかもしれないと妄想してる」

「そうやって、それぞれの妄想がリンクして、短編連作みたくなってるんだ」

「まだ完成していないようだけど、ここまででも充分におもしろいよ。そもそも小学生でこんな話を編み上げられるのが凄い。このまま仕上げてどこかの新人賞に応募してもいいところまで行けるぐらいの完成度がある。お世辞とか誇張抜きで、最終選考にだって残るかもしれない」

のぞみちゃんが、本当に嬉しそうな笑顔になりましたね。

「君さえよければ、僕がお父さんとお母さんに話をしよう。のぞみちゃんをうちに預けて修業させませんかって」

「修業?」

紺が微笑みます。

「言葉は大げさだけど、単に、うちに来て本を読んでいればいいって話だよ。もちろん、僕にできることがあるなら、協力する。こうやってできあがったものを読んでアドバイスしたり、こういうのを読んでもいいんじゃないとか。要するに君の才能を伸ばすための、将来のための塾みたいなものだとご両親に話せばいい。そうすることによって、お父さんもお母さんも、君にはそんな才能があるんだと心の底からわかってくれるはずだ」

　のぞみちゃんが、眼を大きくさせます。

「LOVEだよねぇ」

　あぁ、ここで言うのですか。小学生を相手に何を言うのでしょうか。

「のぞみちゃんぅ、LOVEにはさぁ、いろんな形があるんだぁ。だから、上手く組み合わないLOVEだってあるんだよぉ。無理に組み合わせようとしても駄目なんだぁ。そういうときにはどうしたらいいと思うぅ？」

　のぞみちゃん、眼をぱちくりさせましたよ。わかりませんよね。

「わからないです」

「転がすんだよぉ。お互いに離れてさぁ、お互いの人生の中でLOVEを転がしていくんだぁ。そうしたらいつか角が取れて丸くなって、ひょっとしたら割れてまた角ができて、そうやって離れてみて将来近寄ってみたら、上手くぴったり合うかもしれない。そうやってLOVEはさぁ、形を変えてもLOVEなんだぁ」

　おかしな言い方ですが、言いたいことは理解できますね。

「お父さんお母さんとぉ、話してみようよぉ。僕らがちゃあんとついていくからさぁ」

＊

紺が仏間に入ってきましたね。おりんを鳴らして手を合わせます。話ができるでしょうか。

「ばあちゃん」

「はい、お疲れ様だったね。まだ部屋も全部は片付いていないだろう？」

「まだまだこれからだよ。かんなと鈴花ちゃんの荷物も今度は二人の部屋に移さなきゃならないしね」

「藍子もマードックさんも、まだバタバタしているだろうけど、無事に落ち着いて良かったよ」

「藍子はあれでさ、我が家でいちばん度胸が据わっているからさ。どこへ行ってもマイペースでできるよね」

「水に馴染んじゃってそのまま永住すると言い出しそうじゃないかい。勘一に覚悟しておきなさいって言っといておくれよ」

「まぁそれはそれでいいさ。藍子の人生だ」

「のぞみちゃんのご両親も納得してくれたみたいで良かったね」

「こういうときに親父がいると便利だよね。向こうも驚いて真剣に話を聞いてくれる」

「変な誤解はしてないようだったかい？」

「まぁ違う方向で過度な期待を寄せちゃっても困るから、そこは僕も折りに触れて話していこうとは思うけど、でも、大丈夫じゃないかな。何よりもご両親と向き合ってしっかり話をして、のぞみちゃんの心持ちが変わったみたいだから」

「それがいちばんなんだよね。何よりも大事なのはね、心を強くしてあげることだよ」

「そうなんだよね。あれ、終わりかな？」

話せなくなったようですね。紺が小さく頷いて、またおりんを鳴らします。

「おやすみ、ばあちゃん。また明日」

はい、おやすみなさい。部屋の片付けも仕事もありますからね。ゆっくり休んでください。


人の胸の内というのは、わからないものです。たとえ血の繋がった親と子だって、心の底からわかりあえることなどないかもしれません。自分の心の内だって自分でわかっていないかもしれませんからね。

どんなに仲が良い親子だったとしても、親の考えがその子にとって良いものだとは限らないんです。

子供は自分の親を選べないし、親も生まれる子供を選べません。親の性格と子供の性格が相性ぴったりなんて都合のいいこともそうそうありません。

だから、何よりも大事なのは、血が繫がっていようがいまいが、それぞれの人生をきちんと思い合うということではないでしょうか。

親の生きる道と、子供の生きる道は、たとえその出発点になるのが同じ家だったとしても、まるで別の道なんだとお互いにはっきり理解し、そして理解させることなんです。

歌の文句ではありませんが、人は皆誰かと繫がらないと生きてはいけないものですよね。でも繫がりが切れたり、繫げられなかったり、無理矢理に繫がろうとされたり、いろんなことで心は傷ついてしまいます。だから、人は身体と同じように心も一緒に成長して強くなっていくんですよ。傷ついても自分で治せるように。

心を強くするということは、難しそうで意外と簡単なことだと思います。自分の好きなものをたくさん見つける。楽しいと思うことをやり続ける。好きなものや楽しいことをやり続けるために、頑張ってみる。努力する。

それだけで、年若くても、年を取っても、いつまでも心は強く成長していくものだと思いますよ。

夏　若さ故の二人の夏に

一

　今年の梅雨《つゆ》はどうも空梅雨のようでして、そして七月の頭にさっさと梅雨明け宣言が出されました。じめじめと長く梅雨が続くのは確かに嫌なものなのですが、こうも雨が少ないと反対に水不足が心配になったりします。農業への影響も必ずありますよね。

　できれば晴れも雨も、暑さも寒さもちょうど良いところで刻んでくれればいいものを、そうなってくれないのがお天気というもの。何もかも四季の恵みだと思えばありがたいものでしょう。

　七月に入って急に暑くなり、蟬《せみ》の声も一段と高く響くようになってきました。何せやたらとお寺が多いこの辺りです。こんもりと生い茂る木々はお寺につきものですから、賑やかな街中にも拘《かかわ》らず本当に蟬の声がよく響くのですよね。

あまりないことですが、たまに我が家の庭の桜の木にまで蟬がやってきて鳴いていることがあります。女の子は虫が苦手な子が多いですけど、小さい頃はそうでもないですよね。藍子もそして花陽も今でこそ部屋の中に虫が出たと大騒ぎしますけど、昔はキリギリスや蝶々を捕まえようと網を振り回していましたよ。

かんなちゃん鈴花ちゃんもまだまだ虫は平気なようで、蟬の声が庭からしたと大騒ぎして、捕虫網を手に捕まえようと張り切ります。でも、鈴花ちゃんはちょっとおっかなびっくりですよね。網を構えるかんなちゃんの後ろで腰が引け気味になっていることがありますよ。

家の中も夏支度が進んでいく季節です。蚊遣《かや》り豚がいくつも出されてあちこちの部屋に置かれます。葦簀《よしず》が張られて涼を呼んで、風鈴も吊《つ》るされて風が通り抜ける度に涼やかな音を響かせます。

相も変わらずクーラー嫌いな勘一でしたが、台所や以前の花陽の部屋、そしてお客様に不快な思いをさせるのは客商売としては拙《まず》いとカフェには付けていましたよね。

それから医大に入ったことでますます皆の健康を強く考え始めた花陽の強い進言で、勘一の部屋になった離れにこの夏はとうとうクーラーが導入されました。もちろん、夏の猛暑による老人の熱中症を防ぐためですよね。

とにかく、勘一はもちろんかずみちゃんにも我南人にも長生きしてほしいと願う花陽です。無事に大学に入学し、お医者様になる勉強を始めてからは、どんどん生活習慣についても口を出していますよ。やれ水分をちゃんと摂《と》れだの、お酒は分量にかかわらずガンの原因になるだの、煙草は止《や》めるのもストレスだろうから本数を減らしてくださいだのと言ってきて、勘一も苦笑いしています。

あれですよね、我が家の女性陣の中で、勘一や我南人にいちばん強く意見を言える藍子がいなくなったのも関係していると思いますよ。藍子に代わって自分が言わなきゃ駄目だと思っているんでしょう。

藍子とマードックさんが二人でイギリスに引っ越してから、もう四ヶ月近くが過ぎました。二人がいない生活にも、そして花陽と研人が隣の〈藤島ハウス〉に引っ越して家にいないということにもすっかり皆が慣れましたよね。

そもそも人数がやたらと多い堀田家ですから、一人二人がいなくても気づかないこともよくありました。それに今までとまったく同じく朝ご飯と晩ご飯には全員が揃いますし、お風呂に入るのも今まで通りです。花陽と研人が移っていってもそんなに変わりはありませんでした。

それでも、最初はかんなちゃん鈴花ちゃんの「けんとにぃ！」という声が朝に響かなくなったので少し淋しかったでしょうか。代わりに〈藤島ハウス〉にはその声が毎朝響いているわけなのですが。

来年からは二人の勉強部屋になる部屋にはまだ机も何もありません。二人でそこで寝てもいいんだよと言ったんですが、そして一度は布団を敷いて二人きりで寝かせてみたのですが、まだちょっと慣れなくてよく寝つけなかったみたいで、相変わらず皆の部屋をその日の気分で回りながら眠っています。

藍子がいなくなって、朝ご飯の支度には亜美さん、すずみさん、〈藤島ハウス〉から起きてやってくるかずみちゃんに、花陽も加わるようになりました。受験生になる前には手伝っていましたから特に支障はなかったですよ。同じく研人もかんなちゃん鈴花ちゃんと一緒に〈藤島ハウス〉からやってきます。藤島さんは昨夜はもうひとつの自宅であるマンションに泊まったようで、今朝はいませんね。

今日の朝ご飯は我が家の新名物である〈甘くないフレンチトースト〉です。きっと前の晩にかんなちゃん鈴花ちゃんのリクエストがあったのでしょう。砂糖をほとんど入れない溶き卵と牛乳の液につけた食パンを、ホットプレートを座卓の上に置いて焼きながら食べるのです。これは、人数が多いのでフライパンで焼いていたらいつまで経っても焼いているその人が食べられないからと編み出した我が家のやり方ですね。

レタスにトマト、スライスチーズにハムにベーコン。いろんなものを並べて、焼けたフレンチトーストに載せて、マヨネーズをかけたりして食べます。牛乳とコーヒーに紅茶はお好みで。ドライフルーツを入れて一晩置いたヨーグルトもあります。フレンチトーストを甘くしたい人は、手作りの林檎《りんご》ジャムや蜂蜜《はちみつ》、メープルシロップなどをかけて食べます。

皆が揃ったところで「いただきます」です。

「なんかさ、芽莉依のお父さんが単身赴任だって」

「ハムやきますねー。ほしいかたはどうぞー」

「何だか朝から妙に蒸すな今日は」

「レタスってさぁあ、焼いたら美味しかったかなぁあ？」

「あら、牛乳温めるの忘れてたよ。そうだ、かんなに鈴花は自分でできるかい？」

「研人のツアーっていつからだっけ？」

「あら、どちらへ？」

「ベーコンは焼いてあるから、ちょっと温めるだけでいいのよ鈴花ちゃん」

「夏休み入ってすぐよ」

「北海道だってさ」

「おう、できるともさ！」

「あ、焼いてもいけるねぇレタスぅ」

「できるよ。やってくるね」

「あれ、汀子《ていこ》さんって、確か生まれたのは北海道じゃなかったですか？」

「あ、かんなついでにバナナ持ってきてくれるかな？　テーブルの上にあるでしょ」

「そろそろかんなの喋り方を直そうか。じいちゃんの真似してばかりでさ」

「芽莉依ちゃんが夏休み手伝うって、ずっとなの？」

「へい、バナナおまちどぉ！」

「いや、俺もな、ちょいと心配になってたんだがな。おい、海苔佃煮《のりつくだに》あったよな」

「海苔佃煮をどうするんですか旦那さん」

「食べるに決まってんだろうが。フレンチトーストに載せて」

美味しいと思うんですからしょうがないですよね。最近は納豆トーストとか、トーストも幅が広がっているようですから、いいのかもしれません。

そしてかんなちゃんの言葉遣いは、確かに勘一の真似ばかり増えていくのですよね。一緒にいる鈴花ちゃんはそうでもないのに不思議です。まだ園児ですから「おう！　よくきたあがれ！」なんて言うのは可愛らしくて可笑《おか》しくていいのですけど、小学校に上がるとちょっと拙いかもしれませんよ。

「単身赴任ってさぁ、どうなのってうちで訊いても誰もわかんないよね」

研人が言います。芽莉依ちゃんのお父さんの話でしょうか。

「うん、その通りだ研人。ここにいる誰も単身赴任については見解を述べられない」

紺が言うと、皆が頷きます。かろうじて、旅行添乗員をやっていた青はその辺りのことにも理解が及びますか。青が言います。

「どうなのってのは、良いのか悪いのかってことか？」

「いやそれは仕事なんだから良いも悪いもないけどさ」

「芽莉依ちゃんが淋しいってこと？」

花陽が言います。

「もう高校生なんだし、お父さんがいなくたって淋しいことはないでしょう」

「それに再婚だよねぇえ、お母さんの汀子さんぅ。芽莉依ちゃんにとっては継父だろうぅ？」

「違うよじいちゃん。あそこんち、離婚したのに前の旦那さんとまたよりを戻したんだよ」

よりを戻すなんてなかなか渋い表現をしますよね研人は。

「あれ？　そうだっけぇえ」

そうでしたよ。汀子さん、恥ずかしいからとあまり周囲の人には言ってませんでしたよね。どういう事情か詳しくは聞いていませんけど、夫婦の間のことですからね。前の旦那とまたくっついちゃったと言われたら、あらあらそれは良かったじゃないと喜ぶだけです。

「まぁ、そういうことならぁ、せっかくよりが戻って家族が揃ったのにぃ、また別々は淋しいよねぇぇ」

そうでしょうね。研人も何を訊きたかったのかわかりませんけれど、納得したように頷いていましたね。

「芽莉依ちゃんと言えばよ、花陽」

「なに？」

「麟太郎はどうだ、元気か。ボンもどうだ」

ボンさんの様子を訊くのにかこつけて、麟太郎さんとの交際はどうなんだ、というのをあまりさり気なくはありませんが、訊こうとしましたね勘一。花陽は一瞬どういう表情をしようか迷ったみたいにして、ちょっとだけ微笑みましたね。

「ボンさんは、今のところ変わらないみたい。麟太郎さんは元気だよ。忙しいけれど」

「おう、そうか」

勘一がそう言ってわざとらしく新聞をがさがさと広げましたね。花陽がすずみさんと顔を見合わせて、二人で笑い合ってましたよ。

花陽に彼氏ができたら、父親代わりにそいつを見極めてやるとか随分前から言ってましたけど、ボンさんの息子さんでありいい男だって認めてしまった麟太郎さんじゃあ見極めるも何もありませんからね。

朝ご飯が終わると、花陽は大学、研人は高校、そしてかんなちゃん鈴花ちゃんは幼稚園。いつものようにバタバタとそれぞれに準備をします。

花陽はまだ一年生ですから朝から夜までびっしり講義が入っているそうですよ。通学には電車を乗り継ぎ三十分から四十分といったところですから、帰ってきたらすぐ晩ご飯ということもよくあります。

「おはようございまーす！」

「おはよう！」

玲井奈ちゃんが縁側からやってきましたね。裏に住んでいますから、雨さえ降っていなければ裏木戸を抜けて庭を通って縁側からがいちばん早いのです。一年生になった小夜ちゃんを小学校に送り出してから、カフェのバイトに入ってくれていますよ。

カフェはカウンターに亜美さんと玲井奈ちゃんが入り、ホールは朝の忙しい時間帯には青とすずみさんが手伝っています。古本屋は勘一だけで充分ですからね。何かあれば紺が入りますし、ここのところは家にいることが多い我南人もそれなりに手伝えます。

「はい、勘一さん、お茶です」

帳場に座った勘一に玲井奈ちゃんがお茶を持ってきました。それと同時に古本屋の戸が開いて、祐円さんがやってきましたね。

「ほい、おはようさん」

「おう、おはようさん」

「祐円さんおはようございます！」

玲井奈ちゃんが元気よく挨拶すると、祐円さんいつにもましてにこにこ顔になりますね。

「いやぁ玲井奈ちゃんが毎朝入るようになってよ、なんか張りと潤いってもんがあるんじゃねぇかな勘さんよ」

そんなことを言うと、ほら、まだこっちにいたすずみさんがにっこりと笑いかけましたよ。

「私も三十ですからねぇ。お肌の張りも潤いもなくなってきますよねぇ」

「いやいや、そこはそれ熟れた大人の魅力ってな」

「祐円さんコーヒーですね」

すずみさんが睨《にら》みつけて笑ってから、玲井奈ちゃんと二人でカフェに向かいました。向こうが忙しくなってきましたね。

「そういやぁ玲井奈ちゃんっていくつだったか」

祐円さんが訊いて、勘一がちょっと考えましたね。

「確か、二十四、五じゃなかったかな」

早くに小夜ちゃんを産んでお母さんでしたから、落ち着きがありますよね。

「この家じゃあ、花陽ちゃんにいちばん近いお姉さんか。あれだ、麟太郎との交際の相談とかしてんじゃないか」

「相談ってなんだよ」

「お互いに忙しくて会う暇がないって話だぜ。たまに晩飯でもって思っても花陽ちゃんは家でご飯を食べなきゃならないってな。前に研人が訊いたらそう言ってたってな」

「そんなこと言ってんのかよ」

我が家の家訓ですね。〈**食事は家族揃って賑やかに行うべし**〉。花陽は大学に入ってからも、帰りに友達とどこかへ食べにいくなんてことはしないで、毎日ちゃんと帰ってきます。実は花陽はうちでいちばん生真面目というか、そういう女の子ですよね。

「家訓を守れなんて俺は言ってねぇしな。あれだ、そんなに忙しいなら麟太郎がうちに晩飯を食べに来ればいいいんじゃねぇか？」

「カノジョの家で家族全員に囲まれて飯食うのはデートじゃねぇだろ」

うむ、と勘一も頷きましたね。

「そりゃもっともだ」

若い二人なんですから、余計な茶々を入れないで見守ってくださいよ。

「デートって言えばですね」

玲井奈ちゃんが祐円さんにコーヒーを持ってきて、帳場の端に座りました。

「うちの兄なんですけどね」

「おう」

玲井奈ちゃんのお兄さんは、増谷《ますたに》裕太さん。裏の家には〈増谷〉と〈会沢〉の二つの表札が掛かっています。

「ほら、真央《まお》ちゃんと付き合っているじゃないですか」

そうだな、と、勘一も祐円さんも頷きます。真央ちゃんとは野島《のじま》真央さんですね。区立図書館で司書をやっている本が大好きな娘さんです。

「そろそろ結婚かなぁって思ってるんですけど」

「おっ、そうかよ」

嬉しそうに勘一が笑顔になります。

「それはあれだな？　式は神前でうちにってことだな？」

祐円さんが言いますけど、玲井奈ちゃんが笑います。

「まだそこまでの話は聞いてないんですけど、でも、プロポーズする決意は固めたような気がするんですよ！　何たって、指輪のサイズをどうやって調べたらいいかとか、あの堅物の兄がワタシに訊いてきたんですから！」

おおお、と勘一も祐円さんも声を上げました。

「でもねー、ひとつ悩みもあるんですよね」

「なんだよ悩みって」

「ほら、結婚したらうちに住むことになるじゃないですか。そうなると、けっこう手狭かなって。ワタシと夏樹と小夜が二階を全部使っちゃってるし」

あぁそうですね。借家なんですが、お母さんの三保子《みほこ》さんもいらっしゃいますし、確かに今の大人四人子供一人でいっぱいいっぱいの感じです。そこに真央さんというお嫁さんが来てしまうと、狭いですね。

「そこをどうするかなって、考えてるんですよね。兄はゼッタイにワタシたちに気を遣って狭くても何とか乗り切ろうとするだろうから、その前にワタシと夏樹がどこかに部屋を借りようかなとか」

そうさな、と祐円さん頷きます。

「夏樹もな、ちゃんと働いてるんだから、部屋を借りるぐらいはできるよな？」

「できますできます。新婚さんには二人きりで、って言っても母はいますけど、過ごしてほしいじゃないですか」

「でもあれだろ。裕太の夢は一軒家を建てて家族皆で住むってな。そのためには無駄遣いはできるだけ避けたいって」

「そうなんですよねー、そこをちょっとどうしようかなって」

玲井奈ちゃんが少し顔を顰めます。

「あ、行かなきゃ」

立ち上がってカフェに向かいます。勘一と祐円さんが笑顔でそれを見送ります。

「いいねぇ若いもんが一生懸命なのは」

「おう」

家族皆で住む家を建てるという裕太さんの夢は、建築士を目指している夏樹さんの目標でもありますよね。近い将来それが叶えばいいのですが、どうでしょうね。

カフェのホールにいたすずみさんが花陽を呼ぶ声が聞こえましたね。花陽がばたばたと居間からカフェに行きました。

「あー来たんだー」

「来たよー！」

楽しそうな声ですね。花陽のお友達でも来たのでしょうか。見にいくと、ふわふわした髪形の、花陽よりも背の低い女の子ですね。弾《はじ》けるような明るい笑顔で派手な色のリュックを背負っています。

「和《かず》ちゃんなんだ」

「君野《きみの》和です。平和の和って書いて〈かず〉です」

花陽がカフェにいた皆に紹介していました。大学のお友達なんですね。話はいろいろ聞いていましたけど、お店に大学の友達が来たのは初めてでしょうか。和ちゃんも、お医者様を目指す医者の卵の女の子なんですね。

それにしても和ちゃん、本当に笑顔が素敵です。地の顔が笑顔みたいにいつもニコニコしています。そして動きが軽快です。まるで足にバネがついているみたいですよ。

「お粥《かゆ》大好きなので、一度お粥のモーニングを食べに来たかったんですよ！」

「じゃあ、ほら座ろう。そして早く食べて行こう。遅刻しちゃうよ」

「うん」

和ちゃんはどちらに住んでいるんでしょうね。早起きしてこっちまで来てくれたのでしょう。のんびりはできないでしょうけど、味わってそして遅刻しないように大学へ行ってくださいね。

午前九時を回って、カフェも一息つく時間。すずみさんも古本屋の方に戻り、カフェは亜美さんと玲井奈ちゃんで回します。紺と青は居間でそれぞれに仕事ですが、二階からギターの音が聴こえますから、我南人は二階の自分の部屋にいるのでしょう。

勘一がいつものように文机の前でこれから店に出す本を調べていると、電話が鳴りました。

「はい、〈東京バンドワゴン〉でございます」

出ようとしたすずみさんを制して、勘一が電話に出ます。

「はいはい、そうでございますが。あぁ、これはお世話になっております。はいはい、うちの青にですな？　お待ちください。おい青！」

受話器の口を塞いで青を呼びます。保留にできるんですからそうしてほしいのですが、この人はいつまで経っても受話器の口を塞ぐだけですよね。居間から青がやってきます。

「俺に？」

「おう、笈川《おいかわ》さんって人だ。〈フランティック〉ってぇ配給会社の」

あぁ、と、青が頷き電話に出ます。配給会社というと映画のですね。以前に青が出た映画の関係者の方でしょう。そちらの方面から電話が入るのは珍しいですね。

「もしもし、青です。どうもお久しぶりです。はいもちろん覚えてますよ。お元気でしたか？」

勘一もすずみさんもそれぞれに仕事に戻ります。青が立ったまま受話器を持って話し続けます。

「えっ!?」

急に少し大きな声になりましたね。勘一とすずみさんが思わず青を見ます。少しばかり顔を顰めていますね。何か悪いことでも起きたような雰囲気ですよ。

「そうだったんだ。いやもちろん知ってますよ。はい。それはご愁傷様でした。まったく知らずに失礼しました」

ご愁傷様でしたということは、誰かがお亡くなりになっていたということですね。すずみさんが手を止めて青の様子を見つめます。青はすずみさんと勘一に小さく顎を動かして合図して、引き続き向こうの話に耳を傾けていますね。

「はい、あぁそういうことですか。全部笈川さんのものになるんですね？　なるほど。はい。そういうお話だったら、もちろん喜んで扱わせていただきますよ。はい、場所は？　鎌倉ですね」

青が右手で何かを書く仕草をして勘一を見ます。勘一がメモ紙とボールペンを青に渡しました。鎌倉の住所を書いていますね。

「うん、いつでもいいですよ。明日でもいいですよ。わかりました。じゃあそのときに詳しいことを聞いて、どうするかはその場で決めるということで。わかりました。ありがとうございました」

電話を置きます。

「どうした。誰が亡くなった」

うん、と、青が頷きます。

「じいちゃんは知ってたよね。編集者の石河美津夫さん」

「石河美津夫？」

「ほら、ちょっと前に話したじゃん。編集者でカメラマンでもあった」

「おう、あの人な」

「先月に亡くなっていたんだってさ」

名前に覚えがありますね。確か、水上くんが好きなカメラマンだって言っていました。時代を創ったと言われる雑誌を創刊したりした編集者さんでもあった人ですね。

勘一がそうか、と、少し顔を顰めます。

「まだ若かったんじゃねぇのか？」

「聞いてないけど、たぶん七十前ぐらいじゃないかなぁ。親父とあまり変わらない年代の人だったと思うけど」

すずみさんがiPhoneをいじってますね。

「本当にまだお若いですね。六十九歳だったんですって」

ネットで検索したんですね。検索で出てくるぐらいに有名な方だったということでしょう。

「そりゃあ、残念なことだったな」

「それで、電話は、〈フランティック〉の笈川智佐子《ちさこ》さんって営業の人でさ。あの映画のときに何度か会ったことあるけど、実は石河さんの娘さんだったんだってさ。全然知らなかったけどね」

ほう、と勘一頷きます。

「いくつぐらいの人だ」

「年までは知らないなー。たぶん三十かそこらだと思うけど。で、石河さんの家にはさ、雑誌編集者らしく膨大な数の雑誌や本が残されていたんだけどさ。それを全部引き取って欲しいんだって。笈川さん、もちろんうちが古本屋だってのは知ってたからさ。声を掛けてくれたらしい」

「そりゃあ、いい話だ。そういう人なら貴重な雑誌もたくさんあるんじゃねぇか？」

「たぶんあるって言ってた。笈川さんも映画関係者だからね。その手のものにも興味あるし、ざっと見ただけだけど、けっこう貴重なコレクションになってるんじゃないかって」

「名字が違うのは、笈川さんご結婚なさっているの？」

すずみさんが訊きます。

「いや、実はご両親が昔に離婚したんだって」

そうか、と勘一頷きます。

「すると、石河さんは離婚後は独身だって話か？　その笈川さんが遺品を引き受けてるんなら」

「そうらしいね。遺されたものは法律上でも全部笈川さんのものになってるって話だったよ」

勘一がうむ、と頷きます。

「まぁその辺は行ったときにきっちり確認しとけよ。買い取り額が大きくなったら親戚縁者が寄ってきて面倒になることもあるからな」

「了解」

雑誌とはいえ、昔のものならば相当に貴重で一冊数万円の値がつくことだってあります。もしもアメリカなどの古い雑誌もあるのなら、向こうで取引すれば余計に値がつくこともありますからね。

「どれぐらいあるって話だ」

「見当もつかないってさ。少なくとも雑誌だけで八畳間が一部屋埋まるぐらいはあるって」

「そりゃ豪気《ごうぎ》だ。まぁ売り物にならねぇもの三割としても、運送屋頼まなきゃならねぇな」

雑誌となると勘一やすずみさんではなく、青の独擅場《どくせんじょう》ですね。

「とりあえず、俺が明日行って見積もってくるよ」


夏の夕暮れは遅いですけれど、陽差しの強さが消えていくときの感じは何とも言えず心地よいですね。どこかで猫が鳴いていると思って縁側から外に出てみると、あら、玉三郎が屋根の上にいますね。昼間に熱くなったはずの瓦の熱も冷めましたか。スズメの声にでも誘われて登っちゃったのでしょうか。

こんなときに便利なのはこの身体です。ふわふわと浮き上がって、屋根までも行けるんですよ。我が家の猫や犬たちはわたしのことをなんとなく感じていますからね。

「なにしてるの玉三郎。下りられるの？」

話しかけると、間違いなくわたしを見つめました。眼を真ん丸くして、怒るのでもなく驚きもせずに、でも、平気だよというような顔をしてとっとっとっと、と歩いていきます。本当に猫の身体能力は凄いですよね。雨樋《あまどい》から玄関の屋根に移り、そして庭先に下りてさっさと縁側から家の中に入っていきました。あぁノラが、どこへ行ってたの？というように鳴いて玉三郎に近づいていきましたよ。

もうそろそろ学校から帰ってくる子供たちが増える頃でしょうか。屋根の上から眺めると、見慣れた姿が見えました。背中からのぞくギターケース。研人が学校から帰ってきましたか。隣にスーツ姿の男性がいると思ったら、藤島さんです。

もちろん藤島さんはとても恰好良い車を数台所有していますけど、こっちに帰ってくるときには駐車場が遠いので、電車で帰ってくることが多いと言ってましたよね。たまたま電車で一緒になったんでしょうか。

社長さんが帰ってくるにしては少し時間が早いようにも思いますが、そんな日もありますよね。

何やら二人で、少し真剣な表情で話をしながら歩いているようにも見えます。この身はふわふわと漂うことはできますし、遠い場所でも行ったことのあるところなら一瞬で移動できるんですけど、残念ながらほんの少し先に見えている場所には、風のように移動できるわけではないんですよ。便利なようで不便でもあります。

気になったのでふわりとまた地上に下りて、二人のところまで近づいたのですけれど、本当に何か、ちょっと深刻にも見える表情で研人が話していますね。それを藤島さんは真剣な顔で聞いています。

声が聞こえる距離になったときには、もう〈藤島ハウス〉に着いちゃいましたね。藤島さんが、にこりと笑ってぽんぽんと研人の肩を叩いて、研人も頷いています。

藤島さんがアパートの中に入っていって、研人も帰宅を知らせに我が家の裏玄関に回っていきました。わたしには気づかなかったようですね。研人もいつでもわたしの姿が見えるわけではないですから。「ただいまー」と、裏玄関を開けたときにはもういつもの元気な研人の様子になっていましたけど、さて、二人でどんな話をしていたんでしょう。研人が藤島さんに相談をしていたような感じもありましたが、気になりますね。

二

翌日もまたきれいに晴れ上がりました。昨日ほど湿気はなく、少しは過ごしやすい一日になりますか。

　午前中から青が一人で笈川さんに会いに鎌倉に向かうので、わたしもちょっと一緒に行って見てきましょうかね。遠出は久しぶりですよ。

　知っている場所なら一瞬で、あっという間に行けるのですが、笈川さんと待ち合わせた石河さんのご自宅は鎌倉の扇ヶ谷《おうぎがやつ》というところで、ここは行ったことがありません。しかも生憎と車では入れない場所に家があるとかで、青は電車で移動になりました。

　鎌倉にはそういうところが多いですよね。狭い坂道や長く続く階段はもちろん、切通しで人しか歩けないところの向こうに家がある、という場合もあるとかよく聞きます。きっと石河さんのご自宅もそうなのでしょう。

　夏の青空の下。サングラスをして焦げ茶色の帽子を被り「行ってきます」と家を出た青についていきます。

　青と二人で外に出るなんて本当に久しぶりですね。もちろん話はできませんし、青はわたしの存在などまったく気づいていませんけれど、楽しいですよ。検索して調べていましたけど、ここからだと地下鉄に乗って、それから横須賀線に乗りかえてしばらく電車に揺られて鎌倉駅で降り、そこから歩いて二十分だとか。なんだかんだで二時間は掛かってしまいますかね。

「これはキツイな」

まだ三十代の青も独《ひと》り言《ご》ちたぐらい坂道と、森の中へ続く階段が延々とありました。わたしは疲れる身体もありませんので平気で青の後ろからついていきますけど、確かにこれは荷物を運び出すのも大変ですよ。我が家のメンツだけでは無理ですね。専門の運搬業者さんを頼まなければならないでしょう。

ようやく階段を上り終えると土壁色の瀟洒《しょうしゃ》な一軒家がありました。黒板塀に覆いかぶさるほどの緑豊かな木々。明らかに長い間手入れされていない感じですね。事前に電話しておいたので、門の前で若い女の方が迎えてくれました。

「わざわざすみません！」

「あぁ、どうもお久しぶりです」

ショートカットに淡いブルーのシャツにジーンズ。見た感じでは三十代でしょうか。ラフな格好がお似合いの笑顔の素敵な方です。

この方が、映画配給会社の笈川智佐子さんですね。

居間には古びたソファセットが置いてありました。青が草臥《くたび》れた革のソファに座り一息つきます。きっと笈川さんが早めに来て窓やらを開けたのでしょうけど、長いこと人が住んでいない空気が漂っていますね。

「本当に大変ですよね。ここまで来るのも」

「いや平気だけど、荷物を運ぶのはかなりきつそうだね」

そうなんですよ、と、笈川さんどこかで買ってきたらしいペットボトルのお茶を出してくれました。もう誰も住んでいない家ですから、何もないのでしょうね。

所蔵品を見る前に青が改めて確認すると、彼女がまだ小学生の頃にご両親は離婚したそうです。その後は、笈川さんはお母様と暮らしましたがお母様は後に再婚。お父様だった石河美津夫さんはずっと独身だったそうです。

「すると、遺されたものは全部笈川さんにってことだね」

こくり、と笈川さん頷きます。

「この家は借家ですので関係ないけれど、家の中にあるものは皿の一枚まで全部父のものです。父には兄弟もいないもので、全部私に遺すという遺言もあったんです」

「それは、ありがたいけれど、なかなか大変でしょう」

そうなんです、と、笈川さん少し顔を悪戯《いたずら》っぽく顰めました。

「私のことを気に掛けてくれたのは嬉しいですけど、売るにしても何にしても業者さんに来てもらわなきゃならないですし、運搬費だってバカにならないだろうし、かといってゴミにするにしてもお金がかかるしで」

「そうなんだよね」

言いながら青は通された居間をぐるりと見渡します。整理されているとは言い難いお部屋ですけど、棚やらテーブルやらの調度品は、おそらくは昭和の戦後のものでしょう、悪くないもののようにも見えますね。

　青が小さく頷きます。

「どうだろう笈川さん。うちには骨董品《こっとうひん》屋の知人もいるから、この程度の古さのものならまとめて運搬をお願いして、値付けして買い取ってもらうこともできるんだけど。たぶん、運搬費を差し引いても多少のお金は残ることになると思うよ」

「本当ですか？　うわ、そうしてもらえるとすっごく助かります。私も一人暮らしなので部屋に置いておくスペースなんかないし、この家もできるだけ早くに明け渡さなきゃならなくて困っていたんですけど」

「ちょっと全部の部屋を見ていいかな。うちは専門は古本だけど一応古物商なんでざっくりとした判断はできると思う」

「お願いします！　あ、それで、電話では話せなかったんですけどもうひとつお願いがあったんです」

「何だろう」

　笈川さん、ソファの傍らに置いてあった紙袋から黄色い薄い箱を取り出しました。

「写真？」

　あぁそうです。見たことがある箱だと思いましたけど、プロの方がよく紙焼きの写真などを保管しておく箱ですよね。

蓋《ふた》を開くと、そこには写真がたくさん入っていました。

「父の撮った写真だと思うんです」

確かに、紙焼きにした写真が大きいのも小さいのもいろいろありますね。人物だったり風景だったりします。

「こういうものがたくさんあるんですよ。ネガとかポジとかもあります。さすがに捨てられないし、一括で引き取ってもらうことはできませんか？　もちろん、売れそうなものは売ってもらっても構わないんですけど」

昔の写真なども確かに古本屋で扱って売ることもあります。ありますが、これは離別したとはいえ、お父様の作品で大事な遺品ですよね。買い集めた雑誌とか本とかはともかくも、そういうものも全部手放してもいいということは、あまり関心がないということでしょうか。それとも何か他の理由があるのですかね。

青もほんの僅かに表情を変えましたから、その辺を感じたかもしれません。

「確かに風景写真とかなら売ってても問題ないかもね。もちろん譲渡証明書などは書いてもらわなきゃならないけれど。全部ってことはさ、ひょっとしたらお父さんが撮った女優さんたちの写真もあるんじゃないの？」

「確認はしてないけど、あると思います。その辺はたぶん勝手には売れないのでしょうけど」

「もちろんだね。肖像権の問題もあるし」

青がちょっと考えて言います。

「まぁ確かにこれは捨てられないしね。いいよ。うちには古い写真なんかも少しは保管しているから、まとめて一括でお預かりします」

それがいいかもしれません。捨ててしまうのはあまりに惜しいですよ。

じゃあ早速、と青が立ち上がってまずは古本の確認ですね。石河さんの書斎には確かにたくさんの雑誌や本が、無造作に積まれていました。正式な金額は後日になりますけど、その場でざっくりとどれぐらいの金額になりそうかを青が見積もりしていきます。

「ここらはいいね。雑誌はもちろん中身によるけれど、古くて保存状態が良ければ金額がつくんだ。でも、この辺は申し訳ないけど二束三文かな」

「年代が新しいですもんね」

最近の雑誌はあまり高くは売れませんからね。その他にも専門書や小説、本当にたくさんの書物の見積もりをしていきます。ついでにその部屋にある家具も見ていきます。やはり六〇年代や七〇年代に作られた家具が多く、修繕すれば充分アンティークとして売れそうなものばかり。そこそこいい値段で引き取ってもらえそうですね。お互いに損にならないようなお取引ができそうです。

青がその場で馴染みの業者さんに電話してました。どうやらすぐに手配ができそうで、梱包《こんぽう》する手間も含めて、明日の夜には全部が我が家に届きそうです。

わたしだけ先に帰ってもいいのですけど、青はまた電車ですよね。滅多にないことですから、また青の隣に並んで景色でも眺めながら一緒に帰りましょうか。

夏の夜は蚊遣り豚に蚊取り線香を入れて、開け放した縁側などに置きます。昔ながらのやり方ですよね。子供たちが蚊に刺されては困るので網戸も入れてますけれど、やはりこの蚊取り線香の香りがなければ夏という気はしません。

この蚊遣り豚ですが、昔はそれほどなかったと思うんですけど、近頃は随分といろんな形の豚がいますよね。我が家にもいろんな形の豚さんが何匹もいて、あちこちに置かれて蚊取り線香の煙を上げています。

そしてずっと不思議だったんですけど、どうして豚なのでしょうね。おそらくは陶器の甕《かめ》のようなものから始まって、いつの間にか豚の形になったんだとは思いますが、生きているうちにそれを確かめなかったように思います。今度紺に訊いてみましょうかね。

毎日暑くて食欲もなくなってきますけど、ご飯をちゃんと食べないと余計に身体がまいってしまいます。今夜は蚊遣り豚ではないですけど、トンカツにしたようですね。大勢居る我が家ですし、年齢幅も広いですから一人に一枚ではなく、たくさん揚げたトンカツをざくざく切って、大皿に盛って好きな分だけ取って食べる方式です。

トンカツにつけるのもマヨネーズがいたり塩をぱらぱらがいたりソース派がいたりとこれまたバラバラですからね。座卓の上にありったけの調味料を置いて、好きなように食べてもらいます。もちろん付け合わせのキャベツもたくさん食べてくださいね。

「ちょっとお願いなんだけどさ」

トンカツはマヨネーズをかけたキャベツと一緒に食べる派の研人が言います。

「なんだ、お願いって」

勘一が言います。トンカツには塩ですね。たまに黒胡椒をかけたりします。

「今度の日曜日、明後日さ、芽莉依の誕生日なんだ」

「お、そうだったのか」

あぁ、と亜美さんが言います。亜美さんはソース派ですね。

「そういえばこの時期だったわね」

小さい頃に一度か二度か、研人が芽莉依ちゃんの家にお邪魔してお誕生日会とかやってましたよね。大きくなって、そういうこともやらなくなってしまいましたけど。

「なんだよ。プレゼントでも買うから小遣いくれってか」

「大じいちゃん、オレの貯金額を知らないね。そうじゃないよ」

勘一がひょいと肩を竦《すく》めます。稼ぎという意味では印税やライブの売り上げで高校生とは思えない額を稼いでいますよね。

「でさ、ほら、芽莉依のところさ、お父さんとお母さんがまたくっついたじゃん」

「そうだったな」

「まだ半年も経ってなくてさ、家族三人になって改めて迎える最初の芽莉依の誕生日なんだってさ」

ふむふむなるほどね、と皆がトンカツを頬張りながら頷きます。かんなちゃんと鈴花ちゃんは二人揃ってソースをかけていますが、たまにケチャップをかけますね。

芽莉依ちゃんのお父さん、確か紳一《しんいち》さんというお名前でしたかね。お母さんの汀子さんは、若い頃は我南人のファンクラブの会長さんだったり、もちろん亜美さんのママ友ですからね。我が家にもよくいらっしゃいますが、別れたせいもあって紳一さんは一度も来たことありませんでしたよね。

「離婚したのはいつだったかな」

紺が言います。紺と青は二人ともソースですね。

「五年ぐらい前だったかな。とにかくまだぎくしゃくしてんだよあの家は。特にお父さんがさ、実の娘なのに妙に芽莉依にいろいろ気を遣ったりしてさ」

「それ、芽莉依ちゃんが研人くんに言ったのね？」

すずみさんが訊くと、もちろん、と、研人は頷きます。すずみさんは実はトンカツにはほとんど何もつけません。

「まぁそういうふうにもなるわねぇ」

かずみちゃんも、さもあらん、と頷いていますね。かずみちゃんはソースですね。そしてキャベツには何もつけません。

「それなのに今度、もうすぐ北海道に転勤になっちゃうしでさ、また離れ離れになるってお父さんもちょっとへこんだりしてさ。芽莉依としては何も気にしてないしお母さんと仲良くやってくれればそれでいいって思って、久しぶりに誕生日パーティでもしたいって考えたんだけど、家族三人だけじゃあまた何か微妙な空気が流れるんじゃないかとね」

「わかった」

花陽がにっこりします。花陽も実はマヨネーズ派です。しかもそれにソースをかけますよ。

「芽莉依ちゃんの誕生日パーティをうちでやるから、お父さんお母さんもどうぞってお招きするってこと？」

「そうそう、そういうこと。夏休みには芽莉依はずっとうちでバイトするしさ。まぁ今更だけどお互いに改めてよろしくお願いしますってことで賑やかにさ。どうかな？」

勘一が、おう、とにっこりしましたね。

「いいじゃねぇか。あんまり派手にやると向こうも恐縮するだろうからよ、あれだ、玲井奈ちゃんにうちでケーキ作ってもらってよ。一緒に晩ご飯食べましょうってな。お父さんも俺らと酒を飲めるから気楽だろうよ。なぁ？」

亜美さんも大きく頷きましたね。

「それこそ汀子さんも困っていたんですよ！　離婚するときにさんざん騒がせたのにどんな顔してまたうちに顔を出せばいいかわからないって」

「ちょうどいい機会になるんじゃないぃ？　研人、なかなかグッジョブするようになったねぇえ」

我南人が親指を研人に向かって立てました。我南人は塩です。研人も嬉しそうですよ。ひょっとして、昨日研人が藤島さんと何か話していたのはこのことでしょうか。でもこれは別に藤島さんに相談するようなことでもないですよね。

「じゃあ、玲井奈ちゃんにケーキ作りお願いするんだから、小夜ちゃんも一緒にご飯食べようって言っておきますね」

「おう、皆呼べ。そうだ、池沢さんも真幸連れて来てくれって呼べよ。あの人はよ、祝い事でもねぇとここに来ねぇからよ」

そうですね。芽莉依ちゃんは子供たちが好きですし、子供たちも皆が揃った方が楽しいでしょう。

次の日にさっそく汀子さんから亜美さんに電話が来ましたね。とてもありがたくって涙が出そうだと言ってたそうですよ。

お父さんの紳一さんも、もちろん研人と芽莉依ちゃんの仲は知ってますし、離婚していた間に、芽莉依ちゃんがうちでアルバイトをしたことがあるのもわかっています。一度はきちんとご挨拶したかったけれど、こういう状況だったのでどう切り出してお邪魔したらいいか迷っていたそうです。喜んで明日の夜にお伺いしますと言っていたそうですよ。

亜美さんと汀子さんが話して、ケーキ以外は普通に一緒に晩ご飯を食べるだけにしましょうという話になりました。豪華な食事なんかは作りません。その方がお互いに負担を掛けませんから気楽ですよね。

メニューは何がいいかとかずみちゃんとも話し合い、これも手軽にできる手巻き寿司《ずし》になりました。お刺し身を買ってくればあとはご飯を炊いて寿司飯にすればいいだけです。子供たちは自分たちで巻けて楽しいし、お酒飲みにはつまみにもなります。その他には子供が喜ぶ唐揚げでも作れば充分ではないかと。

それで、ビールなどのお酒は全部手土産で汀子さんと紳一さんが買ってくることになりました。うちはあまりお酒は飲みませんし、小さな子供がたくさんいますからね。ほんの少しの量で済みますから大丈夫でしょう。

そして店の営業が終了する頃に、古本屋の戸が勢いよく開きました。

「こんばんはー」

いつもお願いしている運搬業者の方ですね。

「おう、毎度。来たかい」

「はい、全部で八十二個口ですね。裏から蔵に回しますか？」

「そうしてくれ。おい！　来たぜ。手が空いてる人間は全員運んでくれ！」

段ボール八十二箱は久しぶりの大口ですよね。我が家の前の道は大きな車が入れませんので、運搬業者の方は大通りにトラックを停《と》めて、そこから台車で運びます。我が家にある台車も使って、皆で全部いったん蔵の中に運び込みますよ。

紺に青にすずみさん、我南人に研人も手伝います。

「スゴイね今回！」

どんどん段ボール箱を運び込む研人が言います。

「こりゃあ整理と値付けのしがいがあるなおい」

蔵の中にずらりと積み重ねられた段ボール箱を見て、勘一が嬉しそうに言いますよ。

古本屋は、それが雑誌であれなんであれ古い書物がたくさんあるとそれだけで嬉しくなってきますよね。

さっそく開けてみたいところですが、もうすぐ晩ご飯の時間です。蔵の中の照明は決して煌々《こうこう》と明るいわけではありませんからね。開けるのは明日のお楽しみですね。青とすずみさんがチェックして値付けをしていくことになると、二、三日はこれを整理するのに忙しいですね。

「あぁそうそう」

青が段ボールをチェックして、〈写真〉と書かれたものだけを抱えました。

「これだけは、ちょっと見てみようかじいちゃん」

「おう、写真の件だな」

遺作の写真作品を預かるという件ですね。

まだ座卓に晩ご飯が並ぶ前に、勘一と紺と青が段ボールを開いて、中から薄い箱をたくさん出します。ひとつずつ開けると、紙焼きになった写真がたくさん出てきます。

我南人もやってきましたね。冷やかすように一枚一枚写真を見ていきます。

「あぁ、何か覚えのある写真があるね。石河さんの昔の雑誌に使ったやつじゃないかな」

「そういうのは、もう保存するしかないよね。売れないし」

青が言うと勘一頷きます。

「正確に言やぁ著作権継承者はその笈川さんだからな、よしと言えば売れるしそこは雑誌作った出版社も文句は言わねぇ。まぁ後は仁義の問題だな」

そうなるのでしょうかね。

「そういえば僕ねぇ、現場を見たことあるなぁ。石河さんのヌード撮影のぉ」

「マジ？」

「マジだよぉ。誰とは言えないけどぉ、あの頃に僕らも石河さんに撮ってもらったことあったからねぇ。その繋がりでさぁたまたま撮影現場に出会《でくわ》してさぁ」

そういうことがあったのですね。我南人も若い頃はかなりたくさんの写真を撮られていましたからね。

「でもさ」

青ですね。写真をどんどん見ていきます。

「著名人のポートレートや、女優さんのヌードがないね。ネガはどう？」

紺がネガを見ているので訊きました。

「ないね」

「石河さんと言えば、まぁ風景写真もそうだが、ポートレートと女優さんのヌードで有名だったからな。それがねぇってこたぁ、死ぬ前にきっちり自分で処分したってこったろう。そんなにたくさんは撮ってねぇだろ？」

「記憶では、七、八人ぐらいかな」

それぐらいでしたら、きっちり管理して処理することは可能だったでしょうね。

「まぁあ、スキャンダラスなヌードを自分の娘に遺すことは、普通の父親ならしないだろうねぇえ」

「そういうこったな。まぁこちらとしてはいらぬ世話を背負わなくてよかったぜ。これらも時期がくれば、許可取ってうちで個展とかでもできるんじゃないか？」

あぁ、と青が頷きます。

「それこそ水上くんとね」

いいですね。何よりも水上くんにこの写真を見せたら大喜びするのではないですか。

＊

翌日の日曜日です。薄曇りの朝になりましたね。陽差しは淡いですけれど、しっかり朝から蒸し暑くなっています。

朝ご飯を食べ終わると今日もカフェも古本屋も営業です。平日に訪れる会社員や学生さんたちが多いカフェは、比較的日曜日は暇になるのですが、古本屋は平日でも日曜日でもそんなに変わりはありませんね。せっかくのお休みを古本屋で過ごそうなどという奇特な人は藤島さんと茅野さんと、のぞみちゃんぐらいですよね。のぞみちゃんも相変わらず我が家によく来てくれているのですが、最近はお父さんともよく話すことができるって言っていましたよね。いいことだと思います。

今日の夜は芽莉依ちゃんの誕生日パーティですよね。かんなちゃん鈴花ちゃんはそれを聞いて大喜びしていました。二人で、いえ小夜ちゃんもいれて三人で〈ハッピーバースデートゥユー〉を歌うと張り切っていましたよ。池沢さんも真幸くんを連れて来てくれるそうです。残念ながら藤島さんは出張で香港に行っているとか。

昨日の夜に、台所で亜美さんが花陽に「麟太郎くんも誘ったら？」と言っていたのをわたしは聞いたのですが、花陽はちょっと恥ずかしそうに微笑みながら、曖昧な返事をしていましたよね。麟太郎さんの職場である病院の臨床検査室は、シフト制だそうです。病院は土曜日曜休診というところもあるでしょうが、麟太郎さんの病院は入院棟もあり救急指定の病院でもあります。どんな状況でも対応しなきゃならないのは臨床検査技師もお医者さんと同じで、必ずしも日曜日がお休みとは限らないようですよ。

カフェのカウンターには花陽とかずみちゃんが入って、ホールは青がやります。古本屋は勘一と紺ですね。

カフェにアルバイトで入っている玲井奈ちゃんですが、日曜日は旦那様の夏樹さんの会社も休日。小夜ちゃんと親子三人で遊びに行くのでお休みです。

我が家のかんなちゃん鈴花ちゃんもたまにはママと一緒にお出かけしたいですからね。亜美さんすずみさんが揃って、コウさん、真奈美さんと真幸くんと連れ立ってどこかへ出かけるようですよ。

「今日はどこまで行くんだって?」

帳場に座った勘一が、お茶を持ってきた花陽に訊きました。

「吉祥寺。ほら、あの美術館」

おう、と勘一が頷きます。有名なところですよね。子供も大人も大好きなアニメの美術館です。

「俺もあそこなら一回行ってみたいな」

「本当? じゃあ今度一緒に行こうか」

「おう、そうだな」

花陽は一度行ったことありますよね。あのときは研人と藍子で三人で行ったんでしたっけね。勘一も映画は大好きで日本のアニメーションの素晴らしさもわかっていますからね。案外楽しめるのではないでしょうか。

「おはようございまーす!」

元気な声が響きました。あら、この子は花陽の大学の同級生で和ちゃんでしたね。日曜日に来てくれたのですか。今日も派手な色のリュックを背負っていますね。カバンのセンスは我南人や研人と気が合うかもしれません。

「大じいちゃん、大学の友達で君野和さん」

花陽がちょいちょいと和ちゃんを古本屋まで引っ張ってきました。

「君野和です！」

「おお、こりゃどうも。花陽の曽祖父で勘一でございます」

和ちゃん、眼を丸くしてにっこりしますね。

「お会いしたかったんです！　花陽がいっつもうちの大じいちゃんは元気だって自慢しているので！」

勘一がかっかかっか、と大笑いしますね。

「それだけが取り柄でね。今日は朝からお茶でも飲みに来てくれたのかい」

「和ちゃんね、今日は私がカフェに入るんだって言ったら、ぜひ手伝いたいって」

「私の実家、静岡なんですけどそこで喫茶店やってるんです！」

あら、そうだったのですね。それじゃあ小さい頃からお店の手伝いをしていて、むしろ花陽よりお手の物なのかもしれませんね。この子の人懐っこさはそこからも来ているのかもしれません。

話を聞くと、和ちゃんとは入学式のときにたまたま隣で、それからずっと一緒にいるんだとか。気が合ったのでしょうね。たぶんだけど、これからも卒業するまでずっと同じコースで行くのではないかと話していました。いいお友達ができて良かったですよ。

そういえば和ちゃん、元気で明るくてぴょんぴょんしていて、雰囲気が小さい頃の花陽に何となく似ていますね。花陽は高校に入ったぐらいから急に大人しく、藍子みたいな雰囲気になってきましたから。でも、いざというときには啖呵《たんか》も切るんですけどね。

三

夕方になる前、かんなちゃん鈴花ちゃんが帰ってきて、疲れたらしく少しお昼寝を始めました。

亜美さんすずみさんも一休みして、亜美さんはかずみちゃんと交代してカフェのカウンターへ入ります。かずみちゃんは晩ご飯の支度もありますからね。和ちゃんはずっと手伝ってくれましたよね。さすが実家が喫茶店の娘さんで、動きも応対も完璧で花陽よりも上手です。手伝ってくれたんだから晩ご飯を食べていけと勘一が言ってました。

さほど忙しくもないので、青が昨夜届いた雑誌の整理をするために蔵に向かいました。すずみさんも一緒に行きました。わたしも、どんなものが揃っているのか見たいのでちょっとお邪魔しますよ。

「よいしょっと」

青が蔵の扉を開け放って風が通るようにします。蔵の扉は重くて女性では一人で開けられないのですよね。

蔵にも実はクーラーが入っていますから、少々冷房効率が悪くなりますね。でも買い取ってきたばかりの古本を扱うと埃が舞いますから、換気は大事です。

「さーて、やるか」

青はタオルを頭に巻いてマスクをしてTシャツ一枚で段ボール箱と向き合って一冊一冊取り出し、中身をチェックして値付けをしていきます。ページが破れていたりしたらそれだけで値付けが下がりますからね。

すずみさんもタオルを首に巻いてエプロンつけてマスクをして、青がチェックしたものを今度は台帳とパソコンの両方でリストにしていきます。でもこういうものってついつい中身に見入ってしまいますよね。いくら毎日古本を扱っていてもそうなんですよ。そんなことしていると日が暮れちゃうので、その誘惑を断ち切ってなるべくスピーディにチェックと値付けをしていきます。

「わお、〈POPEYE〉の創刊号だ。日焼けもシミも折れもない。めっちゃきれいだな」

「本当だー。いくらぐらいにする？」

「ここまできれいなら、一万円にしたいぐらいだけど、まぁ八千円かなぁ」

「いや、一万円にしておこうよ？　これは価値を高めておかないと」

「そうだな。じゃあ一万円」

「はいはい」

すずみさんが台帳につけていきます。古本の値段は本当にあってないようなものです。同じ程度の古本が、ある店では三千円である店では八千円だったりします。いい加減と言われればそれまでなんですよ。

でも、〈東京バンドワゴン〉はこんなちっぽけな店ですけれど、調べられるだけの古本屋の値付けは常にチェックし、そして世の中の流行や時流、景気の動向なども参考にしながらその価値を計り、あるいは価値を高めるために値付けをします。自慢するようですが、長くやってこられているのもそれが適正でありお客様にわかってもらっているからだと思いますよ。

そうやってどんどん段ボールを開けて、中の雑誌をチェックしていきます。時間が淡々と流れていきます。何せ古い時代の雑誌がたくさんあるものですから、わたしも懐かしくておもしろくて、ついつい青の隣でずっとその作業を眺めていました。

「これもいい状態の本だなぁ」

青がしげしげと眺めます。

「いつのかな。六〇年代だよね」

「あー、すごい。こんなにきれいに保存されているのは初めて見たかも」

和装の女性が表紙の雑誌ですね。〈女性の暮らし〉という雑誌です。懐かしいですよ。確か昭和の三〇年代か四〇年代のものではないでしょうか。今でいうファッション誌、いえ生活情報誌でしょうかね。

青がパラパラとめくって落丁や破れがないかと確認します。

「うん？」

青の手が止まります。

その途端、とんでもなく驚いた顔を見せました。

今でいうグラビアページですね。素敵な服を着た女性が写っていますが、これは、若き日の池沢さんではありませんか。間違いないですね。池沢さんです。でも、そのページに載っていた自分の母親の、若い頃の姿に驚いたんじゃありません。

そこにモノクロの写真が一枚挟まっていたんです。

これは、池沢さんのヌード写真じゃありませんか。

もちろん、若い頃の。

「ええっ!?」

青の声にすずみさんが驚いてノートパソコンから顔を上げました。

「どうしたの!?」

「あ、いや！」

慌てたように青が雑誌を閉じます。ものすごく慌ててますね。それはそうでしょう、わたしも思わず跳び上がってしまいました。

あの池沢さんがヌードを撮っていたなんて話は一切聞いたことがありません。何十本も映画に出ている池沢さんですが、せいぜいが水着姿で、肌を露出するような役はまったくやっていません。そしてラブシーンやベッドシーンこそありましたけど、そこでも素肌をほとんど見せなかった、今もって最後の清純派と言われる人なんです。

あり得ないものがここにありますよ。

青のおかしな様子にすずみさんが眼を細めます。

「雑誌に何か入ってたの？」

「いや、これは」

青が動揺しています。それはしますよね。そしてまた開いて確かめるのにも躊躇《ちゅうちょ》しますよね。

産みの母親であり一緒に暮らしたことはないに等しいとはいえ、母親は母親です。息子が母親のヌードを確かめようなんてことはそれはもう。

すずみさん、本気で心配そうな顔を青に向けます。

「青ちゃん、今まで見たこともないような顔をしているよ？　どうしたの？」

確かに。こんなに動揺した青を見るのはわたしも生まれて、いえ、死んでからも含めて初めてでしょう。

青が、ふぅ、と一度息を吐きました。

「今、ここにとんでもないものを見てしまったんだけど」

「え、何？　怖いもの？」

「いや、怖くはない」

「じゃあグロいもの？」

「いや、むしろ美しいものなんだろうけど」

美しいものですね。それは間違いありません。

青がそっとまた雑誌を開きます。でも、視線を向けられません。顔を背けたままそっととすずみさんの方へ向けます。

「このページに挟まっている写真、池沢さん、だと思うんだけど、どうだろう」

すずみさんが不審げな顔をしながら雑誌を受け取り、見ます。その眼が今まで見たことないぐらいに、本当に大きく真ん丸くなりました。

「ええっ!?」

「やっぱり？　そうだよな？」

「青ちゃん！　これ！」

すずみさんが慌てて白手袋をつけて、雑誌に挟まっていたそのモノクロ写真をそっとつかみます。掌に置いて、じっと見つめます。

「若い頃の、池沢さんにしか見えない」

「ちょっと待って。検索する」

青がノートパソコンに何やら打ち込むと、ずらりと池沢さんの写真が並んで出て来ます。昔のものから最近のものまで並んでいますけど、若い頃の写真はやはりモノクロが多いですね。

すずみさんと青がそれを見比べます。

「そうとしか思えない」

青の顔を窺うようにしてすずみさんが見ます。青はまだまともに見られませんよね。すずみさんが気を利かせて身体の部分を手で覆ってあげました。青がホッとしたように写真を眺めます。わたしもあらためてじっと見つめますが、やはりこれは池沢さんですよね。六十半ばとなった今と比べると、顔も幾分小さいですし、顎の線もシャープで瞳の大きさも違います。

でも、池沢さんですよね。

「どうしようか、これ」

「どうしようって」

本当にこれは、どうしたものでしょう。

「こんなの、発表してないよね池沢さんは」

「してないと思う。いや、してない。あり得ない。でも」

青がちょっと首を捻ります。

「本職のカメラマンではない、編集者の石河さんが当時に女優さんのヌードを撮っていたのは事実なんだ。何人かは、その人が脱いだの？　っていうヌード写真を雑誌に載せて騒ぎになったこともある。だから」

「池沢さんがヌードを撮っていた可能性がないわけでもない？」

青が頷きます。こうして石河さん所蔵の雑誌に挟まっていたんですからね。

「しかも、こんなふうに挟んであったってことは、表に出さないからこうしたってことも。そういや池沢さんと石河さんゴシップめいた噂もあったはずだな」

前に我南人も言っていましたね。でもそれは本当に噂だけだと思っていたのですが。

「まったくのプライベート？」

「そうだね」

それも、考えられますか。わたしの記憶では池沢さんが誰かと浮き名を流したというのは一切ないのですが。もちろん、根も葉もない噂はあるにはあったのでしょうけど。

すずみさんが心底困った顔をしましたよ。

「当の本人に訊いてみる？　そっとこれを渡すとか」

「いやぁ」

青も困惑しています。

「でも、お義父さんに訊くわけにもいかないでしょ？　ましてや旦那さんに見せたらもう旦那さん池沢さんの顔をまともに見られなくなっちゃうよ」

「そうだよな」

実の息子の青がこんなに困っているんですからね。ましてや勘一はそれなりに池沢さんのファンだったはずですよ。

「俺がどうしたって？」

勘一です。

いつの間にか蔵の入口に立っていました。

バタバタバタン！　とけたたましい音を立てて青とすずみさんがいろんなものを隠そうとしてその様子に勘一が顔を顰めます。

「じいちゃん！」

「何の騒ぎだよ？」

青とすずみさんが、あぁもう、と観念したようにうなだれます。こういうときには、こういうふうになるものなんですよね。

「旦那さん、どうしました？」

「どうしたもこうしたも、ちょいと手伝うかと思ったんだけどよ」

勘一が近づいてきて、それに眼を留めましたね。

「写真か？　雑誌の間に挟まってでもいたか」

気づきますよね。青がゆっくりと頷きます。

「じいちゃん。覚悟して見てね」

「覚悟だぁ？」

勘一が今までに見たこともないような微妙な表情をして、写真を眺めています。写真の大部分はすずみさんが手で隠していますけど、顔から肩の部分は見せていますので、ヌードかなというのはなんとなくわかります。

「全部見ます？　旦那さん」

すずみさんが訊きます。勘一が思いっきり唇をひん曲げました。

「ご婦人のヌードなんざぁどんだけ見ても今更ぴくりともしねぇけどよ、さすがに池沢さんってのはな」

困惑したように顔を顰めます。でもあれですね、少し見たそうな顔もしてるのは気のせいでしょうかね。

「とりあえずは覚悟できねぇから遠慮しとくぜ。しかしこいつぁ」

勘一が顔を近づけます。

「確かに池沢さんの若い時分だよな。年の頃なら二十七、八ってか」

「そう思うよね」

「えーっと」

すずみさんがちょっと天井の方を見上げて考えます。

「ごめんね青ちゃん。今更だろうから考えちゃうけど、池沢さんが青ちゃんを産んだのは三十三年前だからそのとき池沢さんは三十過ぎよね」

「そういうことだね」

すずみさんの考えたことはわかりますよね。勘一もまた微妙な顔をして頷きます。

「しかしよ、この時代の女性の化粧ってのは、今見ると老けて見えるからよ。この写真もひょっとしたら二十二、三ってこともあるかもしれねぇ。その辺は考えてもしょうがねぇぞ」

「あ、確かにそうですね」

まだお化粧がしっかりと濃い時代ですからね。若いお嬢さんでも今の感覚で見てしまうと老けて見えるのはよくあることです。昭和の時代の歌番組を見ても、きれいな歌手の方の当時の年齢が出てびっくりすることありますよね。そんなに若いのにこんなに老けて見えるのかと。

青も自分のことですから、何をどう考えていいやら混乱してますよね。

「じいちゃん、どうしようかこの写真」

むーん、と、勘一腕を組んで唸ります。

「このまま、そっとしとくのがいちばんじゃねぇのか？　当事者の池沢さんがすぐそこにいるったってよ。誰が確認したって気まずくなるのが眼に見えてるじゃねぇか。たとえ我南人にさせたって、いやそれも拙いだろう。いや今更だろうからその方がいいのか？」

勘一も混乱していますね。

「お義父さんはいいにしても、もしもこれがまったくプライベートのものなら池沢さんは困ると思います。同じ女性として言わせてもらえば」

わたしもそう思います。勘一が、うむ、と頷きました。

「そしてよ、この写真があったってことは、他にプリントしたものや、ネガなんかが残ってるかもしれねぇってこったろ。ネガは昨日は全部は確認しなかったよな？」

「そうだった」

青が今気づいたと頷きます。

「紙焼きは全部見たけど、ネガはざっとだったよね。あの中にこの写真のネガがあるかもしれないか」

「あり得るな。しかしネガは後回しでもいいやな。子供が見たってわかるもんじゃねぇ。でも雑誌は全部を確認しなきゃならねぇぞ。ひっくり返して、他に挟まっている写真がねぇかどうか探すぞ。雑誌なんてよ、花陽やら研人やらが入ってきて何気なく見るってことあるんだからよ」

その通りですね。蔵の中の貴重なものはもちろん勝手に見ることはしませんけど、雑誌や古い漫画などはときどき読んでいることがあります。ましてや研人はバンドの練習をたまにここでやることもあります。そのときも、手にしていい雑誌などはたまに読んだりしていますから。今更勝手に見るな、なんて言えませんからね。変に勘ぐられてしまいます。

「でも旦那さん、この量は」

むぅ、と勘一唸って腕時計を見ます。もうすぐ六時ですよね。

「晩飯までには終わらねぇな。すずみちゃんももう今晩の支度を始めなきゃならねぇしな」

そうですよ。今晩は芽莉依ちゃんの誕生日のお祝いです。六時半を回る頃にはもう皆が集まってきますよ。

「しょうがねぇ、もう古本屋を閉めて紺を呼ぶか。どっちみち紺には後で言わなきゃならねぇんだ」

そうですね。紺と青、すずみさんはここにあるもの全部を把握しなきゃならない人間ですからね。

「手伝おうかぁあ？」

我南人の声が響いて今度は青とすずみさんと勘一が三人でバタバタバタバタ！　といろんなものを隠そうと慌てました。

「おめぇ！」

「親父！」

この男は本当にいつの間にかそこに現れますよね。幽霊であるわたしもまったく気づかないほどに。

「どんな写真があったのぉ？　僕と池沢さんに関係あるってぇえ？」

我南人、にっこりと笑います。

そこから聞いていたのですね。

はぁ、と三人が溜息をつきます。

「すずみちゃん、見せてやれよ。我南人よ、こいつはこの雑誌の、この池沢さんのグラビアページに挟まっていたんだとよ」

「ふぅうん？」

すずみさんがまだ両手で写真を挟んで身体の部分を隠したまま、我南人に向かって見せます。我南人は少しも驚きませんね。

「ひょっとして、ヌードってことぉ？」

「そうなんです。全部見ますか？」

「そりゃあ久しぶりだねぇえ」

何を言うんですか。でもまぁそうでしょうけれども。我南人がそこは一応白手袋をつけて、すずみさんから写真を受け取りました。

「へぇぇ」

感心したように笑顔を見せましたね。

「どうよ、心当たりっていうか、石河さんと池沢さんの噂があったっておめぇも言ってたよな」

「あったねぇえ。でもそれは本当にゴシップだよぉお。何にもなかったのは僕がいちばんよく知ってるねぇえ」

「でも、この写真は」

青が眼を細めます。我南人が、うん、と頷きました。

「どうなのかなぁあ、これ」

「どうなの、ってのは、なんだ」

うーん、と唸り、我南人は雑誌の〈女性の暮らし〉を手に取り、写真が挟まっていた池沢さんのページを開き、そこにまた挟み込みました。

「まぁちょっと寝かしておこうかなぁ」

「寝かすって」

「大丈夫だよぉ、とりあえず今日は誰にも何も言わないし、しないからぁ。これは僕が

「預かっておくねぇえ」

　そう言って雑誌を持って行ってしまいました。まぁおかしなことはよくしますが、人として間違ったことはしませんから大丈夫だとは思いますけれど。

　時間もないのでとりあえず今日のところは段ボールに〈開けるべからず〉と紙を貼っておきました。夜になりましたし、そうしておけば子供たちが開けることはないでしょう。明日もう一度全部チェックすれば大丈夫ですね。

「今晩は」

「かんいちー」

　その池沢さんが、コウさんと真奈美さんの愛息真幸くんを連れてやってきました。

「おう、真幸来たかー」

　平静を保っていますが、勘一、池沢さんを見てきっとどぎまぎしていますよね。それは青もそうでしょう。我南人は平然としていますね。そもそもこの男はいつでもどこでも何があろうと態度が変わりませんよね。

「お邪魔します」

　裏玄関に声が響きました。芽莉依ちゃんとそのご両親、平本《ひらもと》紳一さんと汀子さんです。

「あぁ、どうぞどうぞ」

女性陣は晩ご飯の支度に忙しいので紺が迎えました。紳一さん、お初にお目にかかりますけれど、スラリとしてそして瞳のくっきりとした方ですね。ちょっと日本人離れしたお顔立ちです。なるほどと思いました。芽莉依ちゃんの目鼻立ちのくっきりしたお顔はこのお父さん譲りだったのですね。

「どうも、今夜はお招きに与《あずか》りまして」

紳一さん、居間に入るなり膝をついて勘一に向かって挨拶します。

「いやいやこちらこそ、いつも芽莉依ちゃんには研人がお世話になっちまって。ささ、そんな堅っ苦しいことは抜きにしてどうぞどうぞ」

かんなちゃん鈴花ちゃん、そしてさっき夏樹さん玲井奈ちゃんと一緒に来た小夜ちゃんが芽莉依ちゃんにくっついていきます。真幸くんもですね。池沢さんがお出でなので汀子さんもびっくりしていました。

座卓には手巻き寿司の準備が整い、玲井奈ちゃんの手作りケーキも完成したようです。人数が多いので、座卓の横にローテーブルを付け足して、子供たちはそちらに集まってもらいます。座卓より低いから食べやすいですし、散らかしても平気ですからね。賑やかな楽しい食事が始まりそうです。

青のスマホに電話が入ったようですね。首を傾げながら青は縁側まで歩きます。

「はい。どうもお疲れ様です。えぇ」

どなたでしょうね。

「えっ？　今？」

青が後ろを振り返ります。もう皆が座卓についてそろそろ始めようかというところですよね。

「や、かまわないけど、誰が来るって？」

青が話している最中に今度はすずみさんが何かに気づきました。もう閉めた古本屋をノックする音が聞こえましたね。まだ七時前だったので一応電気は点《つ》けていましたから誰か来ましたか。

「青ちゃん」

ちょうど電話を切った青をすずみさんが呼びます。

「女性が訪ねてきているんだけど。ものすっごく怪しい人」

すずみさんが眼を細めてますね。

「怪しい人」

青が慌てて古本屋に向かうと、なるほどもう夜も更けてきたのに、サングラスに帽子に白いマスク。確かに怪しい恰好ですが、まだ若いお嬢さんですよね。

「あの、堀田青さんですね。こんな時間に突然、約束もなしに来てしまって済みません。あの、私」

「ひょっとして」

青が何か言おうとしたときに、からん、と土鈴がなって古本屋の戸が開いて息せききって女性が駆け込んできました。

「こんばんは！　すみません青さん、いらっしゃいますか！　あぁ、青さん！」

またまた女性です。すずみさんも眼を白黒させますね。かつて〈下町のプレイボーイ〉と異名を取った青ですが、結婚以来青を訪ねてくる女性はパタッと途絶えましたよね。それが今日は二人ですか。

でも、二番目のこの方は。

「笈川さん」

そうですすね。石河さんの雑誌を預けてくれたお嬢さんの笈川さんですよ。怪しい女性も、えっ、と驚いた様子ですね。慌てたようにサングラスとマスクを取りました。

「笈川さん、ですか？　笈川智佐子さん」

「西元さんですね？　やっぱり直接ここに来たんですね」

西元さん、ですか？

さて二人はお知り合いなのでしょうけど、でも今初めて会ったような口ぶりです。どういうことでしょうか。

そしてこの西元さん、とてもきれいなお方です。ちょっと普通の方ではないような気もしますけれど。

「やっぱり、西元さおりさんですね」

池沢さんが居間の入口に立っていました。その後ろに勘一や我南人もいますよ。一体何事かと集まってきたのでしょうけど。

「池沢さん！」

西元さんという女性がまたびっくりしています。

「どうして、こちらへ!?」

笈川さんも眼を丸くしています。

それはもう昭和の大女優がここにいれば誰もが驚くでしょうけど、池沢さんはこの西元さんをご存じのようですね。

「えーと」

青がきょろきょろします。すずみさんもしますよね。わたしもこれは何だろうと思わずきょろきょろしてしまいます。

青が池沢さんを見ます。

「池沢さん、この方をご存じなんですか？」

青が他人の口調で話します。池沢さん、頷きます。

「女優の、西元さおりさんですよ。一度だけお会いしたことありましたね」

以前池沢さんが仰っていた女優さんですか。

「あの！　青さん、実は、私、謝らなきゃならないことがあって。この西元さんにも、そして、あの！」

笈川さんが本当に困ったような表情をして焦っています。

「池沢さんにも！」

謝るのですか。

さて、何でしょう。青もそうですけど、微笑みを湛《たた》えた池沢さんも少しばかり困惑の面持ちですね。

でも、勘一がちょいと何かに思い当たるような顔をしましたよ。何に気づきましたかね。

「何が何やらわからんけれど、とにかくまぁお二人とも上がりなさいよ。ちょうど晩飯が始まるところだからさ。一緒に食べていきなさい」

勘一が言いましたけれど、西元さんも笈川さんも慌てたように手を振ります。

「いいえ、ご迷惑を掛ける上にそんなのは。それに、お子さんたちのいるところで話すような」

「なぁに」

勘一が笑います。

「子供たちは勝手に騒いで食べて大人の話に聞き耳なんか立てやしませんて。大人たちは全員身内みたいなもんですからな。何を話してもどこかへ漏らしたりしませんから安心しなさいな。何よりもね。今日は手巻き寿司なんでね、さっさと食べないと刺し身の活《い》きが悪くなっちまう」

それは確かにそうです。多めに用意してますから、若い女性が二人増えたぐらいでは何ともないですし、ちょうどいいかもしれませんよ。

かんなちゃん鈴花ちゃんに小夜ちゃん。そして真幸くんの子供たちは案の定、若いお姉さんが増えたところで喜ぶだけで特に気にしません。端っこの仏間の方で、玲井奈ちゃんと夏樹さん、それに花陽と亜美さん、和ちゃんも相手をしてくれて美味しそうに食べています。

紳一さんと汀子さんは本当に何事だろうと思っている顔ですけど、隣に座った芽莉依ちゃんがまったく動じずに研人と一緒にご飯を食べながら聞いているので、それに倣っていますね。

西元さんと笈川さん、並んで座っています。きっとそんな心持ちではないのでしょうけれど、勘一に勧められて断るのも失礼かと手巻き寿司を自分で作ります。皆もそれぞれに食べていますよね。何事なのかはまだよくわかりませんが、騒ぎには慣れた我が家の皆です。平気で食べていますね。

「あの」

西元さんです。

「改めまして、西元さおりといいます。あまり売れてはいませんが女優をやっています」

「あの幻の女優と言われた、五嶋香奈江《ごとうかなえ》さんのお嬢さんですな？」

勘一が言います。

「そうなんです」

五嶋香奈江さんは、池沢さんと同時期に活躍された方です。

「お母さんは、池沢さんとは一時期ライバルのように扱われた女優さんでしたな」

勘一が言うと、池沢さん、少し恥ずかしそうに微笑みます。

「世間様がそういうふうに書き立てたのは知っていますけど、私たちにはそんな思いはありませんでしたよ。共演したこともなく、お会いしたのは対談と、撮影所で偶然に二、三度あったぐらいでしたけど、年も近いしすぐに仲良くなりました」

青が検索してますね。

「この人ですね。本当だ。若い頃の池沢さんとよく似てますね」

そう言われていましたよ。

「突然の引退には大騒ぎしましたな。まだ若いのに」

池沢さんは、こくり、と頷きました。

「私も当時それを聞いて驚きました。まだ、三十前だったと思いますけど。さおりさん」

「はい」

「お母様はその後お元気ですか？」

「はい。今は本当にただの一般人として、鹿児島県で暮らしています。兄二人と姉と、私の四人の子供がいます」

池沢さんが微笑みます。

「お幸せそうで、良かった」

さおりさんも少し微笑んで、頷きます。

「引退した本当の理由はわかりませんし、教えてくれませんでした。でも、池沢さんへのライバル心みたいなものはあったはずです。この人には絶対に敵《かな》わないって思ったと、以前に言っていたのを覚えています」

そうでしたか、と池沢さん頷きます。それは、それぞれの思いですよね。どんな世界でもそうでしょうけど、自分との戦いなのですよ。

「しかしさおりちゃんはぁあ本当に若い頃のお母さんにそっくりだねぇえ」

我南人です。初対面でもちゃんづけですけれど、大丈夫ですか。

「よく言われます。でもそれが、自分の魅力に繋がらないところが、辛いところですけど」

西元さんが少し淋しそうにしました。いわゆる二世俳優ですね。でも五嶋さんの場合は既に引退して久しいので、親の七光りなんてのもなかったでしょう。西元さんが、隣の笈川さんを見ます。

「売れない私は、昔に女優さんのヌードを撮って一世を風靡《ふうび》した石河さんにお会いすることができたんです。母も、現役のときに撮ってもらっていましたし、その写真を母は大切にしていたんです。ヌードではなかったですけれど。それで」

少し恥ずかしそうにしましたね。

「売れない女優を何とか抜け出したいと思って、石河さんにヌードを撮ってもらったんです。話題になるんじゃないかと思って、母や、そして良く似ていたという池沢百合枝さんに似せてもらうように。わざと、あの当時のメイクをしたり、光の具合も古くさくモノクロにしてもらって」

ポン！　と、勘一が膝を叩きます。

「ようやく話が見えましたな。あの写真は、西元さんだったと」

西元さん、笈川さんが顔を上げて勘一を見ます。

「見つけていたんですか？」

「ついさっきですな。青が見つけて慌てていましたぜ。これは池沢さんのヌードではないかってね」

まぁ、と、池沢さんが微笑みながらも少し驚きます。我南人がごそごそしたと思ったら、座布団の下からあの雑誌を取り出しました。そんなところに置いといたんですか。まさか後で池沢さんに見せようと思っていたんでしょうか。

「皆には見せないからねぇ、さおりちゃんいいでしょう？　池沢さん、その写真ってこれなんだぁ」

我南人が池沢さんにこっそりと、雑誌に挟み込んだ写真を見せたようです。我南人はひょっとしたら気づいていたのですね。これは若い頃の池沢さんの写真ではない、と。考えれば若い頃の池沢さんの本当の姿をいちばん知っているのは我南人なんですから、当然ですか。

池沢さんはゆっくり頷いて微笑みます。

「とても、きれい。私の若い頃よりずっときれいですよ西元さん。良いお写真です」

「ありがとうございます！　でも、結局は発表できなくてそして私は仕事が入っちゃったのでそのままになっていて」

「私なんです！」

西元さんの言葉を遮って笠川さんが言います。

「その写真をそこに挟んだのは、私なんです」

「笈川さんが？」

青が驚きましたね。

「私は、父と母が離婚した原因は、ずっと池沢さんだと思い込んでいたんです。何故かというと、当時の週刊誌でその記事を読んだからです。まだ小さかったんですけれど偶然に父のところで見つけてしまって」

あったんですよね。池沢さん、こくりと頷きます。

「ありましたね。でも、そんなことは本当に一切なかったですよ」

笈川さん、頷きながらも唇を噛《か》みしめました。

「そんな思いも大きくなるにつれて忘れていたんです。それで、父が死んで、遺品の整理を任されたときに、その写真だけヌード写真だったんです。それを見つけて、びっくりしちゃって。てっきり池沢さんで、あの噂は本当だったんじゃないかと。そのときに」

あ！　と青が声を上げました。

「俺のことを思い出したんだ！」

ごめんなさい！　と笈川さん頭を思いっきり下げましたね。

「ちょっと意地悪な気持ちになったんです。古本を処分しようと思ったときに〈東京バンドワゴン〉さんがいちばんだって思い出したのは本当なんです。でもちょっと、我南人さんの息子で池沢さんともそういう噂のあった青さんに皮肉っぽい、悪戯っぽい気持ちになっちゃって」

「それで、あの写真を挟んでおいたってことか。見つかっても見つからなくてもどっちでもいいや、ちょっとした騒ぎになったらそれはそれでってかい？」

勘一が言うと、また頭を下げながら笈川さんが言います。

「でも、今日、西元さんから電話を貰ったんです」

西元さんが頷きました。

「私、ずっと香港にいたんです。向こうのインディーズの映画の撮影をやっていて、昨日の夜に帰国して初めて、石河さんが亡くなったと聞かされて」

「電話で西元さんに父の写真などはどうしたのかと訊かれて全部〈東京バンドワゴン〉さんに預けたって教えたんです。そして『遺品の中に自分の写真はなかったか』と訊かれました。そのときにはなかったって答えたんですけど、電話を切った後で、突然、あ！　と気づいたんです。あのヌード写真は池沢さんの若い頃のものではなくて、西元さんのものだったんだって。それで、慌てて青さんに電話して飛んできたんです。私、本当にとんでもない勘違いをして、そして意地悪してしまって」

ごめんなさい、すみませんでしたと笈川さん、また頭を下げます。

なるほどそういうことで、今日のどたばたになったのでしたか。笈川さんは、五嶋香奈江さんも、そして西元さんのこともよく知っていたんでしょうね。それで、電話を貰ったときにすぐにピンと来たんでしょう。

ようやくこれで、お二人がばたばたと駆けつけたのがわかりましたね。

「まぁそんなに謝らないでよ」

青が笑います。

「事情はわかったし、俺が親の七光りの二世なのは本当だし、そういう思いを抱いている人のこともわかるしね。何てことないよ」

「青ちゃん全然七光り活用できなくて光ってないもんね」

「うるさいよ研人。まぁとにかく」

笈川さんを見ます。

「いい取引をさせてもらったのでよしとしましょうよ。思わぬ写真も見られたし。あ、ごめんなさい西元さん。俺と親父以外の男は見ていないですから」

西元さん、恥ずかしそうに笑いましたね。

我南人が、座卓の上で雑誌を広げました。ちょっと驚きましたけど、そこにはあの写真はなくて、池沢さんのグラビアページです。素敵な衣装の池沢さんが写っていますが、池沢さん少し恥ずかしそうですね。

「LOVEだよねぇ」

それを言うのですね。

「石河さんにはさぁ、雑誌へのLOVEがあったんだよぉ、ものすっごく大きなLOVEがさぁ。そのLOVEをぉ、女優さんたちも感じたからこそ、自分たちを撮らせて載せることにオッケーを出したんだぁ。LOVEを感じながらぁ、LOVEを込めてぇ、最高の自分たちをねぇ。決していやらしい気持ちなんかなくてさぁあ、そうだよねぇえ？」

我南人が池沢さんに言います。池沢さん、少し苦笑いしましたね。

「私たち女優はそれが映画でもスチールでも、カメラの前に立つときに向こうにいる方々の情熱を感じることがあります。それが私たちの中に入ってくるんですね。それを感じられない現場は、やはり納得がいかないものです」

池沢さん、西元さんを、笈川さんを見つめます。

「五嶋さんは、素晴らしい役者さんでした。そして、石河さんも、素晴らしい編集者でカメラマンさんでした。そういう情熱を持った方々とお仕事ができた私はいつも幸せでしたし、その気持ちが、スクリーンや写真を見る皆さんに伝わったからこそ、残っていくものだと思います」

まだ若い女優と映画関係者のお二人へ、一時代を築いた女優さんの金言でしょうか。西元さんも笈川さんも、ありがとうございますと頷いています。

「おじさん、おばさん」

突然研人が、芽莉依ちゃんのお父さんお母さんを呼びましたね。この流れでいきなり呼ばれたので驚いてますよ。

「なんだい？　研人くん」

「親父も、母さんもさ」

うん？　と紺と亜美さんが首を傾げます。研人が正座をしましたね。隣にいた芽莉依ちゃんも同じように正座しましたよ。

「結婚するから」

「けっ！」

誰かが変な声をだしましたね。勘一が飲もうとしていたビールを思わず噴き出すところでしたよ。

「結婚って！」

亜美さんが慌てて言います。

「ごめん。それを言うのはちょっと早過ぎた。言い直します」

研人が右手を広げて皆に向けます。隣に座った芽莉依ちゃんが可笑しそうに笑ってますね。

つまり、まだ何を言い出すのかわかりませんが、二人でもう話し合ったことを話しているんですね。

「おじさん、おばさん」

「は、はい」

「どうぞ、二人で北海道へ行ってください。芽莉依は僕が、この家で預かります」

ええええ、というハートマークに溢れたような声が向こうから響きましたね。玲井奈ちゃんと和ちゃんですか。

「僕たちさ、僕たちはさ、ずっと一緒にいるって決めているんだ。でも、僕は高校を卒業したらミュージシャン一本になる。日本中飛び回って皆に音楽を届ける。世界にだって行くつもりがあるし、行けると思ってる。そして、芽莉依はきっといい大学に行って、ゼッタイに国際的な仕事をする。国連とかの仕事だってできるすっげえ頭を持ってるし自分でもそういう仕事をしたいって思ってる。だからやっぱり世界中を飛び回るかもしれない。そうなると全然一緒のところで過ごせない二人になるかもしれない」

研人は真面目に、きちんと、紳一さんや汀子さん、紺や亜美さんの眼を見ながら静かに話していますね。

「でも、どこにいたって、離れ離れになっていたって二人の心は一緒なんだ。一生二人で生きるんだって決めてる。だから、まずは僕が十八になったら婚姻届を出そうと思ってる。まず、そういう二人の気持ちを、皆にわかってもらおうと思って話してます」

芽莉依ちゃんも、大きく頷きました。

「その上で」

研人が紳一さんと汀子さんを見ました。

「おじさん、おばさん」

「は、はい」

「北海道へ単身赴任じゃなく、二人で行ってください。せっかくまた結婚したのに芽莉依がいるから単身赴任するなんて、彼女も悲しいんです。だから芽莉依をこの家に置いて、二人で向こうで仲良く暮らしてください。それが、芽莉依の望みでもあるんです」

「お父さんお母さん」

芽莉依ちゃんです。

「お父さんもお母さんも一緒に暮らしたいのに、私を転校させるわけにはいかないからって無理しないでください。もう決めたことだからなんて言わないでください。二人で北海道に行ってください。高校はあと一年半。受験も何もかも、私は一人でも大丈夫です。研人くんがいるから」

紳一さん、汀子さん、眼をしばたたかせています。

「いや、それは、え、でも」

慌てています。でも、汀子さんは照れ臭そうに、でも少し嬉しそうに顔を綻ばせました。

「研人」

紺です。

「それは、平本さんに言う前に、父さん母さんに相談してから言うことじゃないか？　何も聞いていないぞ？」

研人が紺を見てにっこり笑いましたね。

「親父に相談したら、そんなのはダメだって言う？」

紺が思わず苦笑しました。

「言わないな」

亜美さんも笑い出します。

「うちの男性陣は、芽莉依ちゃんのファンばかりだから大喜びするわね」

そう言って亜美さんが我南人を見ましたね。

我南人が、ポン！　と座卓を叩きました。

「LOVEだねぇ」

皆が笑います。さすがにこれは、この場にぴったりの台詞だと言わざるを得ませんね。

勘一も手で頭をごしごしと擦《こす》ってにやついていますね。

「平本さん」

「あ、はい」

「結婚てぇのはまぁ後回しにして、そういう事情ならどうです？　少なくとも高校卒業までは芽莉依ちゃんをうちに預けては。なに今までもずっと来ていたんだし、夏休みもここにいるって決まっていたんですから、そのまま延長すればいいだけの話ですぜ」

　そうですよね。

　それにしても研人。誕生会の目的はこれでしたか。藤島さんに相談していたのもこのことですねきっと。

*

　今日も蒸し暑い夜です。寝苦しいでしょうけど、クーラーを利かせ過ぎてはいけませんよね。

　あら、誰かが裏玄関から入ってきましたね。花陽か研人か、あるいはかずみちゃんだとは思いますけど、縁側に現れたのは研人でした。わたしを見てにっこりしましたから、見えているんですね。

　そのまま台所に行って、手にしているのはペットボトルの飲み物ですね。喉が渇いて取りにきましたか。向こうにもかずみちゃんの部屋に冷蔵庫はあるのですが、もう眠っちゃってますよね。

研人がそのまま仏間に来ます。そこで寝ていたベンジャミンとポコのお腹を撫《な》でていると、紺が二階から下りてきましたね。

「なんだ、研人か」

「うん」

裏玄関の開く音が聞こえたので見に来たのでしょう。

「ばあちゃん、いるのか？」

「いるよ。そこに座ってる」

頷いて紺が仏壇の前に座り、おりんを鳴らします。

「ばあちゃん」

「はい、お疲れ様。今日は随分と美人さんが集まって、華やかな夜だったね」

「まったくだね。何事かと思ったけどさ」

「写真も西元さんの手に戻ったし、小さな誤解も解けたし万万歳だったよ」

「しかしあれは本当に池沢さんによく似ていたよね」

「大ばあちゃんの口の動きを見てると、何となく言ってることわかるね。今日の話題が何かを知ってるから」

研人が笑いながら言います。

「そうだな。あの写真の話だから」

「研人」

「あ、今オレを呼んだでしょ」

「呼んだよ。わたしはね、研人によくやったと言いたいね。あんなふうに言えるなんてのは、うちの男たちの中では研人だけだよ。立派だよ」

「わー、何言ってるかわからない。でも、大ばあちゃんの表情で褒められたのはわかる」

「悔しいから教えてやらないぞ」

「なんだよ」

「あっという間に、子供たちは大きくなるね」

「そうだね。それにしても研人、あれを言い出すタイミングはどうだったんだ？」

「だってさ、まさかあんなことが起こるなんて思ってないし。あのままチャンチャンで終わったらこっちがタイミングを逃しちゃうしさ。けっこうドキドキだったんだぜ」

　確かにそうですよね。研人にしてみればとんだ出来事で危うく何もかもうやむやになるところだったんでしょう。

「あれ。終わりかな？　まだ見えるか研人」

「見えなくなった。それにしても大ばあちゃんがずっと見えてずっと喋れるかんなはスゴイな」

本当にね。もう少しかんなちゃんが大きくなったら、ずっとお話しできるのが楽しみですよ。

「おやすみ、ばあちゃん」

「おやすみ、大ばあちゃん」

はい、おやすみなさい。ゆっくり休んで、また明日もよろしくお願いしますね。


我南人じゃありませんけれど、恋とか、愛とか、男も女も一生その思いを抱えながら生きていくものですよね。

恋は幼くて、愛は大人なんて言いますけれど、誰が決めたのでしょうか。そもそも恋と愛の違いを説明できる人なんてたぶん誰もいませんよね。いたところで鼻白んでしまうでしょう。

どんなに小さい子供でも、好きという感情を持っています。きっとまだその言葉を知らない赤ちゃんでも、好きと嫌いは心の中にあるんだと思います。そうすると、人間という動物は生まれたときから死ぬまで、その好きという感情が心の真ん中にあって生きていくものなのでしょう。

それが恋とか、愛とかに、言葉を変えるだけですよね。

研人と芽莉依ちゃんのように、幼い頃から始まった無邪気な恋でもいくつも積み重ねれば、愛の重さと同じになるのかもしれません。なんか悔しいですけど、案外我南人の口癖は真理を突いているのでしょうか。

若くても、年を取っていても、LOVEはLOVEなのでしょう。

秋 ヘイ・ジュード

一

ご近所の庭に咲いた金木犀《きんもくせい》の香りが、少し冷たい風に乗って漂ってきました。縁側の戸を開け放つことも少なくなって、秋なんだなぁと思いますね。

とはいえ、このところは毎年のように言っているような気がしますが、残暑が厳し過ぎますよね。どこまでが夏でどこからが残暑なのか、そしていつ秋になるのかと文句を言いたくなることもあります。

紺が言っていましたが、あと百年もすると四季ではなく三季、スリーシーズンぐらいに色分けしなくてはピンと来なくなるのではないかと。春から夏、冬ですかね。そうなると秋が本当に可哀相になってしまうので、そんなことにはなってほしくないと願います。

実りの秋がなくなってしまっては何を楽しみにすればいいのでしょうね。

小さいものばかりですけど、古くから住む人が多いこの辺りの庭には、秋に嬉しい実りをつけるものがたくさんあります。

柿に栗《くり》、団栗《どんぐり》に銀杏《ぎんなん》といったものですよ。わたしたちが若い頃には張り出した枝から柿の実を黙って取ろうとして怒られる子供がよくいました。少し大きな庭をお持ちの方々が、子供たちを庭に呼んで好きなように栗拾いさせたりもしていました。そういえばそれぞれのお寺では落ち葉でさつまいもを焼いたりもしていたのですが、それもすっかりなくなってしまいましたね。

その代わりにスーパーなどで甘い石焼き芋の香りが漂うようになりましたけど、まぁそれも新しい風情というものでしょうか。案外今の子供たちはそれで秋の季節を感じているかもしれませんね。

我が家の庭の秋海棠《しゅうかいどう》はわりと遅咲きなのですけれど、今年も昨年と同様早々に咲いてくれました。それに競うように花咲いた色とりどりの秋桜《コスモス》と一緒に、ガラス窓の向こうで眼を楽しませてくれます。

夏に近寄ってくると暑いからやめて、などと避けられる我が家の猫たち、玉三郎にベンジャミン、ノラにポコたちが、今度は皆に抱っこさせてーと引っ張りだこになるのも秋ですよね。

玉三郎とノラはまだ若い猫ですけれど、ベンジャミンとポコはそろそろ尻尾の先が分かれ始めるのではないかという年齢になってきたはずです。どちらも元は捨て猫だったので正確な年齢はわからないのですが、たぶん二匹とも十四、五歳か、あるいはもう少し上かです。先代の玉三郎とノラが虹の橋を渡ってしまったのは二年ぐらい前でしたかね。いつかまたそういう日が来るのでしょうけど、いつまでも元気で皆を暖めてほしいですよ。

つい先日、ずっと我南人たち〈LOVE TIMER〉が作っていた、おそらくは今のメンバーでの最後のアルバムが完成しました。タイトルは『LAST SONG』。話し合って決めたのでしょうか。ボンさんの病気は公表していますから、ファンの皆さんにはとても感慨深いタイトルなのではないでしょうか。

そんな秋が深まり始める十月初め。堀田家の朝は変わらず賑やかです。

朝一番に起き出してくるのは、堀田家の家事一切を取り仕切るかずみちゃん。もう七十過ぎて年を重ねるのは止めたと言ってますけれど本当にいつまでも元気です。これも、ずっと無医村を渡り歩いてきたバイタリティの為せる業《わざ》なのでしょう。とにかく動いていないと死んでしまうとばかりに一日中何かしらやっています。藍子がいなくなっても皆がそれぞれの仕事を滞りなくできるのは、かずみちゃんのお蔭ですよね。

かずみちゃんが起きてくると同時に亜美さんにすずみさんがやってきます。花陽も顔を出しますね。そうして芽莉依ちゃんもやってきます。花陽も芽莉依ちゃんも勉強第一なのだから無理に朝は起きてこなくていいと言ってるのですけど、二人ともこうして朝早く起きる生活にして一日を過ごした方がいいそうですよ。まぁ何事も自分にあった習慣を身に付けるのが一番ですよね。

研人は変わらずかんなちゃん鈴花ちゃんにダイビングされて起こされます。藤島さんもどうやら昨夜はこちらに泊まったようですね。二人に起こされて研人と一緒にやってきました。

勘一に我南人、紺と青も起きてきます。

夏休みから芽莉依ちゃんが花陽の部屋で一緒に暮らすようになり、何故かかんなちゃん鈴花ちゃんは、皆の箸を置く作業を芽莉依ちゃんに任せるようになってしまいました。しかも自分たちは置く場所を指示するのですよね。これはひょっとしたらとんだ小姑《こじゅうと》になるのではないかと皆で話していました。

最初は芽莉依ちゃんは、我が家の二階、将来のかんなちゃんと鈴花ちゃんの部屋に住んでもらおうと思ったのですが、花陽が〈藤島ハウス〉のあの部屋に一人では広過ぎるからと言ったのですよ。確かにあそこは二人でちょうどいいですよね。研人の場合は楽器がやたらありますからちょうど良いのですけど。

今日の朝ご飯は、白いご飯におみおつけ。具はさつまいもに玉葱です。コロッケは昨夜の残り物を温め直していますね。カボチャとベーコンの甘辛炒めに、スクランブルエッグにはほうれん草とチーズを混ぜてます。胡麻豆腐に焼海苔に梅干し。おこうこはたくわんですね。

皆が揃ったところで「いただきます」です。

「藤島さん、髪切った？」

「わぁこのさつまいも、甘い」

「ねぇめりーちゃん、めだまやきとすくらぶるどっちがすき？」

「なんか胡麻豆腐の色が変わったよね」

「切ったよ。カッコいいだろ」

「あ、納戸《なんど》の炬燵《こたつ》を持ってっていいかな。私の部屋に」

「うーん、目玉焼きかなぁ。でもどっちも好きだよ」

「こりゃあ、味噌汁に入れるのは甘過ぎたね。あとは違う料理にしようかね」

「いや、おっさん臭いよ」

「すずかはすくらんぶるかなー」

「あー、炬燵な。もう一個買わなきゃ足りないかも。ホットカーペットは？」

「マジかい」

「胡麻の色が違うんじゃないかしら。少し黄みがかっているわよね」

「花陽ちゃん床暖房、利いてないかい？　業者に見てもらう？」

「あー僕の部屋もぉ、ホットカーペット敷きたいなぁあ。研人買ってよぉお」

「おい、昨夜食べたあれ残ってないのか。クリームチーズ」

「違うの。芽莉依ちゃんと二人で炬燵で向かい合って勉強したいねって話したの」

「何でオレが買うの」

「はい、旦那さん。クリームチーズです」

「勉強するってところが偉いわよね。研人と違って」

「旦那さん！　味噌汁に入れるんですか！」

「味噌とチーズが合うだろうが」

それは確かに合うでしょうけれど。すずみさんも長年驚いてばかりですから、こうなったらそれを全部記録して、流行《はや》りのインスタとかで世間様に発信してはどうでしょうね。何が流行るかわからない時代ですから、思わぬ有名人になるかもしれませんよ。

「そういえば、裕太くん」

亜美さんです。

「裕太がどうした」

「ついに、プロポーズしたらしいですよ。あの野島真央さんに」

おおおお、という声が一斉に上がりましたね。

「玲井奈ちゃん言ってたの？」

花陽が訊きます。

「そうらしい、って、昨日」

「らしいって、まさか失敗したわけじゃないだろうね？」

かずみちゃんです。

「いや、そういうわけじゃなくて、間違いなく成功したはずなんだけど、今一つ盛り上がりに欠けているんですって」

「なんだよ盛り上がりって。オッケーだったらそれで万万歳じゃねぇか」

「それがですね」

亜美さん、ぐいっと身体を前に倒しながら裏の増谷家の方を見ましたね。

「野島さんの家のこと、私たち何も知らないじゃないですか」

うむ、と、皆が頷きます。それほど深く知ってるわけではないですね。一度昔の写真の騒ぎがあって、今では真央さんも我が家の常連さんになってくれていますけど。

「お父様はどこぞの会社社長さんで、目白《めじろ》に家があるんですって」

「なるほど」

「それでね、もうお付き合いしていることは知られているし別に反対とかいう話じゃなくて、裕太くんが結婚式で悩んでいるんじゃないかって」

あー、と男性陣が声を上げます。

「豪華な挙式とかねー」

「向こうは親戚一杯なのにこっちはいないとかね」

それはもう、我が家はいろんな問題が満載の結婚式ばかりでしたからね。身にしみてわかりますね。勘一も苦笑いします。

「たとえ真央ちゃんがそんなこと望んでなくてもなぁ」

「結婚式って、本人たちより家のためにするような部分がありますもんね、いまだにこの日本では」

芽莉依ちゃんが言います。実に的確な指摘ですよね。あれなんです。芽莉依ちゃんが一緒に暮らすようになって、研人が言っていた〈芽莉依ちゃん天才説〉がわたしたちにもよっくわかりましたよね。

本当に芽莉依ちゃん、頭も良ければ知識も豊富なんです。見た目の可愛らしさと柔らかな雰囲気とはものすごいギャップなんですよ。

「祐円とこでやりゃあいいのにな。神前なんてどこでやったって同じなんだからよ」

勘一が言います。

「まぁあれだ。もしも何か言ってきたら相談に乗ってやればいいさ」

その通りですね。できることは限られているでしょうけれど。

「あ、オレ今夜御茶ノ水《おちゃのみず》でライブあって遅くなるからね！」

「あぁ、はいはい。気をつけてね」

亜美さんが頷きます。

「わかってる」

研人のバンドの単独ライブではなく、三つぐらいのバンドが出るものだって言ってましたね。出番も三十分ぐらいで終わるとか。

そういえばわたしは研人の〈TOKYO BANDWAGON〉のライブハウスでの演奏を聴いたことがありません。三十分ぐらいで終わるのならば、ちょっと覗いてきましょうか。場所も知ってるところでしたから、すぐに行って帰ってこられます。

朝ご飯が終われば、それぞれに支度です。

花陽と研人と芽莉依ちゃんは学校へ、かんなちゃん鈴花ちゃんは、カフェに顔を出して常連の皆さんに愛嬌を振り撒いてから、ダッシュして幼稚園バスがお迎えに来るところへ行きます。

ほぼそれと同時に、裏の家から玲井奈ちゃんが庭を横切ってやってきます。今日もカフェのカウンターには亜美さんと玲井奈ちゃん、ホールは青とすずみさんが入ります。

古本屋の帳場には勘一がどっかと座り、亜美さんが熱いお茶を運んできました。一年中この熱いお茶で一日が始まる勘一ですけど、熱さがありがたい季節になってきましたね。

「はい、おじいちゃんお茶です」

「おう、ありがとな」

勘一がお茶を啜《すす》ると同時に、今日はカフェの方から祐円さんが入ってきましたね。

「ほい、おはようさん」

「おう、おはよう」

祐円さん、いつものお孫さんの〈お上がり〉のジャージです。今日のは赤黒のジャージですね。そして裏にボアがついた厚手のパーカーが暖かそうです。

「勘さんよ、イギリスでまたテロとかあったじゃないか」

「おう、そうよな」

「藍子ちゃんとマードックは大丈夫だったのか？」

そうなんですよね。ひどいニュースが世界中を駆け巡っていましたけれど、大丈夫でしたよ。

「ありゃあロンドンの話で、マードックの家は田舎だからな。何てことはないぜ。昨日もほら、ネットのスカイプとかで皆と話していた。元気だぜ」

「そうかい、そりゃ良かった」

何でも向こうでも個展を開いて、ご好評をいただいて藍子の絵も売れているようですよ。マードックさんのお母さんは腰がどうにもいうことをきかなくなって、車椅子での生活を強いられているようですけど、それでも元気に過ごされているそうです。

「そういや祐円よ。裏の裕太が何か言ってきたか？」

「裕太が？　いいや？」

「そうかよ。何でもプロポーズしたらしいんだ」

「おお、そりゃ目出度いな。うちで式か？」

まだわかりませんよ。

「いやもしもよ、そんな話が来たら上手いこと相談に乗ってやれよ。ご近所価格でよ」

「おう、まかしとけ」

一生に一度の大事な結婚式ですよね。上手い具合に進んでくれればいいのですけど。


午前九時を回って、カフェのお客さんも引けてのんびりした空気が流れています。すずみさんも古本屋に戻ってきて、本の整理をしています。今日はこの季節にしては陽差しが強いみたいで、暖房をつけていると少し部屋の中が暑く感じるようです。勘一はカーディガンを脱いでいますね。

からん、と、古本屋の戸が開いて少し冷たい空気が流れ込んできます。お客様ですね。

「どうも」

トレンチコートに大きな革の鞄《かばん》、記者の木島《きじま》さんですよ。今はライターと呼んだ方がいいのでしょうかね。

「おう、木島」

勘一が微笑んで迎えます。木島さん、コートを脱いで壁のフックに掛けて、帳場の前の丸椅子に座ります。

「久しぶりじゃねぇか。どっか行ってたのか？」

「いやもうここのところは机にかじりつきでしてね。すっかりデスクワークばっかりなんですよ。参りました」

「けっこうなことじゃねぇか。おめぇももう若くないんだからよ」

そうですけどね、と、木島さん笑って足を軽く叩きます。

「どうも足でネタを稼ぐってのが性に合っていてね」

「でも木島さん、今は〈藤三記念館〉の方をやっているんでしょ？」

そうでしたよね。基本的には藤島さんの会社との契約で仕事をしている木島さんです。藤島さんから直接入ってくる仕事で右往左往しているといつも笑って文句を言ってますよね。

「名前はまだ未定ですけどね。今のところ〈FUJI　書道アートセンター〉ってのが仮んよ。
笑ってしまいます。そんなふうに言いますけれどそんなにセンスがないとは思いませ
「相変わらず藤島はネーミングセンスがねぇよな」
称でして」

「あ、お茶でも飲みますか？」

「あぁいや、ちゃんとお客になるので、コーヒーを貰えますかね」

はい、と、すずみさんがカフェに向かいます。勘一が煙草に火を点けて、煙を吹かします。

「そういやぁ、どうだい。渡辺さんは元気でやってるかい」

木島さん、頷きます。研人のバンドのベース、渡辺くんのお父さんですよね。藤島さんのところで採用されましたけれど。

「しっかり働いていますよ。元々前の会社でもきっちりやって評判良かったそうですぜ。それがまぁ社内の統合のあおりをくらっちまってリストラされただけで、能力はある人ですよ。それは間違いねぇです」

「そりゃ良かった」

すずみさんがコーヒーを持ってきたときに、また古本屋の戸が開きました。入ってきたのは中年の男性ですね。見たことない方ですので、普通のお客様でしょうか。

「いらっしゃいませ」

すずみさんと勘一が言います。古本屋に来られる方は、とにかく本好きです。本をじっくり見たいのですから、余計な声を掛けません。どうぞごゆっくり、と沈黙を守ります。

木島さんがちょいと向こうに行きますね、と、手と眼で勘一に合図してコーヒーカップを手にカフェに移動しました。そこに座っていてもいいのですけれど、あぁだこうだと会話しているとやはりお客様は気になりますよね。

中年の男性、恰幅《かっぷく》の良い方ですね。仕立ての良さそうなコートに磨かれている革靴。丸顔で黒縁眼鏡を掛けています。

ゆっくりと店内を回って、本棚を見ています。けれども、ちょっと変ですね。

すずみさんが本を整理しながら横目で観察しています。勘一も気づいたようですけど、知らないふりで文机に置いた本を読みながら、見ていますよね。

長いことこういう商売をしていますと、本を探しに来た人はわかります。ただの冷やかしというのは、古本屋ではほとんどないんですよ。たとえ今日はお金がなくて買えないとわかってはいても、本好きであればついつい棚に並ぶ本に神経がいってしまうんです。

この中年紳士。本を見ているようでほとんど見ていません。店の様子をそれとなく観察していますよね。

かといって、万引きをするような雰囲気でもありませんし、同業者がセドリをしに来たわけでもないようです。セドリというのは安く売られている本を見つけて、それを違う古本屋に高く売ること、もしくは自分のところで売ることですね。

そんなに利幅が大きいわけでもないのですが、そういう輩《やから》は消えてなくなりません。でも、そんな感じではまったくないですね。

「すみません」

ぐるりと回った後に、勘一に声を掛けてきました。

「ほい、なんでしょう」

「このまま、向こうのカフェに行ってもよろしいのですか？」

そう言ってカフェの方を指差します。

「もちろん、構いませんぜ。本を持っていって読んでも構いません。その場合は本の値段によっては、カフェで注文したものに、本代で割り増し料金が掛かりますがね」

なるほど、と、中年紳士は頷きます。

「おいくらぐらいですか？」

「ほぼ全部が一割ですな。千円の本を持っていって読むのであれば、五百円のコーヒーが六百円になります。もちろん、全部読み切るまで粘ってもそれ以上の料金はいただき

「ません」

　またなるほど、と、頷きます。

「では今回はお茶だけで」

「どうぞどうぞ」

　ゆっくりと中年紳士は歩いていきます。さり気なく歩いていましたけど、わたしは見えましたね。ちらりと居間の中の方も観察していましたよ。

そのままカフェでコーヒーを頼んで、ゆっくり味わうかと思えばあっという間に飲んで、帰っていきます。

カフェでコーヒーを飲んでいた木島さんがすぐに古本屋に走ってきました。

「何者ですかね。ちょいと挙動不審でしたぜ」

「おめぇもそう思ったか」

勘一が渋面を作ります。

「見当もつかねぇが、古本を見にきたわけでもなし、コーヒーをのんびり飲みたかったわけでもなし、だよな」

木島さん、すぐにコートを手にしましたね。

「ちょいと後を尾けて正体を突き止めてきますぜ」

「おいおい、おめぇ忙しいんだろうよ」

勘一が慌てて止めようとしましたが、ご心配なく！　と叫んで風のように出ていってしまいましたね。

「何か申し訳ないですね木島さんいつもいつも」

すずみさんが言いますが、勘一はちょっと顰め面をした後に笑いましたね。

「いや、あいつはな、結局ああいうことが好きなんだよ。デスクワークで身体がなまって仕方なかったんだろうさ」

案外そういうことなのかもしれません。

二

ランチタイムの忙しさも終わって、そろそろ玲井奈ちゃんの娘さん、小夜ちゃんが小学校から帰ってくる頃です。

小夜ちゃんは家に帰っても誰もいませんから、学校からそのまま我が家にやってきて、幼稚園から先に帰ってきていたかんなちゃん鈴花ちゃんと遊んでいることが多いのです。もっともすぐ裏の隣同士の家ですから、ほとんど自分の家に帰ってくるのと同じなんですけどね。

我が家に来れば、皆がいますから小夜ちゃんもその方が楽しいみたいです。

「あのですね。勘一さん」

玲井奈ちゃんが、古本屋に来ました。

「おう、なんだい」

自分のスマホを持って、玲井奈ちゃん何かニヤニヤしています。

「今、兄からＬＩＮＥがありまして、勘一さんは今日はお店にいるかと確認してきたんです」

ほう、と、勘一頷きます。

「俺は毎日いるけどな。今日は裕太は休みか？」

「いえ、会社に行ったはずですけど、ひょっとしたら午後から休みを取ったのかも。ほら、真央ちゃんがシフト制なので」

「おう、そうか」

何か用事があって、真央さんの予定に合わせたってことでしょうかね。

「なので、ひょっとしたら二人で今、こっちに向かっているのかも」

なるほど、と、すずみさんもにっこりしましたね。

「何か、結婚に関して相談があるってことですかね!?」

「そうかもしれねぇな」

「あ、待ってください。またＬＩＮＥが入りました」

玲井奈ちゃんが、スマホの画面を見ます。

「夕方、あぁ普段通りに五時で上がってすぐですね。晩ご飯前にお邪魔して、ご相談したいことがあるそうです。真央ちゃんも一緒に来るそうです」

「了解したぜ」

勘一、にっこり頷きます。勘一こそ、こういう若い人たちに頼られることが仕事よりも大好きですよね。


裕太さんと真央さんが来ると言っていた時間になる前に、裏玄関が開いて「ただいまー」という声が響きました。あの声は芽莉依ちゃんですね。

家の中で遊んでいたかんなちゃん鈴花ちゃん、そして小夜ちゃんも一緒に玄関まで猛ダッシュします。

「おかえり！」

「おかえり！」

「あれっ、まおちゃん！」

真央さんですか。小夜ちゃんがそう言う声が聞こえましたね。

「よくきたあがれ！」

あぁ、かんなちゃんですね。見に行くと、スーツ姿の裕太さんと、真央さんが来ていました。意外と早く着いたのですね。

「どうぞ、おあがんなさい」

かずみちゃんが玄関まで迎えに行きました。玲井奈ちゃんはもう家族のように出入りしていますが、裕太さんは今もってこうやってきちんとやってきますよね。真面目な青年ですし、いいことです。

芽莉依ちゃんは、帰ってきたことだけ玄関から声を掛けて、すぐに着替えに〈藤島ハウス〉へ向かいます。いつものことですよね。

「おおじいちゃん、きたよー」

「おう」

鈴花ちゃんが呼びに行って、勘一が居間にやってきます。

「なんだよ。そんな他人行儀に突っ立ってねぇで座れ座れ。真央ちゃん、久しぶりだね」

「はい、ご無沙汰しております」

ふわふわの髪の毛を揺らして、きちんと頭を下げて挨拶します。真央さんも真面目な子ですよね。この二人は似た者夫婦になるのかもしれません。

二人で並んで、きちんと正座します。玲井奈ちゃんがニコニコしてヤッホーと小さく言いながら、二人にお茶を持ってきましたね。

「すみません、お忙しいところを」

「てやんでぇ、うちが別に忙しくはねぇことは知ってるだろ」

勘一もニヤニヤしながら意地悪を言いますね。こういう真面目な子たちをからかいたがるのは悪い癖ですよ。

「あの、それで堀田さん」

裕太さんが苦笑しながら言います。

「ほいよ」

「実は、今日はお願いがあって来ました」

うむ、と、勘一が頷いたところで、後ろで古本屋の土鈴の音が響くのが聞こえてきましたね。

「あぁ、堀田さん。今戻りましたー」

木島さんの声ですね。あれから随分と時間が掛かったようですけど、大丈夫だったんでしょうか。

「おう、こっちだ」

居間から勘一が呼んだので、木島さん、勝手知ったるなんとかですぐに居間に上がってきます。

「おう、裕太。それに真央ちゃんか」

「お久しぶりです」

裕太さんも真央さんもにっこりしますね。裕太さんはもう何度も木島さんには会ってますけど、真央さんはまだ数回でしたっけね。

「何ですか今日は二人で。何の相談です？」

木島さんが言って勘一が頷きます。

「まだ何にも聞いてないんだけどな。ちょいとごめんな裕太、真央ちゃん。木島も忙しいだろうからよ、先にそっちを片付けちまおうか。どうだった？」

へい、と、木島さん頷いて、ポケットから手帳を出しました。デジタルの時代ですけど木島さんはまだこうやって黒いクラシカルな手帳を愛用していますよね。

「何せあっちこっちを回るもんですからね。一体どこのどいつなのかさっぱりわからなかったんですが、結局自宅まで行っちまいました」

「自宅かよ。そいつはご苦労だったな。どこよ」

「目白でしたね。どうやらお金持ちらしいですぜ。家も立派なもんでした。表札しか確認できなくてすいませんでしたけどね。名前は〈野島久夫《ひさお》〉でしたね。聞いたことありやすかい？」

勘一が首を捻りましたね。

「まったく聞いたことねぇな」

わたしも覚えがありませんね。

「すずみちゃん、聞こえたかよ。知った名前か？」

古本屋からすずみさんが顔を覗かせます。

「知らないですね。うちの台帳にもないはずですけど、あれ？」

すずみさんが声を上げます。

「あれ？」

勘一と木島さんが思わずすずみさんを見ましたが、すずみさんはあっち、と指差しますね。

「あっち？」

勘一と木島さん、裕太さんを見ました。裕太さんの横で、真央さんがおずおずと手を上げていましたね。

「聞いたこと、あります、というか」

「あ？　野島ってそういやぁ」

そうでした。野島真央さんでしたね。

「目白に住む野島久夫は、私の父なんですけど、あの、何かありましたか？」

お父様でしたか？

「親父さんか？　こう、ちょっと恰幅が良くてよ」

「堀田さんご心配なく、ちゃんと押さえてますぜ」

木島さんがスマホを取り出します。そしてディスプレイをささっと操作すると、写真を出しました。ちゃんとデジタルも使いこなしているのですね。

「この人、お父さんかい？」

真央さんが眼鏡をかけ直して見ます。

「はい、父です。間違いないです。今日出勤していった格好です。あの、ひょっとしてここに来たんですか？」

さすが真央さん、察しがいいですね。

「そうなんだよ」

勘一が説明しましたね。本は買わずに、何やらいろいろ観察してコーヒー一杯飲んですぐに帰ったと。その様子がちょっと怪しかったので、たまたま来ていた木島さんが後を尾けたんだと。

真央さん、あぁ頭が痛い、というふうに顰め面をしましたね。

「どうもすみません。なんか、父のやりそうなことです。まさかこんなに早くにこっそり見に来たなんて」

困ったもんだ、というふうにがっくりしてますね真央さん。隣で裕太さんがちょっと苦笑しましたね。

「たぶん、野島さんはここがどういうところなのかまったくわからなかったので、単純に見に来たんだと思います」

「あの、ですね。今日お伺いしたのはですね、お願いがあったんです」

うむ、と勘一頷きます。それはさっき聞きましたね。

「私たちの式を、ここで挙げさせていただけないかと」

「真央は、前に玲井奈と夏樹くんがここでやった式を写真で見て、感激していたんですよ」

「おう、そうかい」

そうですね。裕太さんの妹、玲井奈ちゃんと夏樹さんは式を挙げていなかったので、写真を撮ったらどうだと。この居間と仏間を繋げて金屏風《きんびょうぶ》を立てて、白無垢《しろむく》に羽織袴姿の昔ながらの式をやったのですよね。

もちろん、裕太さんは出席しましたし、写真もたくさん撮りました。

「私も裕太さんも、記念に残るものであれば、式は質素でもいいと思っていたんです。何よりも、裕太さんは早く自分たちの家を建てたいっていう目標がありますから、そのためにもお金は倹約したいって」

「それは真央ちゃんも賛成ってことなんだな」

そうです、と真央さん頷きます。

「それで、裕太さんにプロポーズされて、父と母にも私が報告して、裕太さんが家に挨拶に来るのはこれからなんですけど、事前に式のことは言っておこうと思って。釘《くぎ》を刺しておかなきゃ、裕太さんが挨拶に来た瞬間に、父は式はどこそこのホテルでやるとか言い出しそうだったので」

そういうことですね。なるほど、と勘一も木島さんも、後ろですずみさんも頷きます。

勘一が言います。

「それで、お父さんに玲井奈ちゃんの式の写真を見せて、このように〈東京バンドワゴン〉をやっている堀田のところで、金屛風に白無垢で本当に家族だけの式を挙げたいと言ったわけだな真央ちゃんは」

「はい、そうなんです」

「お父さんお母さんは納得したのかい」

「それはもう。あの、偏屈だったりはしない親なので。私たちの好きなようにやりなさいと。でも、納得してなかったんですね。すみません、あの何でしたら父に電話して今すぐお詫びに」

「いやいや」

勘一は手をひらひらさせて、にっこりと笑います。

「謝るようなこっちゃねぇよ。娘の言う通りにさせてやろうと思ってのこったろうよ。

でも、信用はしてるけど、まさかのことがあって晴れの日を迎える娘を泣かせたくはないってな。心配してさってく仕事も放り投げて来たんだろうさ。いいお父さんじゃねぇか」

そうですよ。本当にいい親御さんです。

勘一、大きく頷きます。

「お父さんだって別に変装して来たわけじゃねぇしな。案外、裕太がきちんと挨拶に行って、よろしく頼むとなったら、ついてはその式を挙げたいという堀田の家に挨拶に行こうって言い出すんじゃないかと思うぜ？」

木島さんも大きく首を縦に振りました。

「ですね。その節は失礼しましたってね。俺も今日一日張り付きましたけど、人品《じんぴん》卑しからぬって感じの、素晴らしい紳士でしたぜ。お父さん」

真央さんがちょっと嬉しそうに微笑みました。

「おっとそうだな、お願いの件な。合点承知ってもんだ。裕太と真央ちゃんの結婚式、どうぞこちらを使ってください、だ。祐円にも言っておくぜ。しっかりと出張神式の手配を頼むぜってな。予算の方は心配するな。あいつにはタダでやらせる」

からからと笑いますが、駄目ですよ。おまけはしてもらうにしても、きちんと頼まないと。何せ真面目なお二人なんですからね。

＊

六時を回りました。

かずみちゃんも晩ご飯の支度を始めましたし、玲井奈ちゃんと小夜ちゃんも家に帰って行きました。我南人はどこへ行ったんでしょうね。そういえば昼から姿が見えませんでしたが。花陽はもうすぐ帰ってくる頃ですかね。

そろそろ研人のライブが始まる時間ですね。ちょっと行ってきます。

あぁここですね。そんなにたくさんの人が入るところではないようですね。

それでも、百人ぐらいの若者たちがいるでしょうか。外は少しばかり寒いのに、中は熱気でむんむんしています。

わたしは人にぶつかると弾かれちゃいますから、お行儀が悪いですけど浮かんでいましょうか。でも、それだと研人に見られちゃうかもしれませんよね。

壁にぴったりくっつくようにしていれば、人にぶつかることもないでしょう。背が低くてステージが見えないので、そこはちょっとだけ浮き上がります。

始まりました。研人と甘利くんと渡辺くんが出て来ます。

すごい歓声ですね。

ギターとベースとドラムの、いわゆるスリーピースバンドなのですが、始まった途端にすごい圧力がステージから客席に向かってきます。

ひょっとしたら研人たちは我南人たちより演奏が上手いかもしれませんよね。そして研人のボーカルはよく通ります。これだけの音圧があるのに、はっきりと歌詞が聞き取れますね。

あらっ、びっくりです。

客席の後ろの方に、麟太郎さんがいますよ。

研人のライブを聴きにきてくれたのでしょうか。でも、研人は知らせたりはしませんよね。ボンさんから聞いたのでしょうか。

研人は気づくでしょうか。客席はそんなに広くないですし、ときどき照明も当たりますから顔は見えますよね。あの子は目がいいですし。

研人のバンドの演奏が終わりました。この後に休憩が入って他のバンドが演奏するようですからわたしは帰りましょうね。

麟太郎さんも帰ろうとしていましたが、いったん外に出る人たちと新たに入ってくる人たちの列に押されてなかなか外に出られないようですね。ライブハウスは地下にありますし階段も狭いです。わたしは失礼ながら他人様の頭の上を漂ってお先に失礼しますね。

研人たちはすぐに出て来ますかね。まだ高校生ですから終わったらすぐに帰るようにと亜美さんからも言われています。

あぁビルの裏口から出てきたのが見えました。

「ちょっと先に帰ってて」

研人が甘利くんと渡辺くんに言ってます。

「どした？」

「麟太郎さんが来てたんだ。ほら、花陽ちゃんのカレシ！」

あぁ、と甘利くんも渡辺くんも頷きます。

「ちょっと探して来るから先に帰ってて！」

研人が走り出します。渡辺くんと甘利くんは、わかった、じゃなー、と手を振りました。二人は電車の駅に向かって歩いていきます。あの二人は家も近いのでそのまま一緒に帰るのでしょう。二人一緒なら大丈夫でしょうね。

さて、研人は麟太郎さんを見つけられましたかね。追いかけると、研人が向こうの方に歩いていく麟太郎さんを見つけました。人波に押されてなかなか出られなかったことでちょうどタイミングが合いましたかね。

「麟太郎さん！」

研人が呼ぶと、振り返りました。麟太郎さん、あぁ、と笑顔で軽く手を上げます。研人は走って追いつきましたね。

「来てたの？　見てたの？」

「うん」

「どうだった？」

「カッコよかったよ。すごかった」

「マジで？」

「マジマジ。僕はあんまり音楽には詳しくないんだけどさ」

「そうなんだってね。でもうちの親父もそうだから。あ」

　研人が横を見ました。自動販売機がありますね。

「ゴメン、喉渇いちゃってるから、なんか買うね」

「あぁ、じゃあ僕も。奢《おご》るよ」

「えぇー、あざっす。ゴチになります！」

　何だか研人が楽しそうですね。考えたら研人はいつも年寄りの男にばかり囲まれてますからね。その他には女性ばかりです。

　麟太郎さんはまだ二十六歳でしたっけ。若いお兄さんと話せるのが嬉しいのかもしれません。温かい缶コーヒーを買って、その場で開けて二人で飲みます。そのまま研人は自動販売機の横のガードレールの上にひょいと腰掛けました。麟太郎さんは足を伸ばしたままその隣に腰を下ろします。

「研人くんは、花陽ちゃんとはいとこ同士なんだよね」

　麟太郎さんが言います。

「そう、いとこ。よく姉弟《きょうだい》に間違えられるんだけどねー。同じ堀田だから」

「そうだよね」

「でもねー」

　研人がちょっと首を傾げて、缶コーヒーを飲みます。

「なんか、いとことか姉弟とか、よくわかんないっていうか」

「わからない？」

　わからないんですか？　何がわからないんでしょう。

「そう。うちはさ、たくさん一緒に住んでるじゃん。ものすごい一杯。こんなうち他にないよ？」

「確かにね」

　麟太郎さんも少し苦笑いします。

「初めてお邪魔したとき、びっくりしたっていうか楽しかったけど。家族だよね。本当に、家族！　って感じだった」

「うん、家族なんだろうけどさ。なんかオレはその言葉にピンと来ないっていうか。親父と母さんもいるけど、でも藍ちゃんも青ちゃんもすずみちゃんもいるじゃん？」

「そうだね」

「なんか、誰が親父でも母さんでも同じって、変な言い方だけどさ」

「あぁ」

何となくわかってきた、という笑みを見せましたね。麟太郎さん。わかりましたか？

わたしには全然話が見えないのですが。

「研人くんの中では、いとことか、家族とか、そういう枠組みには何となく違和感があるんだってことかな」

「そう、かな？　違和感ってイヤじゃないんだ。そういう違和感じゃない。花陽ちゃんもさ。いとことか姉ちゃんというよりは、仲間？」

「仲間？」

仲間ですか。

「そう。一族でも変だし、一家とかさ」

「一家って、ヤクザとかああいうときに使う一家？」

一家ですか。なるほど、そういう感覚を研人は持っていたのですか。

「その一家。あぁでも仲間っていうのは、いちばんしっくりくるかなー。花陽ちゃんはさ、仲間なんだよオレにとっては。いちばん近くにいる大事な、大切な、花陽ちゃんに何かあったら何をおいてもいつでも飛んでいくつもりでいる、仲間」

「仲間、か」

麟太郎さん、ゆっくり頷きますね。そうですか。研人はそういうふうに見ているんですね花陽のことを。

「だからさー、麟太郎さんさ」

「うん？」

「花陽ちゃんが元気ないとさ、なんかこっちも調子狂うんだけどさ。ひょっとして別れちゃった？」

麟太郎さんが苦笑します。

「別れてはいないよ。僕と付き合ってるって花陽ちゃんは言った？」

「いいや。言ってない。少なくとも皆の前で公言はしてないけど、でもまぁそうなんでしょ？」

麟太郎さん、小さく頷きますね。

「ケンカもしないよね。麟太郎さん花陽ちゃんよりずっと大人だし」

「ケンカはしてない。でも、僕はそんなに大人でもないよ。現に、いろいろごちゃごちゃ考えてる」

「何を？」

研人が首を傾げます。

「何だろうな。何とも言えない感覚」

「それさ、ひょっとしてさ、藤島さんが原因？」

「どうして？」

　麟太郎さんがちょっと驚きましたね。そうなのですか？　藤島さんがどうかしましたか。

「和ちゃんが言ってたんだよ」

「和ちゃん？」

「花陽ちゃんの友達。大学の」

「あぁ、君野さんだ」

　和ちゃんとはびっくりですね。研人はいつの間に和ちゃんとそんな話をするようになったんでしょう。今はＬＩＮＥとかそういうもので、あっという間に話をしてどんどん親しくなるんでしょうかね。

「そうそう。君野さんがさ、花陽ちゃんが麟太郎さんのことで何か悩んでいるみたいだってさ。何か、藤島さんのことを気にしてるのかなって言ってたんだ。研人くん何か知ってるのって」

　麟太郎さんが溜息をつきました。

　缶コーヒーを一口飲みます。

「ダメだな僕は」

そう言ってうなだれます。

「花陽ちゃんよりもずっと年上なのに、そんなのを簡単に気づかれるなんて」

「やっぱりか。でも気にしなくていいよ。花陽ちゃんそういうことになるとめっちゃカン鋭いから。でも将来は浮気できないよゼッタイ」

麟太郎さんが笑います。そうですか、花陽はそういうところの勘が鋭いのですかね。

「それに藤島さんの何を気にしてるの？　藤島さんなんてただのオッサンだよ？　親戚みたいなもんだし、花陽ちゃんだってそう思ってる。そりゃあ小さい頃から家庭教師とかいろいろやってもらって、花陽ちゃんも大好きだけどさ。オレも好きだし。皆藤島さんのことが好きだよ。ただそれだけ」

「わかってる。わかってるんだけどね」

そう言う麟太郎さんに、研人が首を傾げますね。

「藤島さんのことをいろいろ知りたいって感じ？」

「まぁ、ある意味ではそうかな」

そっか、と、研人は頷いて、iPhone を取り出します。

「だったら、親父に電話するから二人で話しなよ」

「お父さん？」

「そう、堀田紺。花陽ちゃんの叔父で、たぶんうちではいちばん藤島さんのことを知ってるよ。年も近いし、何たって藤島さんにとって憧れの人の弟だからね」

「憧れの人？」

麟太郎さんが眼を細めます。やっぱり研人、それを知っていたのですか？　一体、いつ知ったんでしょう。

「藍ちゃんだよ。花陽ちゃんの母親、旧姓堀田藍子」

「藍子さん」

「親父の姉さん。何で憧れの人なのかは、オレは詳しくはわかんない。でも、藤島さんが藍ちゃんに特別な感情を持ってるのは、知ってるよ。あぁ、それにさ」

研人がニヤッと笑いました。

「麟太郎さんと親父は、同じじゃん」

同じとは、何でしょう。

「偉大なミュージシャンを父親に持った者同士。それなのに大して音楽には詳しくない者同士」

確かに、そうでした。

お互いの父親が、親友で、その息子ですね。麟太郎さんも紺も。

三

研人が紺に電話をして、皆を適当に誤魔化して出て来てって話していましたね。いつもなら〈はる〉さんを使うのでしょうけれど、ここは知ってる人が誰もいないところがいいんじゃないかと、研人はさっきライブが終わったばかりのライブハウスを指定しました。すぐそこですね。もうライブは全部終わっているので、終わった後はテーブルを戻して普通のバーになるそうです。

研人はそのまま帰っていきました。慣れているとはいえ、まだ高校生。ついていきましたけど普通に電車に乗ってそのまま家まで帰り着きましたね。

あら、藤島さんがいらしていたんですね。普段着のまま居間で勘一と向き合っていますから、晩ご飯に間に合うように帰ってきて一緒に食べたのでしょうか。お茶を飲みながら、何やら話しています。

「それでですね、堀田さん。急な話なんですけど」

「おう、なんだ」

「高木さんなんですが」

高木さんですか。〈藤島ハウス〉の管理人の高木さんですね。勘一が少し顔を顰めます。

「どうした。具合でも悪くなったか」

「いえいえ、元気なんですが、冬に少しの間親戚のところへ行ってましたよね」

そういえばそうでしたね。そんな話を聞きました。

「あれは、叔母さんのところへ行っていたのですが、その叔母さんがちょっと足が不自由になられまして。一人暮らしだったのですが、高木さんに自分のところに来て面倒見ながら一緒に暮らしてくれないかと言ってこられたそうなんです」

あら、そんなお話が。勘一か、うーん？　と首を捻りましたね。

「それはまぁ、どうなのかな。高木さんにとってはいいことなのか？　親しかったのかその叔母さんとは」

「高木さんの話では、事件の後もずっと自分のことを案じてくれた優しい人だそうです。正直なところ、身内では唯一と言っていいぐらい親身になって心配してくれたとのことで。管理人になる前もずっと援助をしてくれて、そして管理人になったときも涙を流して喜んでしっかり僕と向き合って、罪滅ぼしをしてきなさいと送り出してくれた人だそうです」

「そうか」

そういう人なのですね。

「それで、その叔母さんは独り身で家持ちなのですが、財産を遺す相手もいない。高木さんがよければそのまま譲り受けてほしいと」

「一緒に住んで、最期のときまで面倒見てほしい、か。高木さんはそれを受けたのか？」

はい、と藤島さん頷きます。

「管理人としての仕事ができなくなるのは心苦しいけれど、お世話になった叔母さんに、その日が来るまでは恩返しをしたいと。ひいては、管理人を辞めさせていただきたいと頼まれまして。僕もそういう話ならば、ぜひ叔母さんに恩返しをしてくださいと」

勘一も、うむ、と頷きましたね。

「人の道、ってこったな。あの人も長いこと管理人としてよ、おめぇともそれこそ向き合って過ごしてきたよな」

藤島さんも、そうですね、と頷きました。

「まぁわかった」

「それで、新しい管理人を置かなければならないんですが、いい人が見つかるまでは、またかずみさんや、今度は花陽ちゃんなんかに廊下の掃除とかをお願いしなきゃならないかなと」

パン！　と、突然何かを思いついたように笑顔になって、勘一が手を打ちましたよ。

藤島さんがびっくりしてますね。

「何ですどうしました」

「新しい管理人を探すんだな？」

「はい」

勘一、にやりと笑います。

「うってつけの人がいるぜ」

「あ、そうなんですか？」

「おう、可愛くて、明るくて、よく気がついてな。管理人にはまさにうってつけだぜ。しかもすぐ目の前にいるから引っ越しもあっという間だ。明日からだって管理人ができる」

「え？　誰ですか？」

誰ですか。勘一、顎でくい、と縁側の方を示しましたね。藤島さんは思わずそちらを眺めます。

「玲井奈ちゃんだよ。会沢の玲井奈ちゃん」

「玲井奈ちゃん。あぁ！」

藤島さんも、なるほど！　と笑みを見せました。

「ちょうどいいってのはあれだが、裕太の結婚が決まった。そうするとあの家に真央ちゃんが来てよ。手狭になっちまう。夏樹と玲井奈ちゃんと小夜ちゃんが〈藤島ハウス〉の管理人室に住み込めば、会沢の家も広くなって、玲井奈ちゃんは金も稼げて一石二鳥じゃねぇか」

それは、本当にちょうどいいですね。もちろん本人の気持ちもありますけれど、早速話をしてみるといいですね。

紺はそろそろあのライブハウスに着いた頃でしょうか。

気になりますから、行ってみましょうかね。

あぁ、本当にちょうど着いたところでした。壁際のテーブルに座って待っていた麟太郎さんが立ち上がって、紺を迎えましたね。

「すみません、こんなところまで」

「いや、嬉しいよ。一人でこういうところに来る機会はあまりないからね」

紺が少し嬉しそうに言います。そうですね。元々お酒をあまり飲まないですから、バーに来る機会もそんなにありませんでしたよね。麟太郎さんはウイスキーの水割りを飲んでいました。紺も同じものを頼みます。

「研人のライブを見に来たんだって?」

麟太郎さん、頷きます。

「たまたまなんです。うちの病院に研人くんのバンドのファンがいて、今日はこの店でライブがあるって。近くだったし、ちょうど間に合う時間に仕事が終わったので」

そうだったんですね。そういえばお勤めの病院から、電車ですぐですものね。紺が、運ばれてきたウイスキーを一口飲みます。

「ボンさんとは一緒に暮らしていないいんだっけ？」

「はい。そうしようって言ったんですけど、今までもそうだったんだし、病気になったからって一緒に住むのは気持ち悪い、放っておけって」

紺が少し笑います。

「ミュージシャンって人種は、皆そうなのかな。自分勝手で我儘でさ」

「そうですよね。それは本当に思います」

紺も麟太郎さんも、父親に関してはいろいろ苦労しているのかもしれません。その苦労が苦労と思えないから悔しいのかもしれません。それだけで共感できる部分があるのではないでしょうか。

「藤島さんを気にしてるって研人が言っていたけど」

麟太郎さんは、少し下を向きます。

「恥ずかしいですね」

「恥ずかしいことではないと思うけど、でも、君が気にしているってことは、何かがあったんじゃないのかな」

紺が少し表情を引き締めて言います。

「普通は、ただの家族ぐるみで付き合っている仲良しのおじさん、で済むはずだよ。それで済まないってことは、麟太郎くんが何かで感じたことがあるはずだって、思ったんだけどどうかな？」

麟太郎さんが、唇を少し結びます。

「引っ越しのとき、お手伝いに行きましたよね」

「うん」

助かりましたよね。

「そのときに、たまたま見てしまったんです」

「見た？」

はい、と、麟太郎さん、紺を見ます。

「青さんの机を運んでいるときに、引き出しが階段から落ちちゃって、いろいろばらけちゃいましたよね。書類ファイルとかもたくさん。あれ僕も片付けてましたけど、そこに借用書が入っていたのが見えちゃったんです」

あぁー、と、紺がおでこを押さえました。

「それか」

「はい」

「うわー、迂闊だった。まったく気づいていなかった」

借用書とは、ひょっとしてあれのことでしょうか。

花陽の学費を藤島さんが出したいと言ってましたよね。それはちゃんと返すから借用書も書くなんて話を、紺と青と藤島さんで内緒でしていました。そういえば、青の机を運び出すときに、そんなことがありましたよね。

「金額的にものすごかったし、でも、ピンと来たんです。花陽ちゃんの大学だったら学費がこれぐらいになるよなって思って」

うん、と、紺が頷きます。

「医学部に行ってた友人も、医者になった知り合いも多いんだよね？」

「多いです」

「だからいろいろ知ってるんだ」

そうでしょうね。花陽にもいろいろアドバイスしてくれましたし。紺が、グラスから一口飲みます。

「そうか、それで気になっていたのか。ただの仲良しのおじさんがどうしてそこまでするのかって」

こくり、と、麟太郎さん頷きます。確かにそれが普通の反応ですよね。

「隠してもしょうがないね。君が感じた通りなんだ。あれは藤島さんの、気持ちだ」

「気持ち」

「花陽の医者への夢を応援したいっていう、純粋な厚意の塊だ。それを僕と青が受け止めた。うちで知ってるのは僕と青だけなんだ。麟太郎くんで三人目になっちゃったから、絶対に秘密だぜ」

またこくり、と、麟太郎さんはゆっくり頷きます。

「まぁうちで用意できない金額ではなかったんだけど、正直ありがたかったしね。それに、藤島さんのその気持ち、いや思いを僕たちは理解できたし」

「思い、ですか」

紺が、小さく息を吐きました。

「藤島さんには、お姉さんがいたんだ。随分年が離れていたけど、とても優しくて、藤島さんにとっては母とも、姉とも、そして最愛の人とも感じていたお姉さんがね。その人はね、心中事件を起こして死んでしまったんだ」

「心中？」

驚きます。普通の生活ではほとんど聞くことはないでしょう。

「相手は、お姉さんの高校の先生だったんだ。お姉さんは高校生のときに先生と心中事件を起こして、死んでしまったんだよ」

「それは」

「察してあまりあるとはこのことだよね。しかも相手の先生は死にはぐれて生き残ってしまった。殺人罪が適用されて、刑務所にずっと入っていてさ。藤島さんはね、大きくなって、ヒルズ族と呼ばれるほどの社長になっても、ずっと先生を憎んでいた。刑務所を出てきたらそのときに自分の手で殺そうとまで思い詰めていたんだ。でも、許すことができた。その相手はね、今はね」

　紺が一度言葉を切りました。

「〈藤島ハウス〉の管理人の高木さんだよ」

　麟太郎さんの眼が本当の驚きに丸くなりましたね。まだお会いになったことはないでしょうけれど、そうなんです。

「そういう人なんだよ。藤島さんは。そしてね、その藤島さんのお姉さんというのは、藍子にそっくりだったたんだ」

　納得したように、麟太郎さんは少し顔を上げました。

「それで、憧れの人」

　そうなんだ、と、紺が頷きます。

「本人が言ってたよ。僕は重症なシスコンで、変態かもしれませんって」

「変態ですか」

「結局、お姉さんのところへ帰ってきてしまう。まぁ本当のところは本人にしかわからないんだろうけど、彼が結婚しないっていうのもそこに原因があるのかな。そしてね、これがいちばんの肝心なところなんだけど」

「はい」

「藤島さんは、藍子が、そしてその娘であり母親にますます似てきた花陽が、幸せな人生を送ってくれることを何よりも誰よりも、ひょっとしたら藍子と花陽の身内である僕らよりも強く強く願っているんだ」

「幸せを、願う」

本当です。それは、本当にそうなんですよ。

「それだけだよ。純粋にそれだけだ。他に何もない」

紺が、はっきりと、麟太郎さんを見つめて言います。麟太郎さんが、小さく息を吐きました。

「優しくて、そして強い人なんですね」

「いや、ただの変態だよ」

えっ？　と麟太郎さんは少し驚き、紺は悪戯っぽく笑いました。紺と青はどうあっても藤島さんを変態にしたいんですね。二人で笑い合って、紺がまた静かに言います。

「だからさ、藤島さんは〈東京バンドワゴン〉の、言ってみれば、堀田家の親友なんだよ」

「親友ですか」

「本当の意味での、だよ。荒れた海に漕《こ》ぎ出そうとしたら、一緒に船を漕いでくれる。倒れそうになったら支えてくれる。泣きたくなったら胸を貸してくれる。そして、見返りなんか何も求めない。それはただ、好きだからだよね」

「そう、ですね」

「そういう友人を得た人は、幸せだろうね。僕にそんな親友がいるかというと、考えても、いないかもしれない」

「僕も、いないかもしれません。そんな友人は」

麟太郎さんが、少し首を傾げながら言います。

「でも、僕らはなれるかもしれないよ。親友に」

えっ、と麟太郎さん、声を上げますね。

「僕たちがですか？」

「だって、僕と麟太郎くんは、お互いの親父さんが、友だ。互いに人生を寄り添わせながら歩いてきて、そしていろんなものと戦ってきた戦友であり、親友だ。その息子である僕らだって、親友になれるかもしれないじゃないか」

「なれますか、ね」

「まぁ実際のところは、花陽がいるんだから君たちが結婚しちゃったら、えーと義理の何だろう、姪っ子の旦那さんは、義理の甥《おい》っ子になるのか？　しまった、作家なんて顔をしてるのに知識の中にない」

「どうなんでしょう？　僕にしてみたら。いやもしもそうなったらですけど、紺さんは義理の叔父さんですか？」

「そうなるのかな？　でも、もうそういうふうに考えるのも違和感あるだろう？　ただの年上の友人、年下の友人。それもごくごく親しい。その方がしっくりくる」

「そうですね」

麟太郎さん、笑顔になりましたね。

「藤島さんもそうだよ。堀田家の親友で、そして僕の年下の友人だ。大切な。きっと君にとってもそうなるはずだ。何よりもさ、まだ早過ぎるけど、もしも花陽と君が結婚したのなら、藤島さんは君の幸せも一緒に願うはずだ。純粋に、厚意で」

そうですか、と、静かに、でもしっかりと麟太郎さん頷きました。わかってくれたでしょうか。小さなわだかまりが消えて、花陽ともいつも通りの顔で会えるといいのですけれど。

「あ」

麟太郎さんのスマホが鳴っていますね。慌ててポケットから取り出しました。

「はい、そうです麟太郎です」

表情が、引き締まります。紺がその様子にすぐ立ち上がり、レジに走って会計していました。

「すぐに向かいます。はい」

立ち上がりながら、電話を切りました。

「ボンさんか？」

紺が訊くと、頷きます。

「鳥さんからでした。スタジオで倒れたようです」

スタジオということは、我南人たちも一緒ですね。そういえば我南人は家にいませんでしたね。

「病院に？」

「うちの病院に、今救急車で運ばれています。そう手配してありましたから」

「すぐ行こう」

ここから麟太郎さんの働く病院まではそんなに遠くありません。タクシーで行ってもすぐでしょう。

二人で店を出て、タクシーが拾える大きな通りまで走ります。

「麟太郎くん、花陽を呼ぶよ。うちの誰かに連れて来てもらう。いいね？」

走りながら紺が言うと、麟太郎さん強く頷きました。紺が電話しています。

「青か？　ボンさんが倒れた。すぐに花陽を連れて来てくれ。そうだ、麟太郎くんの病院だ。よろしく」

わたしは病院を知っていますからね。一足先に向かいます。

どこが病室かは、探すとすぐにわかりました。忙しく人が出入りしている個室があり、その前の廊下に我南人の姿があったからです。鳥さんに、ジローさんもいます。皆でスタジオで練習していたのでしょう。新しいアルバムを引っさげてのライブのスケジュールがありましたからね。

三人とも、落ち着いています。廊下の壁に凭《もた》れ掛かり、腕を組んでじっと病室の方を見つめています。

看護師さんが出て来ましたね。お医者様も出て来ました。ジローさんが、麟太郎さんの名前を出してすぐに来るとお医者さんに伝えていましたから、きっとこのお医者さんも同僚である麟太郎さんのことを知っているんでしょう。何もかも手配済みだと言ってましたから。

三人が病室に入っていきます。そこに、廊下に足音が響きました。あぁ、麟太郎さんと紺です。勘一と花陽の姿もあります。ほぼ同時に着いたのですか。

皆が小声で言葉を交わし、そっと病室に入っていきます。

ボンさんが、ベッドに横たわっています。気配に気づいたのでしょう。そっと眼を開きます。

「父さん」

麟太郎さんが、声を掛けます。ボンさん、弱々しく微笑み、顎を動かしました。

「まぁ、大丈夫だ。痛み止めをがっつり打ってもらったからな。ついに来たかって感じだけどな」

それから、ボンさんが視線を移しましたね。勘一が、そっと花陽を押し出したのです。

花陽が本当に心配そうな顔をして、ボンさんを見ています。

「あぁ、花陽ちゃんまで来てくれたのか。勘一さんまで、悪いなぁ」

「いいってこった」

勘一、微笑んで頷きます。

「あのさ、父さん」

麟太郎さんが、花陽の手を取って、そっと自分の横に引き寄せました。花陽もそれに従って一、二歩、進みます。まるで、花陽の姿をボンさんによく見せるみたいに。

「僕さ、花陽ちゃんと付き合っているんだ」

静かに、麟太郎さんが言います。花陽も、小さく頷きましたね。

ボンさんが、ふぅ、と息を吐き、一度眼を閉じ、それから微笑みました。

「そんな気がしてたよ。花陽ちゃんさ」

ボンさんは、弱々しい声で花陽を呼びます。

「はい」

「花陽ちゃんな。ごめんな」

「何がですか？」

「せっかくさ、可愛い娘ができるかもしれないってのに、俺はもうすぐいなくなっちゃうだろうからさ」

「そんな」

花陽の眼が潤んでいますね。

「あ、でもね花陽ちゃん。俺がいなくなるからって変に気を遣わなくてもいいからね。麟太郎のことが嫌になったら、さっさと別れていいんだからね」

ボンさんが、小さく笑いました。

「そんなこと、ボンさん」

「なぁ我南人、そこんとこよろしくな」

「わかったよぉお。心配しなくていいねぇ」

我南人が小さな声で言って、そして笑って頷きます。

「俺は、幸せな人生だったぜ。まだ終わってないけどさ」

そうです。まだ終わっていません。

「なぁ、我南人、カホンは車に積んであるよな」

カホンとは、箱のような打楽器ですね。我南人や研人のバンドも、アコースティックライブのときにはドラムの代わりに使います。ボンさんはもちろん、上手ですよ。

「あるけどぉ？」

「ジロー、鳥、悪いっけど、車から楽器持ってきて一曲やろうや。ドラムは持ち込めないけどカホンならいいだろ」

「ボン、ここ病室だぜ？」

ジローさんが驚いて言います。

「個室だからさ、アンプに繋がなきゃテレビの音より小さいよ。大丈夫だ」

うん、と、我南人が頷きます。

「わかったよぉお。すぐに持ってくるからぁあ、待っててねぇ」

すぐに、病院の駐車場に停めてあった〈LOVE TIMER〉の大型ワゴンから、鳥さんがエレキギターを持ってきました。ジローさんがエレキベースを、そして我南人がカホンを持ってきましたね。

本来カホンはその上に座って叩くものです。ボンさんが皆に抱きかかえられて、ベッドから下りて、カホンの上に座りました。麟太郎さんが、苦しそうな顔をしています。

「そんな顔するな、麟太郎。ひょっとしたら、俺の最後のライブだ」

そう言うと、ボンさんが息を強く吸い込みます。

途端に、それまで今にも倒れそうだったボンさんの身体に力が戻ってくるのが、眼に見えてわかりました。花陽も、麟太郎さんもそれを感じて、目の当たりにして驚いています。

ベッドの向こう、窓際に鳥さん、ジローさんがボンさんの後ろに立ちます。我南人は、ボンさんのすぐ目の前、ボンさんの方を向いてベッドに腰掛けました。きっと、いつ倒れても抱えられるようにでしょう。

ボンさんが、我南人と顔を見合わせ、ニヤリと笑うとカウントを取りました。

ワン、トゥ、スリー。

声のすぐ後に、我南人が囁《ささや》くように歌い出します。

これは、ビートルズの〈ヘイ・ジュード〉です。

ボンさんがまるで最後の力を振り絞るように、けれども優しくカホンを叩きます。鳥さんとジローさんがギターとベースを弾きます。アンプに繋がってはいませんが、我南人の囁くような歌い方と相まって、素晴らしい演奏になっていきます。

ジュード、悪く考えるなよ、悲しい歌だって気持ちひとつで明るくなるんだぜ、と歌っていきます。

この歌は、年長者から子供へ、どんなに苦しくてもくじけるなと励ます歌ですよね。あるいは恋人へのその気持ちを躊躇《ためら》うなという歌詞だったはずです。

ボンさんは、この歌を鱗太郎さんに、花陽に、最後に歌いたかったんでしょうか。

*

病院から勘一と我南人、そして紺と花陽が帰ってきたときには、もうかんなちゃん鈴花ちゃんは眠っていました。心配していた青や研人、そしてかずみちゃんや亜美さん、すずみさんに四人が説明して、明日にでも他の人がお見舞いに行くという話をしましたね。交代で行けば大丈夫でしょう。

鱗太郎さんももちろん、覚悟はしていました。大丈夫だから、と、花陽に話していました。

もう皆が寝静まった頃に、離れの部屋から勘一が出て来ましたね。台所に行って水を飲んで、そうして仏間にやってきました。

電気を点けて、おりんを鳴らします。仏壇を見て、少し息を吐きましたね。

「なぁ、サチよ」

はいなんでしょうか。

「ボンの野郎がよ、また倒れてとうとう入院しちまった。医者の話じゃあ、長くもってあと何週間かだろうとさ。まったくよぉ、我南人と同い年だってのによ」

勘一がまた溜息をつきます。

「わかってたけどよ。自分より若い奴が先に逝っちまうってのはたまらねぇな。しかも息子の友達だぜ」

そうですね。でも、何もかもが順番通りにいかないのは世の常ですよ。勘一が思い出したようにお線香を一本取り出し、火を点けて立てました。

「そうだ。湿っぽい話ばかりじゃないぜ。麟太郎がな、花陽と付き合ってるんだってボンの前ではっきり言いやがったぜ」

はい、そうですね。わたしも聞いていましたよ。勘一が少し笑顔を見せました。

「まぁわかってたこったけど、いざそういうふうに言われるとあれだな。嬉しいような悲しいような。俺たちには女の子がいなかったからよ。研人じゃねぇけど、花嫁の父の気分ってのを感じさせてもらってありがとうございますだぜ」

女の子がいなかったのは確かにそうですね。

可愛い孫の藍子はお相手も知らせずに母親になっちゃいましたし。確かに勘一が花嫁の父の気分を味わえるのは、花陽が初めてかもしれません。

けれど、まだ早いです。それにボンさんだって言ってたじゃないですか。もし自分が死んだ後に別れちゃってもそんなのは気にするなよって。でも、あの二人ならそんなことはないと思いますけれど。

「あれだ、これでよ、さんざんっぱら曽孫が結婚するまで死なねぇって言ってたのは何とかあと七、八年、いや五年ぐらいで何とかなるんじゃねぇのかな。どうよ。きっときれいだぜぇ花陽の花嫁姿はよ」

どうでしょうね。花陽は卒業するまであと五年以上あります。真面目な子ですから卒業するまでは結婚なんかしないと思いますけど。

曽孫ということなら、案外研人は本当に十八になったらさっさと婚姻届を出しちゃうかもしれませんよ。それならあと一年ちょっとです。花嫁姿にはなりませんけれど。

あら？　何か気配がしたと思ったら、かんなちゃんですよ。

今夜は紺たちの部屋で寝たはずなんですけど、起きてきちゃいましたか。勘一はまだ気づきません。かんなちゃん、眠たそうに眼を擦りながら仏間に来ます。

「おおじいちゃん」

「おう！」

勘一がびっくりして振り返ります。

「かんなちゃんどうした？　起きちまったのか？」

かんなちゃん、そのまたたたたっと走って勘一の膝の上に乗りました。

「なにしてるの？」

「うん？　あのな、大じいちゃんは、大ばあちゃんとお話ししてたんだ」

「ふぅん」

かんなちゃん、わたしをしっかり見ていますよ。ちょっとわたしに向かって笑いかけましたね。わかってると思いますけど、話しかけては駄目ですよ。

「おおじいちゃん」

「なんだ」

「かんなもね、すずかもね、おおきくなったらけっこんするよ」

勘一が軽く笑います。かんなちゃん、まさかひょっとしたら勘一の声が聞こえて起きてきたんでしょうか。いくら耳が良くてもそんなことはないですよね。

「そうか、結婚するか」

「うん、そのときはね、おおじいちゃんもいっしょにあるくの。ばーじんろーど」

一体どこでそんな言葉を覚えたんでしょう、かんなちゃん。勘一が大声で笑い出しそうになるのを堪《こら》えたので、身体が震えます。膝の上のかんなちゃんもぐらぐら揺れて、楽しそうに笑っていますよ。

「もっとぐらぐらして」

「こうか？」

勘一がぐらぐらさせます。

「いやぁ、でもよぉかんなちゃん。バージンロードはな、かんなちゃんのパパの紺と歩かなきゃなぁ」

「いいの。こんパパはみざてつないで、おおじいちゃんはひだりてつなぐの」

両手に花ですか。

「そうかぁ、そりゃあ大じいちゃん嬉しいなぁ。かんなちゃんと鈴花ちゃんがお嫁に行くまで長生きしなきゃな」

かんなちゃん、こくんと頷き、あらそのまま寝ちゃいましたね。勘一がにこにこしながら、仏壇を見ます。

「聞いたかよサチ」

勘一が本当に嬉しそうに笑っています。

はい、ちゃんと聞いていましたよ。

「やっぱりよ、曽孫全員が片付くまで俺は死ねねぇな。かんなちゃん鈴花ちゃんがもう六歳だから、最短でもよ、あと十年ぐらいか。まぁ切りのいいところで百歳になるまではよ、そっちで秋実さんと待ってってくれや。頼むぜ」

そっちではなくこっちにいますけど、言われなくても待っていますからどうぞ長生きしてください。わたしもできれば空からでも草葉の陰からでもなく、この眼で、かんなちゃん鈴花ちゃんの花嫁姿を見たいですからね。

人の一生は出会いと別れの繰り返しです。

本当に出会いとは不思議ですよね。どういうふうに決まっているのでしょう。

運命なんていう言葉を軽々しくは使いたくありませんが、わたしと勘一の出会いだって、どうしてあの日に上野駅で出会うことになったのか不思議でたまりません。ほんの五分でも時間がずれていたなら、わたしはこんなにも幸せな気持ちで余生を、いえもう余生ではないですけれど、こんな楽しい時間を過ごせてはいなかったでしょう。

今は他人とかかわらなくても生きていける時代だとか言います。誰かと関係すれば余計に面倒を抱え込んでしまうんだから、だったら一人で生きていく方がずっといいんじゃないかとか。

でも、歌の文句ではありませんが、人は一人では生きていけません。絶対にです。何故なら、人は言葉を使うからです。一人で生きていけるのなら、誰かに何かを伝えるために生まれた言葉は、必要ありませんよね。

言《こと》の葉《は》とはよく言ったものです。誰かと出会い、別れ、喜びも悲しみもすべての思いを言葉にしていくからこそ、その人の言の葉はたくさん生い茂り人生という幹を大きく太く育てていくのでしょう。育った幹や枝は言葉を失い、たとえ葉がすべて枯れ落ちたとしても、また新しい言葉を生い茂らせる力になります。

人の心も身体も、言葉と一緒に大きくなるのですよ。

七十年以上生きて、死んでからもこうしているわたしが言うんですから、間違いありませんよ。

あの頃、たくさんの涙と笑いをお茶の間に届けてくれたテレビドラマへ。

解　説

浦田麻理

私が初めて『東京バンドワゴン』を手にしたのは二〇〇八年、集英社文庫の新刊でした。今手元にある本を見ると、帯に熱く「早くドラマにしてくださいっ!」と中井美穂さんのお言葉（ドラマ化しましたよね、中井さん）。この帯に惹《ひ》かれたからなのか今となっては思い出せないのですが、その後一気に単行本の『シー・ラブズ・ユー』と『スタンド・バイ・ミー』を購入し、あっという間に出ていたシリーズを読んでしまった私は新刊を待つということを続け、そこから早何年経《た》ったことでしょうか。

その間にもバンドワゴンファンは確実に増えていき、新刊が出るとお客様は待ってましたとばかりいち早く購入されています。あなたもお好きですか？　と聞きたくなる衝動を抑え、いつもレジで販売しております。

もちろん私もこの東京バンドワゴンシリーズが出ると、読んでいる本をいったんストップ、まちに待った新刊を読みます。新刊を逃さず買えるということ、書店で働いて本当によかったと思う瞬間です。

東京バンドワゴンシリーズのどこが好きですか？　と聞かれることがあります。それぞれ人の好みはあると思いますので、私と違う思いを持たれる方もたくさんいることでしょうが、一言で言えば世界観。このあったかい堀田家を眺めて味わえる幸せでしょう。読み終えた後味があたたかく、やわらかい気持ちになれるんです。とにかく小心者の私は結末がわからず読み進めていくことが苦手で、ミステリもドキドキしてしまって少し先を読んで元のページに戻るというひどい読み方をするくらい。映画にしてもドラマにしても、このドキドキがものすごく苦しいのです。その点、このシリーズは安心して身を委ね、季節を一緒に味わうことができ、穏やかな気持ちを保ちながら楽しむことができます。私とおなじようにドキドキが苦手な方には、本当にお勧めです。たまにドキドキする要素もあるのですが、それはスパイスとしてお楽しみいただけます！

さて今回の『ヘイ・ジュード』、堀田家の物語が始まって十三作目。今作から読み始める方もいらっしゃるかもしれませんが、もしそうであれば今作はいったん手元に置いて一作目から読まれることをお勧めいたします。扉の数ページ後に描かれた登場人物相関図、頭に入れてから読むほうがぜーったい面白いですよ。

この登場人物相関図、一作目は十一名のお名前が並んでいました。堀田家の核の部分がここに載っていたんですね。そこから月日は経って十三作目の今回はなんと四十七名。LOVE TIMERの我南人以外のメンバーや、堀田家の猫・犬たちも加えると五〇名と六匹！　なんという数でしょう。家族みんなが成長したことでこんなにも多くの人と関係ができたということですよね。しかもみなさんキャラクターがしっかりしているので、どの人が出てきてもすぐに読み手は「あの時のあの人ね」と理解できる。本当にすごいことです。まずはこの相関図を楽しんでから本編に進みましょう。

サチさんの語りから静かに始まりにぎやかな食卓風景へ。相関図を見ることも大好きですが、この食卓風景が本当に好きなんです。あったかいご飯ににぎやかな食卓、目に浮かぶメニューの数々は通勤時に読むとたまらないものがあります。話し手が示されないまま会話がずんずんとつながっていきますが、これも相関図を頭に浮かべて読んでいくと、話し手が誰だかわかってくるのがシリーズを読み込んでいく楽しみの一つ。勘一さんの食べ方には苦笑いを浮かべてしまいますが、毎回「そーきたか」と楽しみなのも事実。微妙に合いそうで合わなさそうな（合わなさが七〇％くらいか？）食べ合わせは小路先生の想像力の産物なんでしょうか。今回も納豆とピーナツバター、酢味噌《すみそ》とマヨネーズ、海苔佃煮《のりつくだに》とフレンチトースト、味噌汁にクリームチーズ。なかなかの組み合わせですね。

今回大きく感じたのは、子供だと思っていた花陽ちゃんと研人くんがすごく成長しているということ。前作は番外編だったので11作目の『ザ・ロング・アンド・ワインディング・ロード』から2年ぶりに会ったと思ったら、すっかり大人になっているじゃないですか（物語の中では同じ年の冬なのに！）。そうか子供ってこんなに成長するんだなと、嬉《うれ》しいような不思議な気持ち。私はこの2年でこんなに変わったかしら。大人の成長は子供に比べて随分ゆるやか、いや止まっている？　なんて反省してしまいます。堀田家の日々がお話になってはいますが、今作は花陽ちゃんと、とくに研人くんの成長が物語の目玉になっていると思います。

「冬」は藤島さんのお父様が亡くなって、これからどうするか決めるという出来事が物語の柱です。研人くんのバンド仲間である渡辺くんのお父さんも登場します。渡辺くんのお父さんはリストラされ、今は警備員として働いていますが、父を語る子供同士の会話から、研人くんの気遣いが見える場面。

「春」は花陽ちゃんの大学受験と、藍子さんのイギリス出発。以前の巻で出てきたのぞみちゃんの家族の関係が物語の柱です。花陽ちゃんが合格祝いにお父さん（すずみさんのお父さんでもありますね）のお墓参りに藍子さんとすずみさんと行きたいと言います。花陽ちゃんにとっては、何もないようにしていてもやはり気にしていた問題だったんですね。研人くんも堀田家を代表して行くという場面ですが、この研人くんの理屈はすばらしい！

「夏」は古本屋らしい買いつけのお話。こういう本にまつわるお話があるのも書店に勤める身としては楽しいですね。研人くん芽莉依ちゃんの重大決心の場面。男気を感じます。

「秋」はご近所のお話から、花陽ちゃんと麟太郎さんの関係。ボンさんの容体も悪化し、時の流れを感じるお話です。十一作目でボンさんは、病状を告白されましたね。ここでも研人くんは花陽ちゃんを心配して麟太郎さんと話をしたり、お父さんの紺さんと会わせるセッティングをする場面。さりげなく紺さんに連絡するあたり、日頃からまわりのことを気遣える人なんだと感じられました。

子供の世界をいつも大人が大きく見守り、時に手を差し伸べていた今までから、今回は全編を通して、子供から大人に働きかけたり橋渡しをしたりするようになっていました。もう花陽ちゃんも研人くんも子供とは呼べない年頃なのかもしれません。一作目から六年しか経っていないのに、子供の六年は大きいんだなと改めて感じた今作でした。

涙あり、笑いあり、ほっこりあり、ミステリ要素あり、恋愛も少々あり、ホームドラマの全てがここにあります。サチさんの語りを通して、私たちに届けられるこの堀田家をいつまでも眺めていたい。できれば堀田家の個人個人の生活ものぞき見しながら番外編という形でも見てみたい。小路先生にはここまで広げた登場人物全ての物語を見せていただかなければならないでしょう。それくらい私たちは夢中になっているのですから。登場人物全員がLOVEで包まれている堀田家の今後をこれからも楽しみにしています。

（うらた・まり　書店員／ジュンク堂書店神戸さんちか店）

本書は、二〇一八年四月、書き下ろし単行本
として集英社より刊行されました。

小路幸也の本

シー・ラブズ・ユー　東京バンドワゴン

笑いと涙が満載の大人気シリーズ第2弾！　赤ちゃん置き去り騒動、自分で売った本を1冊ずつ買い戻すおじさん、幽霊を見る小学生などなど……。さて、今回も「万事解決」となるか？

集英社文庫

集英社文庫

ヘイ・ジュード 東京《とうきょう》バンドワゴン

2020年4月25日　第1刷　　定価はカバーに表示してあります。

著　者　小路幸也《しょうじゆきや》

発行者　徳永　真

発行所　株式会社　集英社
東京都千代田区一ツ橋2-5-10　〒101-8050
電話　【編集部】03-3230-6095
【読者係】03-3230-6080
【販売部】03-3230-6393（書店専用）

印　刷　凸版印刷株式会社

製　本　凸版印刷株式会社

フォーマットデザイン　アリヤマデザインストア　　マークデザイン　居山浩二

ISBN978-4-08-744097-3 C0193